KB078552

재논 프라이어

노규민 퓨전 판타지 소설
Fantasy Exciting Style

제논 프라이어 2

노규민 퓨전 판타지 소설

초판 1쇄 찍은 날 § 2007년 7월 16일
초판 1쇄 펴낸 날 § 2007년 7월 20일

지은이 § 노규민
펴낸이 § 서경석

편집장 § 김대식
편집책임 § 조수희
편집 § 이환진

펴낸곳 § 도서출판 청어람
등록번호 § 제1081-1-89호
등록일자 § 1999. 5. 31
어람번호 § 제1-0854호

주소 § 경기도 부천시 원미구 심곡1동 350-1 남성B/D 3F (우) 420-011
전화 § 032-656-4452 팩스 § 032-656-4453
http://cyworld.nate.com/bluebook_
E-mail § blue_book@hanmail.net

ISBN 978-89-251-0807-0 04810
ISBN 978-89-251-0805-6 (세트)

젠트 프론티어 2

Fantasy Exciting Style

노규민 퓨전 판타지 소설

Seven Frill

BLUE BOOK 도서출판 청어람

목차

Chap. 1
성황 속의 감청

성황 속의 감청

하늘 아래 그 무엇이 넓다 하리오
어머님의 희생은 가이없어라

짝짝짝~!
"꺄악! 사랑해 마리! 감동적이야!"
"사랑해, 마리!"
몇 번의 선곡을 거쳐 프라이어 가의 아이들이 부른 '어머니의 마음' 이라는 노래였다. 합창이 끝나고 약간의 정적이 여운처럼 맴돌던 장내에 누군가의 박수를 시작으로 저택에 떠나갈 듯한 함성이 터져 나온다.

"어떠세요, 어머니? 이 시대 최고의 음유시인 마리 프라이어의 노래를 들으신 소감이. 오시길 잘했죠?"

"으응. 확실히 너나 네 언니가 부를 때와는 느낌이 다르구나. 감정이입도 잘되고. 어쨌든, 좀 조용히 경청할 순 없니? 꺅꺅대는 소리 땜에 귀가 다 울린다."

"엄마도 참, 파티장을 한번 둘러보세요. 다른 애들도 다 그러는 게 안 보이세요?"

"으음. 그건 그렇다만. 그래도 막내야, 여자애가 조신치 못하게 그러는 게 아니란다."

"피이~ 엄마는 너무 구식이에요. 관객이 공연자와 함께 호흡하는 것이라 음악을 능동적으로 체감할 수 있어 긍정적인 면이 크다고 선생님들도 좋게 말씀하셨는걸요."

"그런 면도 있긴 하다만."

"앗! 마리가 상급생 언니들에게 가네요. 저도 잠시만 다녀올게요!"

그렇게 부모 곁을 떠나 무대에서 내려오는 마리를 중심으로 속속히 다시 모여드는 십대들. 덕분에 뒷전이 된 부모들도 삼삼오오 그룹을 형성한다. 바로 그들 덕분에 파티는 여느 귀족가의 정식파티 못지않게 격이 높아져 있었다. 학교의 최고 인기인인 '마리'와 연계되어 참석해 온 경우가 대부분이었으니까.

마리의 팬클럽 소속들이 모두 프리-아카데미의 재학생들

이 아니었던가. 어리다지만 그녀들은 위세가 있든 없든 분명 귀족가문의 영애들이었고 설사 작위가 없는 집안이라 하여도 부유한 상류계층이었다. 그 탓에 동행해 온 보호자들의 면면이 화려해졌다.

부모 중에 어느 한쪽만 하인, 하녀들과 더불어 동행해 온 소녀들도 있었으나 대부분은 집사까지 대동해 부모와 함께 온 편이었고, 시간을 내지 못한 부모들을 대신해 누이들을 데려온 오라비들이나 호위 기사들도 있었던 것이다. 여하튼 신분고하를 막론하고……

"정말 보기 드문, 대단히 멋진 공연이었습니다. 그렇지 않습니까? 누이의 등쌀에 못 이겨 별 생각 없이 끌려왔는데 난데없이 횡재한 기분이지 뭡니까."

"횡재는 제논 군이 했지요. 저토록 재능 있고 예쁜 소녀들을 친누이로 뒀으니. 폴 군도 내 아우들과 달리 아주 귀엽더군요. 프라이어 가문이 오랜 침체기를 떨치고 다시 부흥할 날도 머지않은 모양입니다."

"이보게 젊은이들! 그거 먹을 만큼 담았으면 모르는 소리 말고 그만 비켜주게. 횡재는 내가 했단 말일세."

"아! 이런, 죄송합니다."

"내 차례에서 불고기랑 콩나물이 또다시 똑 떨어졌다면 모를까, 용서해 주겠네. 오, 맛있는 냄새!"

"쿡쿡, 많이 시장하셨나 보네요."

"노래 감상은 끝났지 않나. 딸아이처럼 '마리 사랑해!' 를 외쳐 줬지. 내 미각을 이렇게 채워 주는 음식을 만나기란 쉽지 않으니 그쯤은 환호해 줘야지. 후후."

그렇듯 참석 이유를 불문하고 대화의 주제는 모두 엇비슷했다. 마리가 거론된 생일 축가에 관한 화제와 식탁 한편에 시식용으로 자리한 참신한 메뉴들.

부인네들끼리의 대화도 의례히 마리와 친구인 '자녀' 들로 시작해 남편이나 살림구도 등의 이야기로 번져 결국은 식탁의 특별 요리에까지 쏠리기 일쑤였다. 모친의 훈계에 반론을 펼치다 마리가 있는 테이블을 향해 뛰어가 버린 앞서의 여아, 그녀를 막내딸로 둔 하버 백작부인도 그와 비슷한 경우였다.

"레베카! 식사는?"

"이쪽에서 먹을 게요!"

"에그, 애도 참."

딸의 몫까지 덜어온 음식 접시를 내려놓으며 혀를 차는 그녀에게 옆자리의 부인이 말을 건네 온다.

"이해하세요, 하버 백작부인. 어떻게 보면 생기발랄해서 좋다는 생각도 드는 걸요. 공부다 예절이다 하며 이것저것 억눌린 애들의 심정도 오죽했겠어요."

"아, 바리톤 자작부인. 그래도 제 언니는 안 그런데, 저 애는 막내라서인지 유난히 더 그런 것 같아요."

"저도 극성떠는 딸애가 조금은 못 마땅하다 싶었는데 직접 듣고 나니 그럴 만하다 싶네요. 그냥 가만히 듣고만 있기엔 심금을 울리는 노랫가락이 많았잖아요?"

"네, 그렇긴 하더군요. 딸아이들이 노래를 배워와 집에서 부를 때와는 색다른 깊이랄까 그런 것이 있었으니까요. 가슴에 와 닿는 호소력도 완전히 다르고요."

"그러게요. 마지막으로 들은 '어머니의 마음'인가 하는 곡은 특히 좋더군요. 경청으로만 끝나는 것이 아니라 여러 생각을 하게 만드는 노랫말이었다는."

"어머, 부인께서도 그러셨군요. 저도 그 곡을 들으며 돌아가신 어머님 생각에 젖었었는데……."

"어머니, 부탁드릴게 있어요."

환청인가?

자작부인과 잡담 같은 대화를 나누다 보니 신신당부하던 큰딸 레티샤의 간곡한 음성이 떠오른다.

학교 선생님들을 포함해 학년을 불문하고 선망한다는 마리 프라이어, 그 아이를 위한 팬클럽. 학습 분위기 조성과 학교 내 운영 문제까지 좌우지한다는 그 단체의 회장이 바로 하버 백작부인의 큰딸이었던 것이다.

"마리가 몰락가의 여식이 아니라 명실상부한 귀족가문의 영애로 불렸으면 해요. 회장으로서의 바람도 있지만 그건 저나 팬클럽에서 뿐만 아니라 모두의 희망이기도 하거든요. 어른들의 선에서 어떻게 안 될까요?"

'같이 왔으면 좋았겠지만.'

그러나 막내 레베카와는 달리 큰딸 레티샤는 아카데미 수험을 앞두고 있는 프리-아카데미 4년차였다. 그런 처지에 부모에게 할 만한 요청은 아니었기에 파티 참석을 안 하는 조건으로 부탁해 왔었다.

"괜찮아요! 행여 입시에 낙방할까 걱정하진 마세요. 학생회와 팬클럽 회장으로서 마리를 위해 할 수 있는 조치는 다 해뒀거든요. 어머니께서 도와주신다면 저는 집에서 공부하고 있을 게요. 큰오빠나 작은오빠가 토레노 밖으로 나가 계시지만 않았다면 바쁘신 부모님을 성가시게 할 필요도 없었겠지만, 부탁해요, 어머니. 네?"

그러다 보니 오늘 파티에서 큰딸이 해야 할 역할을 부회장인 다른 고학년 소녀가 하고 있었다. 바로 지금 대화를 나누고 있는 바리톤 자작부인의 딸이다.

'뭐, 모로 가도 황성만 가면 된다는 옛말도 있고, 애들이 저리 애달아 하니 못 나서 줄 것은 없겠지. 프라이어 가가 가망이 아주 없는 집안이라면 모를까.'

그래서 하버 백작부인은 마음을 굳혔다. 레티샤가 어미인 자신이라면 할 수 있다고 줄줄이 나열했던 것들, 그중에 제일 효율적인 공작 하나를 취해 보기로.

시범적으로나마 먼저 말을 잇고 있는 코앞의 자작부인을 공략 대상으로 삼았다.

제논 프라이어

"마리란 아이, 참 대단한 것 같아요. 그렇게 멋진 노랫말들과 음률을 짓다니. 아무튼 애만 달랑 보내 놓기 뭐해서 따라왔는데 잘했다는 생각이 들어요."

"아, 우연찮게 참석하신 모양이군요."

"음, 부인은 그렇지 않으신⋯⋯?"

"그 비슷하긴 해요. 그런데 저희 집은 예전부터 프라이어 남작가의 단골이었거든요. 남작가의 상점에서 물건을 구입할 때마다 서비스 삼아 내어지는 신기한 음식들에 친해졌죠. 우리 자작께선 평소부터 은근히 그 음식들을 기다리던 눈치였는데 애들에게서 이번 파티 소식을 듣자마자 염치불구 참석하자고 하시지 뭐예요."

"그러셨군요. 우리 바깥양반은 제가 우겨서 참석했는데, 처음엔 마지못해 따라와 시큰둥하던 양반이 테이블의 음식을 접하자마자 생기가 도네요. 저기 보세요. 또 접시를 들고 줄을 서 있네요. 체면 좀 차릴 일이지."

"호호, 미식가로 소문난 부군이시잖아요. 사실 스위티와 두부요리는 저도 즐겨 먹어요."

"어머, 그렇군요. 두부랑 콩나물은 저도 입맛에 딱 맞던데. 아, 맞다! 그리고 보니, 프라이어 가는 가업으로 야채와 채소를 취급해 왔죠? 근래 들어선 부식도 다룬다는 이야기를 들은 것 같아요. 아무래도 이참에 우리도 거래처를 이쪽으로 옮겨야겠네요. 종종 이런 맛있는 음식들까지 덤으로 접할 수 있다니 말예요."

저택 곳곳에서 이루어지는 대화 패턴이었다. 생각지도 않았던 수많은 고객이 생기는 순간.

"네, 안 그래도 그게 참 아쉬워요. 스위티나 두부요리는 애들뿐 아니라 집안사람들도 다 좋아하는 음식이라 양을 좀 넉넉하게 얻었으면 좋겠는데, 사은품이다 보니 무턱대고 많이 달라고 하기도 그렇고 말이에요."

"하기야 이런 음식을 만들려면 재료비뿐만 아니라 수공(手功)도 만만찮을 테니 그렇긴 하겠네요. 그런데 이걸 따로 팔지는 않는 모양이지요?"

"네, 따로 판매용으로 취급하지는 않고 접대용으로만 조금씩 내놓더군요. 바로 상품화시키기엔 아마 자금사정이나 기타 여러 가지 애로점이 있겠지요."

"우리 바깥양반도 양반이지만 애들도 성환데, 특히 스위티는…… 남의 집 음식비법을 전수해 달라는 것은 예법에도 맞지 않고. 어떻게 하나……."

풍채 좋은 제 부군의 식탐을 바라보며 말꼬리를 흐리는 바리톤 자작부인. 하버 백작부인은 자연스럽게 사업이야기로 대화를 유도해 갔다.

"제 생각으로도 스위티와 두부, 김치 등 몇몇 품목들은 사업성이 충분해 보여서 저희 집사장을 통해 은근히 떠봤는데, 망설이고 있는 눈치였어요."

"대량생산을 위해 공장을 짓게 되면 초기 투자비가 만만치 않을 테니 그런 모양이군요. 프라이어 가의 재력이 그렇게 대단하다는 이야기는 못 들었으니까요."

사실 대단하지 않은 게 아니라 보잘 것 없다는 사실을 이미 알고 있는데, 조금 완곡한 수사법을 쓴 것이다. 토레노가 인구 삼십만의 대도시라고는 하지만 토박이 귀족들이었기에 프라이어 가문의 재력이 어느 정도인지는 충분히 감을 잡고 있는 터였으니까.

"그래서 우리 백작님이랑 정식으로 한번 프라이어 가의 안주인을 만날까 생각 중이에요. 이쪽 사업으로 진출한다면 적극 투자할 의사가 있으니까요."

"그렇…… 군요."

하버 백작부인의 말에 대꾸하는 바리톤 부인의 눈에 반짝이다 못해 번뜩이기까지 하는 광채가 어린다.

하버 백작부인.

수수한 겉보기와는 달리 행정아카데미를 졸업한 경력을 가진 매우 출중한 인물이었던 것이다. 이미 출세가도를 달리고 있는 그녀의 장남과 차남은 차치하고, 학생회 회장과 마리 양의 팬클럽 회장을 겸하고 있는 큰딸도 재학 중인 프리-아카데미의 수석일 정도다.

괜히 토레노의 큰손이 아닌 터, 얌전해 뵈는 외모와는 달리 재(財)테크 방면에서는 토레노에서 둘째가라면 서러워할 부인네였으니. 그런데 그 부군까지 나섰다면 이건 대박 냄새가 진동한다는 이야기가 아니고 무언가. 그 때문에 바리톤 자작 부인은 신중하게 말을 이었다.

"백작부인, 만약 그 일이 성사된다면, 부디 저희에게도 투자 기회를 나눠주세요. 아시다시피 우리 자작께선 맛있는 음식이라면 자다가도 벌떡 일어나는 분이니 반대하실 리 없고, 더구나 올해는 잦은 수해(水害)의 여파로 여유자금을 놓을 데가 마뜩치 않았거든요."

"투자에 동참하시겠다면 저희로서야 환영할 따름이지요. 마리 양과 애들과의 관계도 그렇고, 이렇게 좋은 음식에 공연까지 보았으니, 가능한 최적배분 비율로 서로의 수익률을 제시해 볼까 하던 참이랍니다."

"흠, 최적배분 비율이라면…… 자본 대 사업주체의 비율을 5대 5로 하시겠다는 말씀이지요?"

"네. 그 정도의 선에서 프라이어 가와 조율해 볼 생각입니다. 그럼 부인 쪽과 저희 쪽의 자본투입 비율도 관례에 따라 6대 4라는 이야기가 되지요."

"합리적인 제안 같네요. 저흰 필히 동참하는 것으로 할게요. 프라이어 가문으로서도 거절할 이유는 없어 보이는군요. 현행 최상의 조건으로 자금을 유치하게 되니, 향후 경영 쪽에 전력할 여건을 얻는 셈이잖아요."

"그렇겠죠? 그럼 투자하시는 것으로 알고 다음 주쯤 메를린 부인을 만나 조율해 보겠습니다."

"꼭 성사되기를 바랄게요."

'훗, 낚았다.'

여유로운 답변 태도와는 달리 속으로 회심의 미소를 짓는 하버 백작부인이었다. 프라이어 가문에 투자할 것을 간곡히 요청하던 큰딸의 초롱초롱한 눈망울이 바리톤 자작부인의 반짝이는 눈빛과 오버랩 된다.

남작가의 신종 먹을거리들의 맛과 인기는 어느 정도 검증되고 있었기에 추진을 감행해도 될 터였다. 그러나 신흥 사업의 투자란 커다란 위험이 따르는 법이다. 그것도 품목이 가장 보수적이라 평해지는 음식인 바에야 단독으로 추진하기에는 부담이 될 수밖에 없다.

그렇다면, 몫이 줄어들더라도 자본을 더 끌어들이는 것이 옳다는 판단이 뒤따르게 된다.

든든한 자본이 뒷받침되고 탁월한 아이템이 있는 한, 실패하는 투자란 거의 없다는 것이 하버 백작부인의 재테크 원론이었던 것이다.

그렇게 한편에서 토레노 굴지의 큰손들인 하버 백작부인과 바리톤 자작부인 간에 향후 프라이어 가의 진로에 중대한 영향을 미칠 대화와 계산이 오가는 동안, 프라이어 남작가의 파티는 점점 더 무르익고 있었다.

'흐음…… 그렇게 된 이야기로군. 그런데 왜?'

마나수련법의 효과로 시각뿐만 아니라 청각 역시 예전의 현진에 비해 월등해진 덕에 파티장 내에서 이루어지는 거의 모든 대화가 감청 가능한 제논이었다.

'600만 불의 사나이의 눈'과 '소머즈의 귀'를 동시에 얻은 것이랄까. 마나수련법의 효과가 극명히 드러나는 순간인 것이다. 그러나 실상은 예의 효능을 향유하면 할수록 마음 한편에 은근한 근심도 자리했다.

당장 엘다 바워버드의 경우만 봐도 그렇다. 전혀 내색을 않으니 시각과 청각에 자신과 같은 특별한 능력을 얻었는지 아닌지는 모를 일이다.

그렇지만, 겨우 한 달 남짓의 마나수련법의 효과로 반신불수의 식물인간 상태에서 완전한 정상으로 돌아왔지 않았는가. 미루어 짐작컨대, 다른 방면으로도 유사한 공능은 있을 것으로 추론하는 것이 타당하리라.

어느 측면으로 생각해 봐도 프라이어 가문의 마나수련법은 이 동네의 평균에 미달하는 것인데, 그것만으로도 이 정도의 효과가 있다면 과연 최상급이라 평할만한 수련법들을 극성으로 익힌 이들의 역량은 어떨 것인가.

큰 부담이 될 수밖에 없었다. 괜히 사서하는 기우일는지도 모르겠지만, 공짜로 생겼다고 그 효력만을 즐기기에는 현진의 경륜이 만만치 않아서인 탓이다.

제논 프라이어

이왕 제논의 탈을 쓰고 이 세상에 적응하고 살기로 결심한
터, 타인에게 휘둘리고 싶지는 않다. 스스로의 역량을 키워가
며 주변에 영향을 미치다 보면 언젠가는 이 동네의 고갱이와
헤게모니 쟁탈전을 치룰 수밖에 없을 것은 불을 보듯 빤한 일
이기에 더더욱 그렇다.

'아무튼 그건…… 그때 가서 생각해야겠지. 지금은 정보
자체가 전무하다시피한 상황이니.'

어찌 되었던 걱정은 나중의 문제, 지금은 감청에 신경을 써
야할 때다. 얼결에 확대된 파티지만 처음으로 이 동네 최상위
권 언저리 사람들의 생활상과 사고의 편린들을 맛볼 수 있는
천금의 기회인 것이다.

무릇, 사람들이 다수 모이다 보면 어느 자리에서나 첫선에
눈에 띄는 군계일학(群鷄一鶴)격 존재가 있는 법. 저택 앞마당
을 메우고 있는 사람들 가운데에서도 유독 제논의 신경을 자
극하는 사람들이 몇몇 있었다.

먼저, 찰싹 달라붙어 있는 키라와 더불어 메를린과의 다정
다감한 대화에 임하고 있는 엘다 바워버드. 약간은 오동통하
다는 느낌의 여타 부녀자들과는 달리 그야말로 쭉쭉빵빵 자
체인 몸매에서부터 이지적인 눈매와 선 고운 얼굴형까지 발
군의 미모를 뽐내고 있으니 시각뿐만 아니라 여러 부위를 자
극한다.

그녀의 뒤쪽에 조금 떨어져서 교묘히 타인들의 접근을 차

단하고 있는 기사들도 범상치 않은 인물들이었지만 정작 제논의 눈에는 그리 차지 않았다. 나름은 최상의 훈련을 받은 전문 경호 인력이겠지만, 여러 가지 측면에서 현진의 기준에는 미달하는 터였던 것이다.

다음으로 신경을 자극한 사람들이 바로 방금 대화를 끝내고 흡족한 미소를 나누고 있는 두 여인네다. 여기저기에서 주위들은 소리들로 유추컨대 마리의 팬클럽 회장과 부회장을 딸로 둔 모친들이자, 학교 학생회의 회장과 부회장의 모친들이기도 하는 모양.

그 둘 중에서도 특히 장신구가 거의 없는 수수한 차림으로 이웃집 아주머니와 같은 수더분한 인상의 하버 백작부인. 겉보기와는 달리 풍기는 존재감에서부터 여타의 참석자들과는 확연히 구별되는 뭔가가 있는 사람이었다.

아니나 다를까?

그녀들의 대화에 청력을 기울인 보람이 있었다. 어찌된 속내인지 정확히는 모르지만, 오늘의 파티가 예상외로 커지는 그녀의 입김이 작용했으리라 추측된다. 파티엔 불참했으나 백작부인의 큰딸인 회장 소녀의 사주가 있었다는 것도 부수적으로 알 수 있었다. 마리의 추종자들인 십대 소녀들의 수군거림만 봐도.

"회장의 지령, 잘 수행하고 있니? 마리네 상점 매상 올리기 작전! 노는 것도 좋지만 절대 잊지 말아. 파티가 밤새도록 진행되지는 않을 테니까."

"난 걱정 마. 너흰 어때? 잘될 것 같아?"

"염려 마세요, 언니들! 배부르도록 먹으면서 맛있다고 엄청 칭찬해 뒀어요. 그랬더니 역시……."

"너도 그랬니? 실은 나도 그 방법 썼어. 평소랑 다르게 잘 먹는다고 아빠랑 엄마가 얼마나 좋아하시는지. 더 먹으라고 번갈아 접시를 채워 주시는 바람에 배가 터지는 줄 알았어. 아무튼 그렇게 해서 우리 집은 야채랑 과일들 포함해 6개월 치 별식 선불!"

"우리 집은 1년 치! 그것도 앞으로 취급하게 될 품목들까지 죄다 미리! 어때요? 이 정도면 내가 일등……!"

"응? 뭐가 일등이라는 거니?"

"앗! 마리, 화장실 잘 다녀왔니?"

거기까지.

중년부인들과 수준은 다르지만 저 소녀들 역시 그렇게 가문의 사업과 연관된 속삭임을 나누지 않는가.

'회장 딸내미가 백작부인인 제 엄마에게 그런 부탁을 했을 수도 있겠군. 마리 때문인가?'

어쨌든 그리 나쁘지 않은 일이었다. 투자자 유치와 관련된 이야기들이 가족 모두가 동석하는 저녁 식탁에서 메를린과 헤리슨의 대화 주제로도 떠오른 적이 있으니 이런 결과가 아주 갑작스러운 것만은 아니다.

갑작스럽다면 차라리 넌지시, 그러면서도 정중히 운을 떼어온 마리네 학교 교장의 이야기이리라. 폴과 키라를 엘다 바워버드에게 맡겨두게끔 의도해 놓곤 어머니만을 따로 에스코트해가 귓속말하듯 소곤거린다.

'응? 학부모 면담?'

"네? 학부모 면담이요? 교장선생님, 우리 마리가 학교에서 무슨 잘못이라도……."

"아니, 그 뜻이 아니라, 흠!"

"저런! 오해 마세요, 남작부인."

그렇지 않아도 파티 초입부터 어머니의 주변을 맴돌고 있던 모(某)칼리지의 관계자들. 부부로 이뤄진 손님들이었는데 교장의 헛기침을 신호로 정색하며 끼어든다.

궁금해진 제논은 좀 더 귀를 세웠다. 그리고 곧 내막을 파악하게 됐다.

'……긍정적인 면담 요청이었군.'

칼리지의 운영진이자 여교수인 그들 부부의 해명과 같은 설명이 속닥속닥 이어지자 당혹해하던 처음과 달리 어머니 메를린도 반색하며 되묻는다.

"오, 우리 마리를 예비교수의 재목으로?"

"네, 그렇습니다."

"이런, 너무 갑작스러워서……."

"당황하지 마시고 천천히 생각해 보십시오. 오늘은 세세한

이야기를 나눌만한 여건이 되지 못하는 듯하니 나중에라도
칼리지 학장과의 정식 상담자릴 마련하여 기별을 드리도록
하겠습니다. 그래도 되겠는지요, 부인."

"그, 그럼요, 교장선생님."

마리의 스카우트에 관한 화제였던 것이다. 그 역시 그리 나
쁘지 않은 제안이다. 마리의 장래 진로가 활짝 피고도 남을
만한 내용이었으니까.

"실례합니다만 남작부인과 무슨 이야기를 그리 열심히 나
누시는지. 제가 끼어도 되겠는지요."

"아, 하버 백작님, 물론입죠!"

여하튼 그렇게 자리를 옮긴 메를린을 중심으로 어른들의
사교그룹이 새롭게 형성된다.

덕분에 이번엔 폴과 키라가 뒷전이 되었으나 녀석들은 녀
석들대로 조잘거리느라 바빴다. 가족용 탁자에 함께 남겨진
것은 제논도 마찬가지였는데 꿔다 논 보릿자루로 여기는지
엘다 바워버드만을 상대로.

"어어, 집도 부모님도 다 잃고요?"

"그럼 그 애들은 어디서 살아요?"

폴의 반문에 이어 키라도 걱정스레 되묻는다. 그런 쌍둥이
들을 대하는 엘다의 태도도 사뭇 진지하다.

"글쎄다. 어디서 살까?"

"알았다, 친척집! 맞죠?"

손까지 번쩍 들며 순진하게 답을 내놓는 폴에게 설레설레 고개를 젓는 검은머리의 미인. 쏠려온 제논의 눈길을 흘끗하더니 나지막한 어조로 말을 잇는다.

"다시 생각해 보렴. 올해 여름엔 유난히 폭우가 자주 내렸어. 다행히 토레노는 커다란 강줄기를 끼고 있어서 무사했지만 그렇지 못한 도시 인근 지역들은 홍수 피해가 심했단다. 개중엔 범람한 호수나 무너진 산사태로 마을 전체가 잠겨 버리거나 파묻힌 경우도 적지 않아."

도시의 고위관료나 사업을 하는 귀족들도 함께였기에 어머니가 있는 그룹 쪽도 최근에 이슈화되고 있는 사회문제 같은 것이 슬슬 화제가 되고 있었다.

하지만 어린 동생들을 돌보고 있는 그녀의 조용조용한 이야기에 더 신경이 쓰인다.

"직장으로 돌아가 보니, 그런 재해들로 인해 겨우 목숨만 건진 이재민들이 엄청 생겼다는 소릴 들었지 뭐니."

'밀린 업무에 관한 얘기인가?'

엘다 바워버드.

동생들의 간호를 받으며 한 달간 체류하던 때는 아는 게 거의 없었으나 제 집으로 돌아간 후에는 차라리 그녀에 대해 더 많은 것을 알게 되었다.

숯가마 인근에서 그녀의 비명 소릴 접했던 맨 처음에 추측했듯이, 보통 신분의 여자가 아니었다. 북부의 바워버드 후작

가문의 레이디로 작위 계승권까지 있는 매우 서열 높은 귀족이었던 것이다. 토레노는 황실 직할령이라 그녀의 출신이 곧이곧대로 적용되지 않았지만 자치령에 속하는 제 고향 영지에선 그냥 레이디도 아니고 '공주'로 통하는 최고위급 신분이었던 셈.

공주마마라는 출생을 떠나 그녀의 현재 직무와 사회적인 위치도 대단한 것이었다. 군사아카데미를 졸업한 후 의무복무 기간을 얼마 남겨두지 않은 시점에 토레노로 출장을 와있던 엘리트 중의 엘리트였으니까.

여하튼 사냥 중 사고로 피치 못하게 부재했던 '누적(累積) 업무'에 관한 잡담인가 했지만.

"그나마 황실과 인근 도시들의 지원으로 일부 이재민들은 다시 새 출발할 수 있었다지만, 친척까지 잃거나 친척들이 사는 곳을 알지도 못하거나 이웃사촌들에게까지 버림받은 아이들도 많았다더구나."

"그럼…… 그 아이들은 다 죽은 거예요?"

"죽은 아이들도 있었겠지. 그런데 대부분은 구걸을 하며 살게 돼. 시내에서 거지들을 본 적은 없니?"

"거지요?"

"엘다 언니, 우린 시내에 나가본 적이 별로 없어요."

"으음, 그렇겠구나."

그쯤에서 우물거리는 어조로 왠지 모를 망설임을 보인다.

어린애들을 상대로 토론할 주제의 범위를 벗어나고 있음을 의식해서일 수도 있었다. 하지만 그렇게만 여길 수 없는 것이, 뭔가를 암시하거나 시사하고자 하는 눈빛으로 제논 자신을 흘끔거리다가 말을 잇는다.

"어쨌든 말이야. 그러한 재난들이 한두 해만 발생하고 마는 것이 아니란 게 문제란다. 그런저런 이유로 오갈 데가 없어진 사람들이나 어린애들을 이용해 사리사욕을 채우는 아주 나쁜 사람들이 생겨나거든. 그리고 또, 그렇게 착취당하는 가여운 사람들과 마주치면 분노하며 도와주려하는 올바른 어른들도 간간히 생겨나지."

'대체 무얼 말하고자 하는 거지?'

얘기하면서 누군가를 찾기 위함인 듯 파티장의 손님들을 쓱 훑어보는 엘다 바워버드의 행동. 반면에 그녀의 뒤에 시립해 있던 두 명의 기사는 저의를 알 수 없는 의미심장한 눈빛으로 제논 쪽을 힐끔해왔다.

'필시, 나 들으라고 하는 소리 같은데.'

엘다의 잿빛 시선을 따라가던 제논은 막 대꾸하는 키라를 거들며 대화에 끼어들었다.

"그럼 그 올바른 어른이 나쁜 사람들을……."

"키라, 그리고 폴. 레이디 엘다께서 하시려는 말씀은, 그렇게 험하고 살기 힘든 세상이니 너흰 대단히 운이 좋다는 거야. 인자하신 어머니와 멋지고 좋은 언니, 오빠랑 아버지가 물려주신 집에서 안락하게 살고 있잖니. 그러니 매사에 감사하며 살아야 하는 거다. 알았지?"

"네! 제논 오빠."

"네, 제논 오빠. 아니, 형!"

이구동성으로 답하는 귀여운 쌍둥이에게 칭찬하듯 고갤 끄덕여 준 제논은 아이들의 관심을 돌렸다.

"저기 봐라. 수지 아줌마가 눈짓 손짓하고 있다. 맘껏 먹고 놀았으니 이제 씻고 잠잘 준비해야지?"

"에게, 저희만요?"

"폴, 방금 매사에 감사하겠다고 약속한 사람들이 누구더라? 아무리 어머니의 생신이라지만 잠잘 시간까지 늦춰가며 놀아서야 되겠니? 제 시간에 잠자리에 들지 않으면 키가 안 크는 수가 있다. 곧 있으면 열 살로 십대가 될 텐데 언제까지 꼬마로 있을 생각은 아니겠지?"

"우웅. 네! 알겠어요, 오빠."

마지못해 하는 폴을 이끌고 발랄하게 일어서는 키라. 그런데 이런 낭패가 있나.

"엘다 언니, 가요!"

꽤 장기간 함께 부대끼며 지냈던 며칠 전의 연장으로 착각했는지 엘다까지 동참시켜 버린다. 그러나 다행히 그녀 쪽에서 적절한 답변으로 이해시킨다.

"키라, 오늘은 나도 손님으로 왔지 않니. 하지만 잠잘 준비가 끝나면 굿나잇 인사쯤은 하러 들를게."

"어, 그랬지."

"키라, 바보. 내가 그래서…… 암튼 그럼 엘다 누나! 귀가하기 전에 꼭 들러서 작별인사 해주는 거예요?"

"그럼."

"엘다 언니, 꼭 들러야 해요!"

"응, 키라. 꼭꼭 약속할게."

폴과 태도가 바뀌어 미적미적 머뭇거리던 키라도 재차 확답을 듣자 방긋 웃으며 수지에게로 간다. 덕분에 화제 선택의 의중을 가늠해 볼 자리가 마련되긴 했으나 캐묻기가 여의치 않다. 식후의 차를 대신해 유유자적 스위티를 마시는 그녀의 태도가 앞서의 대화는 깡그리 잊어버린 듯한 뉘앙스를 풍겼던 것이다.

그렇다고 어영부영 넘어갈 순 없는 일. 현진은 제논의 특색인 어수룩한 투로 말을 꺼냈다.

"저, 레이디 엘다, '간간히 생겨나는 올바른 어른들' 까지 말씀하셨는데……."

"응? 아. 아니, 아니야, 제논."

아니긴 뭐가 아니란 건지. 기껏 궁금하게 해놓고 꼬리를 말셈인가? 미간을 좁히는 제논의 표정에 변명하듯 몇 마디 우물거리긴 했으나 그뿐이었다.

"그냥, 업무 복귀한 후 며칠간 산더미 같은 보고들을 받다가, 누군가와 관련된 귀띔을 들었거든. 근데 확신할 수 있는 사항은 아니라서…… '올바른 어른'은 그저 내 추측이었고 오갈 데 없는 사람들을 이용해 먹는 파렴치범들에 대한 이야기도 확실한 것은 아니야."

"누구와 관련된 귀띔이었기에……?"

"음, 그냥 해본 소리였어. 어쩌면 혹…… 아니, 아니야. 역시 괜한 소리였던 것 같아. 명확하지 않은 일을 두고 굳이 왈가왈부할 필요는 없겠지. 그보다 제논, 오늘 나온 별식들 모두 제논이 개발한 거였지?"

"네에."

별식들 따위로 화제를 돌리다니. 눈치 주듯 힐끗해왔던 그녀의 호위들도 이젠 오리발 내미는 표정으로 딴 곳만 바라보고 있다. 그녀나 그들이나 더 거론하지 않겠다는 의사 표명인 셈인데 말꼬리를 잡을 순 없고.

"파티 분위기로 보아하니 여러 경로로 사업 제의들이 들어올 듯한데, 오너이신 메를린 부인이 물론 알아서 잘하시겠지만 제논도 꼭 말씀드려봐."

"무엇을……?"

"사업 확장과 투자자 유치에 신중을 기하시라고. 부식들의 유통경로와 유통기한 문제만 정립된다면 내 선에서도 대량 거래처의 확보를 주선해 줄 수 있을 거야. 그러니 행여 충분치 못한 조건으로 투자지원이나 동업 문제를 급하게 결정하실 필요는 없다는 거지."

군량 확보에 대한 발언이었다. 말 그대로 '대량'이 될 사전 거래 청약이었지만 그녀가 이야기하다만 원래의 화제에 더 미련이 가는 제논이었다.

그러나 이내 단념해야 했다. 잠잘 준비를 끝냈음을 알리느라 키라와 폴이 창틀에 매달려 손을 흔드는 바람에 엘다가 아예 자리를 떠버렸던 것이다.

하는 수 없이 제논은 파티장의 전경으로 신경을 돌렸다. 특히, 쌍둥이에게 설명하며 주위를 훑어보던 엘다의 시선이 잠시 잠깐 멈췄던 이를 눈여겨 봤다.

그녀가 표현했던 '이재민들을 이용해 사리사욕을 채우는 파렴치한 사람들'과 스스로의 사견인 '올바른 어른들', 그 두 가지 부류를 놓고 구분하라면 전자(前者)에 속할 것이 틀림없는 사람이었다.

'아무래도…… 냄새가 역한 자야.'

그렇지 않아도, 애초에 제논의 신경을 잡아끌던 사람들 중 한 명이기도 했다. 엘다 바워버드나 하버 백작부인과는 전혀 다른 의미의 거슬림이었다고나 할까.

한창 바빠진 헤리슨에게로 접근하고자 기회를 노리고 있는 오십대 중반의 남자. 저쪽 동네에서도 익히 접하던 패턴의 사람이었던 것이다.

고급 옷감에 덕지덕지 바른 장신구들로 도배한 화려한 행

제논 프라이어

색인데다, 얇은 입가엔 짐짓 사람 좋은 호인의 미소를 띠고는 있으나 음습한 뒷골목의 하이에나와 같은 썩은 냄새가 진동을 하는 자였으니.

'흐음. 저 양반도…… 뭔가 목적이 있어서 참석한 듯한데.'

그리고 또 다른 한 명.

말쑥한 정장 차림에 사십대 초반으로 보이는 손님이었다. 주변 사람들과 유쾌하게 담소하고 있었으나 눈동자만큼은 결코 웃지 않고 있다.

은근한 경계의 기색을 띠며 헤리슨에게 접근하려하고 있는 예의 하이에나를 살피고 있지 않은가.

선수는 선수를 알아보는 법. 직감적으로 수사 계통에 종사하는 인물임이 느껴졌다.

Chap. 2
삼수갑산을 가더라도

삼수갑산을 가더라도

"어이, 헤리슨, 여기도 추가 주문 받게나!"

"감사합니다. 원하시는 품목이……."

"자잘하게 이것저것 손꼽지 않겠네. 현재 판매용으로 취급하고 있는 식자재들, 고루고루 다 주문하겠네. 몇 개월 치 선불 식으로 계약하는 건가?"

"꼭 그렇진 않습니다. 통상적으로 대금의 20%를 계약금조로 받고 있지만, 반드시 그러지는 않으셔도 됩니다."

"그런가. 그러면 일단 예약주문부터 하고 내일 내가 상점으로 사람을 보냄세."

"네, 그러십시오."

가문의 집사로서, 원래는 파티의 전반적인 흐름을 지휘하고 하객들을 위한 갖가지 편의를 봐주는 일로 분주했어야 했다. 그런데 마리와 쌍둥이들의 생일 축하 공연이 끝나고 손님들의 담소와 식욕이 고무될수록 헤리슨은 가업과 관련된 일로 눈코 뜰 새 없이 바빠졌다.

　갖가지 주문이 쇄도했던 것이다. 가장 많은 질문과 예약주문이 들어온 것은 마른 고추를 빻아 갖은 재료와 함께 간장과 버무려 구운 양념불고기, 그것과 곁들여 먹는 상추와 입가심용 스위티였다.

　강한 맛을 좋아하는 손님들을 위해 제논 도련님이 가르쳐 준 대로 된장과 고추장을 섞어 내놓게 했던 쌈장도 금방금방 바닥을 보이고 있다. 상추에 싸먹는 불고기 외에도 김치와 곁들여 먹는 두부 역시 인기가 좋았다.

　맛이 강한 음식을 멀리해 온 손님들의 경우에도 불고기만큼은 좋은 평을 주었고, 특히 담백한 두부와 달콤하고 시원한 스위티의 애용은 압권이었다.

　톰슨이나 보비가 그 큼직한 유리항아리를 틈틈이 채우고 있는데도 추가되는 동안의 시간을 못 기다리겠는지 남녀노소 불문하고 죄다 여분으로 한 컵씩은 들고 있다. 이제까진 서비스 품목으로 삼았었지만 스위티의 상품화 문제는 결정을 해도 될 것 같은 분위기다.

　'마님과 다시 검토를 해봐야겠어.'

손님들의 주 층이 마리의 존재와 관계된 것이 조금은 찝찝하지만, 분위기로 보아하니 마리 아가씨의 노래에 대한 인기가 일과성(一過性)만은 아닐 듯하고 자신이 짐작하는 것보다 지지층의 범위가 넓은 듯도 하다.

　아무튼, 스위티의 상품화에 대한 안건을 놓고 메릴린 마님과 이미 몇 번인가 의견을 교환하기는 했었다. 하지만 아직 확정짓지는 못한 사항이다. 스위티만의 상품화는 계절을 많이 탈 것이 아니겠느냐는 제논 도련님의 우려가 설득력이 있었던 것이다.

　사실 가게를 찾는 손님들의 수요를 보더라도 가을 들어서부터 여름과는 확연한 차이가 났다. 물론 지금도 내놓으면 금방 빈 잔이 되기는 하지만 적극적으로 찾는다는 느낌은 훨씬 덜한 것이다.

　게다가, 공장을 건립하고 인력을 고용하는 것은 고용인들의 생계를 고려하지 않을 수 없는 문제다. 하물며 여름 한 철만 고용하고 마는 것은 보안 문제까지 감안하여 생각했을 때 애당초 말도 안 되는 일인 것이다.

　스위티는 그랬고, 두부를 비롯한 다른 부식들은 취향을 많이 타는 듯해서 문제였다. 내놓으면 먹기는 하지만 손님에 따라 반응은 상당한 차이가 있는 상황이다.

　지속적으로 가게에 출입하는 사람들은 두부나 김치도 즐기는 게 분명하지만, 어쩌다 들르는 손님들의 반응은 여름의 스위티만큼 폭발적이지 않았다.

처음 접하는 사람들은 마지못해 먹는 경우가 태반이었던 것이다. 결국 지속적으로 맛을 보여주고 손님 층을 구축해야 하는데, 그게 쉬운 일일 리가 없지 않은가.

또한 어떤 부식이든지 장기 보관이 어렵다는 것도 상품화의 장애로 등장한다.

야채와 과일도 생물이라 그런 측면이 있지만, 며칠 정도는 질이 떨어질 뿐이지 상하지는 않는다. 그런데 새롭게 다루게 된 부식들은 여름날엔 이틀을 못가고 폐기해야 하니 더욱 까다로운 일이었다. 수요예측이 정확해야 불필요한 로스가 없을 테니 말이다.

"헤리슨, 나도 주문하겠네."

"네, 말씀하십시오."

여하튼 그런 식으로 예약주문을 포함한 잡다한 권유와 투자 의사를 메모하고 흥정하느라 정신이 없었다. 하지만 헤리슨은 하나도 힘들지 않았다.

바야흐로 사업의 번창과 가문의 부흥이 눈에 잡히는 듯하지 않은가. 자신이 현재 쥐고 있는 메모만도 전대남작이 별세한 후 이년 간 올린 매출액을 훨씬 웃도는 주문이었던 것이다.

미처 메모하지 못하고 기억만 해두었던 초반의 주문들도 있고, 손님들과 동행해 온 하녀들이 주방의 수지를 통해 주문한 물품들도 무시 못 할 양이다.

　그렇듯 내심 만세라도 부르고픈 만족스런 비명을 삼키는
중인데…….

　"흠, 헤리슨, 바쁘구먼?"

　"……네, 식사는 잘하셨습니까."

　헤리슨의 상념을 끊어온 사람은 특별한(?) 사람이었다. 토
레노의 서쪽 외곽에 꽤 큰 농토를 소유하고 있는 '발드로 모
레이'라는 지주이다.

　"덕택에 잘 들었네. 그런데 말이야."

　이제까지 헤리슨을 통해 예약주문을 해왔던 부류는 귀족
손님들을 따라온 집사들이 대부분이었다. 그런데 그는 그보
다 상위의 신분이었다.

　그렇다고 작위를 가진 정식 귀족은 아니고 지배 계층의 실
세 가문들 중의 하나인 모레이 자작가문 출신의 귀족이었다.
계승 서열에서는 밀려났지만, 타고난 역량으로 나름의 입지
를 굳힌 인물이다.

　"생각보다 큰 파티로군."

　"……네, 저도 예상치 못했지요."

　"자네네 부식사업에 대한 관심과 호응도도 생각보다 높고
말이야. 이거 내가 너무 늦은 것은 아닌가 모르겠네. 애초에
무지렁이 하인들을 시켜 자넬 찾아가게 하는 것이 아니었는
데. 하지만 아직 기회는 있겠지?"

"그렇…… 습죠."

이제까지와는 달리 대꾸마다 어딘지 딱딱하고 능장부리는 어조가 된다. 하지만 헤리슨으로서도 어쩔 수 없었다. 탐탁지 않고 달갑지 않고 꺼림칙했으니까.

물론 손님들 전원이 주최 측의 기분에 완벽히 맞을 수는 없는 법이다. 하지만 그러한 보편성을 떠나, 헤리슨은 애초에 그의 참석 자체가 반갑지 않았다.

왜냐하면…….

"그렇다니 다행이네. 역시 내가 직접 와야 했군. 마침 부인의 생일 파티가 있길 다행이야. 프리-아카데미에 다니는 딸자식은 없지만 아는 집안의 따님이 참석한다 해서 말이야. 아무튼, 내 용건은 이미 알고 있을 거네."

알다마다.

전대 프라이어 남작이 불의의 사고로 한줌의 재가 되어 돌아와야 했던 바로 그곳 곡창지대의 지주.

전대남작을 잃고 불황의 늪에 빠져 있을 때는 관심조차 없다가 사업이 호전되는 기미가 보이자 어찌 알았는지 대리인이나 하인들을 보내선 투자네 동업이네 하는 의심스런 제의를 해오지 않았던가.

접촉해 왔던 문제의 그 하인들은 헤리슨과의 쥐꼬리만 한 안면을 핑계로 스위티나 두부를 만들던 가게의 내실을 허락도 없이 기웃거리기까지 했었다.

고향인 그곳 곡창지대에서 상경하여 주인댁의 마구간지기
로 일하고 있다고 하였었지만, 뻔뻔스러움을 넘어 거만하기
까지 하던 그때의 언행들로 보아선 보통의 하인이나 마구간
지기들은 아닐 거란 느낌이 진했던 터.

그렇지 않아도 거리에서의 평판이 두루두루 좋지 않았는
데 그런 그들의 주인이라는 사람이 직접 왕래해 왔다고 무작
정 반가운 척할 수도 없는 노릇.

"내보기에, 수익성 높을 부식들은 역시 스위티와 두부인
것 같더군. 듣기론 오늘의 상추를 시작으로 한겨울의 여름과
일 수확도 계획하고 있다던데, 맞나?"

그나마 저렇게 말하는 것을 보면 '온실'의 실체는 모르지
만 주목하고 있다는 뜻이리라. 톰슨과 보비를 비롯한 일꾼들
에게 가업에 관한 비밀 유지의 중요성을 더욱 강조할 필요가
있다 생각하는 헤리슨이었다.

"……계획은 그렇죠."

"계획이 그렇다면 추진해 봄직도 하지 않나? 저번의 제안
은 어떻게 생각하나. 내가 가진 인맥과 자금력과 넉넉한 농지
에, 자네네 신개발 아이디어가 합쳐지면 훨씬 높은 이익을 창
출할 수 있을 거란 말일세."

"글쎄요. 제가 결정할 문제가 아니라서."

"안방마님에게 아직 이야기 안 했나? 지금 당장이라도
여쭤보게. 내 지원을 받아들여 함께 사업을 해보겠다면 형식

이야 어떤 방면으로든 조율할 수 있을 테니. 예를 들어 제조법을 공유하는 동업자로서는…….”

헤리슨은 순간적으로 가문의 안주인을 찾았다. 그러나 메를린은 귀족내외들의 울타리에 갇혀서 머리꼭대기밖에 보이지 않았다. 하긴 차라리 그녀가 모르는 편이 낫다. 발드로 지주는 전대남작의 부고를 전해 주고 유품과 유골을 건네주었던 자들의 주인.

오늘 같이 좋은 날, 전대남작의 사망에 그가 관련이 있든 없든, 남편의 죽음을 상기시킬 사람과의 정식 대면이 좋을 게 뭐가 있겠는가.

“흐음, 헤리슨. 지금 내가 하고 있는 말 듣고 있나?”

“……듣고 있습니다.”

실은 듣고 있지 않았다. 자신의 선에서 결정해 확답할 문제는 아니나 아무리 번지르르한 제안을 늘어놓더라도 마음이 동하지 않는다. 전대남작의 사인(死因)에 가졌던 의혹이 속시원히 풀리지 않은 상태라 감정적 거리감이 형성되어 있어서이리라.

“흐음.”

“여하튼 호의어린 제의들, 감사드립니다. 파티가 끝나 상의드릴 자리가 마련되면 마님께 여쭤보겠습니다.”

“그건 그렇다 치고, 자네 말이야. 나에 관한 세간의 얼토당토않은 낭설들 때문에 그러는 건가? 아니면…….”

'아니면 뭐?'

약삭빠르게 생긴 실눈을 더욱 가늘게 뜨며 주시해 오는 발드로 모레이. 행여 속내가 드러날까 싶은 우려에 혜리슨은 표정관리에 유념하며 정색했다.

"그럴 리가 있겠습니까, 오해십니다."

"……어쨌든 안주인에게 전해 잘 상의해 보게. 오늘 같은 호황을 예측하고 미리 사업제의를 했던 사람이 나였다는 것만큼은 꼭 감안해서. 좋은 대답 기다리겠네."

"……."

돌아서는 그에게 형식적으로 고개를 까닥한 혜리슨은 미미하게 눈빛이 흔들렸다. 우연찮게 누군가의 우려 섞인 시선과 눈이 마주쳤던 것이다.

오십대 중반인인 발드로 지주와는 달리 혜리슨 또래에 속하는 사십대의 남자 손님이었는데 예전에 전대남작과 친분이 있던 사람이었다.

평소 빈번한 교류는 그리 없었으나 수백 년 전통의 프라이어 가문이 토레노에서 형성한 인맥 또한 만만한 것은 아니었던 터, 전대남작 때만해도 꽤나 여러 가지 측면에서 도움을 주던 시(市)의 관료 중의 한 명이다.

프라이어 가문의 먼 인척이었던지라 전대남작이 살아 있을 때는 몇 번인가 왕래도 했고, 근무지로 찾아가면 자잘한 행정 편의를 봐주기도 했다.

당시엔 시의 조사관으로 근무했는데 좀 더 편한 관련부서의 사무직으로 이직했다고 들었었다. 일을 쉬는 휴일인 날이라 마리의 동급생인 친척 조카를 따라 간만에 방문해 왔다고 했었던가?

'가문이 다시 부흥하는 조짐으로 봐야겠지?'

그뿐 아니라 한동안 소원했던 얼굴들이 꽤 보이는 차였다. 과거의 인맥들이 다시 모인다는 것은 그간의 서운함이야 어쨌든 희망찬 일임에 틀림없다. 여하튼 헤리슨은 깍듯한 목례로 인사를 표했다. 그 또한 미미한 고개의 끄덕임으로 화답한다. 하지만.

"어이, 헤리슨! 여기도 주문 추가~!"

"아…… 네!"

그렇게 또다시 누군가의 집사가 호명해 오는 바람에 헤리슨은 그의 눈길에 떠오른 뭔가의 아쉬움을 알아채지 못했다.

부(富)를 과시하는 화려한 코디네이션, 거기에 속 빤한 웃음까지 머금은 발드로 모레이.

'저, 저자가……?'

놈의 가증스러움에 메슥거림까지 치밀어 저도 모르게 미간을 찌푸리는 코헨이었다. 헤리슨도 꺼리는 기색을 보이고 있기는 했지만 발드로의 접근을 딱히 뿌리치지는 못하고 있다. 저렇게 애매하게 굴다보면 결국 엮여 버릴 가능성도 클진데.

'으음. 주의를 주기는 줘야할 것 같은데.'

지금은 고인이 된 전대 프라이어 남작을 생각해서라도 어차피 종국이 뻔히 보이는 사태만은 막아야 한다.

레너드 코헨.

비록 화려한 편의 인생은 아니나 진솔함으로 사람을 끌어들여 온 성실한 매력을 가진 자였다. 비록 스스로의 모든 것을 걸고 도움을 줄 정도로 친분이 있는 사이는 아니지만 이 정도의 일은 해야 할 사명감마저 든다.

'어떻게 한다?'

주빈인 메를린 부인 쪽은 애당초 접근이 막혀 있는 상황이었다. 다수의 귀족들이 수시로 접촉하고 있었기에 다른 이의 눈길을 끌지 않고 접근하기란 불가능했던 것이다. 게다가 바워버드 후작가의 레이디 엘다 측도 메를린 부인을 밀착 마크하는 일에 한 몫하고 있었다.

그래서 주목한 사람이 헤리슨인데, 연이은 주문 러쉬로 접근이 그리 용이하지 않다. 그렇다고 대놓고 만나기에는 타인들의 이목이 부담스러웠고.

'오, 저 애가 장남이었지.'

고심에 찬 눈길로 파티장을 주시하는 코헨의 시야에 제논 프라이어가 들어왔다. 가족석 한편에서 눈에 잘 띄지 않은 태도로 조용히 파티를 즐기고(?) 있다.

프라이어 가문의, 그것도 장남이라면 비록 나이가 어리긴 해도 믿고 전갈을 남길 수 있을 터였다.

＊　　　＊　　　＊

"남작부인, 아쉽지만 이만 돌아가 봐야할 듯합니다. 우리
가 어서 물러나 드려야 부인도 쉬실 수 있을 테니. 가까운 시
일 내에 곧 '기별' 드리겠습니다."

"네, 교장선생님."

"저희 역시, 만나 뵈어 정말 반가웠습니다. 오늘 하루 고생
많으셨습니다, 부인."

"고생이라니요. 아, 잠시만…… 마리!"

손녀딸을 거느린 채 작별해 오는 프리-아카데미 교장과, 딸
자식과 더불어 인사해 오는 칼리지 관계자 부부. 그들에게 답
변하던 메를린은 바삐 큰딸을 찾았다.

"네, 어머니. 부르셨어요?"

"너의 손님들이시기도 하지 않니. 배웅해 드리렴."

"아…… 오늘 와주서서 감사했습니다. 조심히 가세요."

"늦게까지 수고가 많았네, 마리 양."

"별말씀을요, 교장선생님."

"반가웠어요. 기회 닿는 데로 또 만나요, 마리 양."

"네, 저도…… 잘 가요, 언니."

칼리지 관계자 부부보다는 한 학년 위로 자신의 팬클럽 회

원인 그들의 딸에게 인사의 비중을 높인다. 오늘 파티에 그들 부부가 참석해 온 속내를 알지 못해서이겠지만, 조금 쓴웃음을 지은 메를린은 해당 손님들이 물러가자 약간 훈계하듯 당부했다.

"마리, 노파심에 말한다만 앞으론 각별히 더 품행에 신경을 써야 한다. 집에서든 학교에서든 마찬가지야. 학과 공부도 절대 게을리 해선 안 되고. 알았니?"

"네, 어머니. 근데…… 제가 무슨 실수라도 했나요? 손님들의 수효를 사전에 정확히 말씀드리지 못한 것은……."

"그 때문이 아니라."

어떤 예를 들까 궁리하던 메를린은 곧 말을 이었다. 마침 각자의 보호자들에게 돌아가느라 여기저기로 흩어지는 팬클럽 아이들이 눈에 들어왔으니까.

"널 따르다 못해 숭배하다시피 하는 귀족 영애들이 학년을 불문하고 저렇게 많지 않니. 그것만으로도 필히 모범적이 되어야 할 이유는 충분하다. 학년에서만이 아니라 학교 전체를 통틀어서도 꼭 그래야 해. 알겠지?"

"으음, 네, 명심할게요."

평소 기대에 못 미쳐 온 딸아이는 아니었으나 어미 된 심정으론 조금은 더 당부해 두고 싶었다. 하지만 그럴 경황이 없어지고 있었다. 교장선생의 뒤를 이어 손님들의 귀가행렬이 본격화되었던 것이다.

"멋진 공연이었습니다. 맛있는 음식에 흥겨운 파티, 잘 누리고 갑니다. 고마웠습니다. 유쾌하고 훌륭한 파티였습니다. 꼭 다시 뵙길 빌어요. 거듭, 생신 축하드립니다. 다음번엔 꼭 우리 집 행사에도 와주세요."

그렇게 너도나도 한마디씩 남기며 퇴장하는 손님들. 참석해 주어 도리어 감사하다 답례하며 메를린은 파티장을 떠나는 손님들을 배웅하느라 분주해졌다.

'응······?'

그런데 그토록 정신없는 와중에 불현듯 왜 그쪽으로 눈길이 쏠린 걸까.

각자의 주인들을 위해 철수 준비를 하는 집사들이나 하인 하녀들로 북적이는 마구간 쪽 길목. 그곳과 대문을 오가며 마차나 말을 돌려주는 것으로 손님들을 배웅하고 있던 제논, 어둠 속으로 사라지는 누군가의 마차를 바라보며 머뭇거리고 있다.

실은 미동도 없이 가만히 서 있는 모습이었으나 메를린이 느끼기엔 그랬던 것이다.

'왜 저러지? 무슨 일이 있나?'

그러나 메를린은 뭐든 믿음직하게 해치우던 큰아들이 무엇 때문에 멈칫거리고 있는지 알아볼 틈이 없었다. 또 다른 손님들이 작별인사를 건네 왔던 것이다. 게다가 제논이 묘한 경직상태를 보여 메를린의 신경을 붙잡은 것은 아주 잠깐의 일일 뿐이었다.

"그럼, 며칠 안에 다시 봬요, 메를린 부인."

"네, 하버 백작부인. 살펴가세요."

"마리, 학교에서 봐!"

"응, 잘 가, 레베카."

손님들의 작별에 화답해 놓고 다시 쳐다봤을 때 제논은 그새 바쁘게 움직이고 있었다. 그래서 메를린은 이상한 느낌을 받았던 제논의 행동을 곧 잊어버렸다.

썰물 빠지듯 손님들이 귀가한 후에는 어질러진 앞마당을 치우거나 식탁의 뒤처리를 하느라 더욱 바빠졌고, 기절할 만큼 고단해지기도 했으니.

*　　　*　　　*

'어떻게 할까?'

깊어가는 가을, 밤하늘 별빛 아래 고즈넉한 프라이어 저택. 파티의 뒷정리가 대충 끝나자 저택은 깊은 침묵에 빠졌다. 다들 피곤해서이리라. 그런데 유독 제논만큼은 새벽의 시각이 되도록 잠들지 못하고 있었다.

창으로 들어오는 조각 달빛에 의지하여 손에 들린 쪽지를 보고 또 보며 벌써 몇 시간째 갈등하는 그였다.

『주의, 발드로 모레이.

시청 문서보관실. 101-1590-10-XXX』

레너드 코헨이라는 사람의 쪽지에 쓰인 글귀였다.

'이걸 어머니께 전해주라고……?'

안 그래도 주의를 기울이던 사람이 먼저 접근해 온 터라 약간은 긴장하던 차였다. 철수 준비를 하던 사람들 틈에 뒤섞여 자연스런 접근으로 악수를 청해 왔었다. 그렇게 맞잡은 손에 은밀히 쪽지 하나를 쥐어주고는 안부를 전하라는 것처럼 '어머님께, 전해 드리게.'라는 말을 남기고는 파티장을 떠나갔었다.

'발드로 모레이라……'

그렇지 않아도 엘다 바워버드가 대화 중에 스치듯 주목하던 자였는데 은연중 전문가 냄새를 풍기는 사람까지 비밀스런 쪽지로 그자를 지적하고 있다.

정확한 속사정은 알 수 없었으나 호의에서 건네온 쪽지임에는 틀림없고, 필히 조심에 조심을 기해야 할 사안임도 분명하다. 발드로 모레이라는 그 하이에나 같은 자를 경계하라는 뜻이 아니고 무엇이겠는가.

또한 쪽지의 뒷면에 덧붙여 기입되어 있는 문서보관실의 목록 번호. 그 점 때문에 더욱 메를린에게 전하는 것을 미루고 갈등하고 있는 참이다.

발드로 모레이와 프라이어 가문이 얽힌 뭔가 숨겨진 비사가 있음이 틀림없는데, 아무리 생각해도 현 프라이어 가의 역량으로는 감당하기 어렵다는 판단인 것이다.

모를 때는 자연스레 대할 수 있지만 숨겨진 어떤 사실을 알게 되면 아무래도 대하는 태도가 달라지게 마련, 괜히 상대를 자극할 수 있지 않은가. 게다가 내막을 파헤친다고 섣불리 움직이는 것은 상대의 경계심만 자극할 뿐, 실익이 없는 일이다. 그러니.

'차라리 이 건은…… 식구들에게 알리지 않고 내 선에서 처리하는 게 옳겠어.'

단지, 발드로 모레이 측이 제의해 온 사업적 사안에 대해서만큼은 반대의사를 분명히 하여, 그쪽과 불필요하게 엮일 가능성쯤은 차단해 두는 것이 현명하다는 결론을 내렸다. 그러고 보면 엘다 바워버드도 아마 그 점을 의식하여 군량문제를 거론했던 듯?

'암튼 이래저래 일거리가 느는군.'

할 일은 많은데 몸은 하나, 갑갑한 상황이었다. 제논이 원하던 원치 않던 사람들과의 얽히고 설긴 인간관계를 회피하기란 이미 늦었지 않은가.

집안의 경제력을 위해선 가업의 확장 문제쯤은 필히 긍정적으로 검토해야 할 것이고, 그로인해 파생될 것이 분명한 급작스런 인력증원이나 타인과의 교류 또한 피할 수 없는 일이 되고 있다. 그로서 믿을 수 있는 측근들, 다재다능한 인력의 필요성이 더욱 절실하게 부각되는 밤.

　'여하튼…….'

　삼수갑산(三水甲山)을 가더라도 내일은 시청에 들러봐야겠다 생각하는 제논이었다.

Chap. 3
위장진입

위장진입

    토레노의 재래 시장은 활기로 넘쳤다. 그 어떤 세상의 시장과도 다르지 않는 활기. 가게마다 미신적인 의미로 달아둔 붉은 실이 있는 점이나, 검은 머리, 검은 눈이 아닌 사람들이 대다수를 차지한다는 점만 빼면 말이다.

    온실을 계획했던 예전부터 하교 길이나 비는 시간에 가끔씩 시장에 나오곤 했었다. 집안에서 운영하는 상점에도 들러볼 겸, 자신이 모르는 작물이나 특산품들에 대한 조사를 하기 위해서였다.

    들이는 시간에 비해 그리 큰 성과는 없었다. 그래서 신체 수련과 온실가동을 위해 빼버릴까 고민하던 일과. 그나마 고민만 하고 실행에 옮기지 않아서 다행이다. 끊었던 발길을 갑자기 다시 잇게 되면 누구에게든 주목받을 일이 되지 않았겠는가.

지금은 전면 자율학습 체계에 돌입하여 굳이 등교를 할 필요가 없는 시점이었으나 오늘의 시내 행(行)을 위해 일부러 학교에 들렀다 왔다. 엘다 바워버드나 레너드 코헨을 비롯해 파티에 왔던 손님들의 대다수는 정보력이 남다르고도 남을 만한 계층이었고, 문제의 하이에나도 의식해야 했으니 각별히 주의를 기울여야 했던 것이다.

"떨이요, 떨이!"

"거저요, 거저!"

호객하는 장사치들의 거래를 구경하며 제논은 느긋하게 시장 통을 거닐었다. 한 사람 한 사람 삶의 생기를 여한없이 누리고 있음이 피부로 느껴진다. 그런데…….

"형! 이것 좀 사세요."

'왔다.'

늘어선 상점들의 분위기가 달라지자마자 여지없이 날아오는 새로운 톤의 호객. 결코 긍정적이지 않은 삶의 활기다. 상류계층을 대상으로 귀금속이나 타지에서 들어온 향신료 따위를 취급하는 상점가를 앞둔 지점이었다.

귀족들은 의례히 개별적인 루트로 주식이나 부식들을 확보했기에 서민들이 애용하는 시장가엔 발 딛길 꺼려했다. 왕래한다 하여도 하인 하녀들을 시키는 것이 보통이었다. 하지만 이 지점부턴 다르다.

또한 그러한 시장 계통의 생리를 잘 알고 상술에 써먹는 이들도 존재한다. 지금 제논의 앞을 착 가로막으며 호객한 꼬맹이처럼.

"사세요, 엄마의 유품이에요! 동생들이랑 겨울날 일이 걱정돼서 하는 수없이 파는…… 어디가요?"

쌍둥이 폴과 비슷한 또래의 남자아이. 꾀죄죄한 목걸이를 유품이랍시고 내밀고 있다. 못들은 척 걸음을 떼버리자 놓칠새라 쫓아오며 매입을 간청한다.

"목걸이 말고 귀고리도 있어요. 사세요! 네?"

"……."

일부러 머뭇거림을 조금 비춘 제논은 이내 어림없다는 표정으로 걸음을 빨리했다. 그러자 아이의 애원이 좀 더 뻔뻔스럽게 이어졌고 그를 신호로 골목골목에서 다른 아이들이 가세해 온다.

"오빠, 오빠! 사줘요. 사줘요!"

"내 것도 사줘요! 싸게 줄게요!"

"아저씨! 동전 하나만! 딱 하나만!"

딱 하나 좋아하네. 한 놈에게 줬다간 다른 놈도 당연히 손을 벌릴 테고, 연달아 나머지에게도 줘야할 테고 결국엔 쌈짓돈까지 탈탈 털리게 될 것인데.

노상 영업은 영업이되 날강도의 탈을 쓴 구걸. 폴과 키라를 비롯해 아이들은 다 귀엽지만 이렇게 예외도 있는 법이다. 간혹 시내에 나왔다가 이런 일과 맞닥뜨리면 언제나 모른척하며 지나치곤 했었다.

뒷골목에 널린 거지아이들까지 죄다 부양해 줄 작정이 아니라면 차라리 그 편이 나을 테니까.

"아저씨이!"

떼어내는데 가장 효과적인 방법은 바로 철저한 '무시'다. 뭐라고 한마디만 대꾸해도 그를 빌미로 더욱 끈덕지게 나오곤 하는 아이들이었으니.

하지만 이번만큼은 다르다.

"꼬마들아, 형아가 지금 갈 길이 바쁘거든? 비켜주련?"

"우리도 바쁜데! 배도 엄청 고픈데!"

"어디 가는데요? 안내해 줄게요! 동전 하나면 되요!"

"너희 같은 애들을 신고해 잡아넣게 하는 곳에 간다. 오, 저기 하나 있네. 같이 들어갈래?"

"……염병!"

귀금속 거리가 끝나고 잡다한 상점들과 주점들에 이어 공공기관들이 늘어선 부근이었다. 제논의 턱짓을 따라 인근 건물을 돌아본 아이들은 태도가 돌변했다. 울상이 되거나 반항적이 되거나 험악해지거나.

신고의 여부를 떠나 자신들로서는 어떤 수단으로도 넘볼

수 없는 곳이었으니. 토레노 시의 모든 행정을 총괄하는 시청이었던 것이다.

"으아앙! 안 사줄 거면 첨부터 말을 하지! 여기까지 따라오게 해놓고! 다리 아파 죽겠는데!"

"체! 지가 신고하면 어쩔 거야. 돈푼께 있어 좋겠다. 낯짝에 개기름이나 닦아라! 수전노 같은 새끼."

정녕 저게 열 살 안팎의 꼬마들에게서 나올 대사인가? 화가 나기보다는 한숨이 나온다.

그러나 겁주듯 아이들을 향해 눈을 부릅떠 보인 제논은 재빨리 시청부지로 진입했다. 불쾌한 거지아이들에게서 도망치는 폼을 연기하면서.

우연히 시청을 찾은 것처럼 행동한 것은 일단 성공. 다음은 역시 우연을 가장한 접근으로 목적한 문서를 엿보는 것이다. 최대한 자연스럽고 지당한 핑계를 대서.

세 가지쯤의 핑계를 댈 수 있었다. 먼저, 집안 사업에 따른 비밀유지의 필요성을 피력해 가문 소유로 등록되어 있는 산지의 입산금지 요청. 이곳 세계에도 특허를 내는 식의 권리보장이 가능하다면 좋을 텐데.

그러나 그렇지 못한 상태에서도 도시 차원의 공식적인 입산금지쯤은 의도할 수 있었다. 언제고 처리해 둬야 할 사항이기도 하니 가장 무난한 용건이다. 집 근처의 산에서 사고를 당했던 엘다 바워버드와 같은 경우는 필히 재발을 방지해야 했고.

두 번째는 프리-아카데미 생으로서의 개인적인 현장답사. 역시 의구심을 낳을 여지가 없는 핑계였다.

행정아카데미를 나온 엘리트이거나 칼리지를 거친 졸업생, 혹은 연수생이거나. 설사 양쪽 모두의 진학에 실패했거나 포기한 프리-아카데미 출신이라 해도 곧잘 채용되는 공공기관이었으니.

나머지 하나는 시청에서 근무하는 누군가의 인맥을 통해서나 대입해 볼 수 있는 접근법이다.

어제 메를린의 생일파티엔 레너드 코헨보다도 상위직인 고위관료도 참석해 왔었다. 은밀히 쪽지를 찔러준 레너드 코헨은 차치하더라도 그런 사람을 통할 수도 있겠으나, 고위급이란 신분답게 입구의 민원실 따위에선 코빼기도 볼 수 없는 위치였으니.

더구나 밖에서 볼 때와는 천양지차의 규모다. 토레노가 대도시로 발돋움하기 이전에 이미 가동을 시작했던 기관이었기에 그랬다. 신도시의 자그마한 관청 정도로 시작했다가 지금에 이르러선 한 나라의 왕성에 비견되는 규모로 성장해 있었던 것이다.

민원접수실과 연결된 주변의 여러 복도들만 봐도 그 복잡하고 비대한 규모를 가늠하고도 남는다. 드넓은 부지에 미로

와 같은 내부구조와 외부구조로 이뤄져 있었으니.

그렇다면 굳이 고위직이 아니더라도 선약을 하지 않은 이상 누군가의 인맥과 우연히 마주치기란 거의 불가능할 것이 틀림없을 터.

'뭐, 오늘은 행정 체계를 파악하는 정도로도 괜찮겠지. 틈틈이 기웃거리다 보면 방도야 생길 테고.'

레너드 코헨이 귀띔해 준 문서를 찾아 그 내용을 확인하는 것이 우선이었기에 일단 방문 목적을 접수했다. 간단한 서류 양식을 통해.

"입산금지 신청?"

"네, 안 그래도 벌거숭이였는데 점점 산림이 훼손되고 있거든요. 현재 우리 가문의 자치 방어력으론……"

"어? 프리-아카데미 재학생? 그것도 정규교과를 마친 4년 차. 와아! 반갑네. 내 후배가 될 수도 있겠군. 입산금지 등록 따위야 일도 아니지. 그보다, 자네 시간 있나?"

"……시간이야 있습니다만."

'이 친구 왜 이리 좋아하나.'

제논은 창구 안쪽에서 벌떡 일어나는 이십대 후반의 그를 물끄러미 쳐다봤다. 그러다 연이은 상대의 대사와 뒤따르는 반응들로 내막을 짐작했다.

"어이! 나 잠깐 내 자리로 돌아가네. 말해두지만 땡땡이치는 게 아니야! 결근한 신참을 대신해 예비 신입사원을 안내해 주러 가는 거니까. 그럼, 가네~!"

"신입사원이 될지 아닐지 어떻게 압니까! 우리가 먼저 면접해 보고…… 선배님! 오전에도 내내 꾀부리셨으면서!"

"꾀부리다니!"

오리발 내밀며 바삐 손짓해 온다. 쓴웃음을 지은 제논은 그의 지시에 따라 모퉁이를 돌아갔다. 그리곤 접수실을 뛰쳐 나온 상대방에게 팔이 잡혀 다짜고짜 이끌렸다.

"그래, 진로는 결정됐고?"

"아카데미 진학을 준비하고 있습니다."

"어, 자네 성적 좋나?"

"아니, 뭐. 낙방하더라도 재수할 수 있는 형편은 되니까요. 정 안되면 칼리지에 진학해도 될 테고."

"칼리지! 좋지. 이 지겹게 재미없는 직장을 십 년 가까이 다니고 있지만 나도 실은 칼리지 출신이야. 그때가 좋았는데…… 어쨌든 그럼 내 모교 칼리지의 후배가 될 수도 있겠군. 내 직장후배라도 되어보지 그러나?"

"……."

아카데미에 진학했다가 자신의 상관으로 부임해 올 거란 추측은 못하나? 하긴, 황립아카데미나 사립아카데미에 들어갈 성적과 배경을 가진 학생이라면 굳이 이런 시기에 시청을 직접 방문하지는 않겠지.

"아, 그렇다고 벌써부터 부담 갖지는 말게. 칼리지에 진학

한다 해도 2년은 지나야 할 테니까. 하지만 재학 중에라도 아르바이트 삼아 실습할 자리가 필요하면 찾아오게. 기억해 둘 테니 꼭 날 찾아와야 하네. 알았지?"

찍어뒀다가 잡역꾼이나 자기 일을 전가하는데 써먹기라도 하려고? 아무튼 저쪽 세상에서나 이쪽 세상에서나 공무원들이란! 그러나 제논은 빙긋 웃으며 대답했다.

"그렇지요. 감사합니다."

"그 정도로 뭘!"

근데 대체 지금 어디까지 가는 것인지. 돌아간다던 그의 '자리'가 어디쯤인지 짐작도 안 간다.

몇 개의 공용사무실을 지나친 그는 겨우 멈춰 섰다. 그런데 실내가 아니다. 소담스런 연못가가 내다보이는 양지바른 복도의 구석.

"오오, 비어 있다!"

움푹 들어간 귀퉁이라 오가는 사람들의 시야에도 잘 잡히지 않을 안성맞춤의 자리였다. 업무를 등한시한 채 숨어서 놀 때의 자리 말이다. 평소 지정석으로 삼고 있는지 벽에 바짝 붙여져 있는 의자에 냉큼 걸터앉는다.

"에고 편해라. 막간의 휴식엔 그저 낮잠이 최고라니까."

"저⋯⋯."

"아, 걱정 말게. 누가 오는지 망봐달라고는 안할 테니까. 시청을 안내해 주겠다고 했네만 혼자서도 구경쯤은 할 수 있지? 이 복도의 끝에 있는 계단만 올라가지 않으면 돼. 여기까지가 내 일과 책임 한도의 범위거든."

창틀에 발까지 척 올리곤 본격적으로 졸아볼 폼을 하는 그를 보며 제논은 눈을 반짝였다. 고양이에게 생선을 맡겨주는 격이 아닌가! 이렇게 되면 굳이 잘 알지도 못하는 인맥을 동원해 특혜를 노릴 필요가 없게 된다.

"그렇다면 '선배' 님, 한 가지 조언해 주시겠습니까?"

"응? 뭘?"

"제가 입산금지를 청하러 왔지 않습니까. 근데 공교롭게도 가문의 부동산을 정확히 알고 있지를 못합니다. 저택 근처의 땅은 물론 알고 있지만 먼 거리에 있거나, 작고하신 부친께서 따로 구입해 두셨거나 하는⋯⋯."

"자네, 토레노 시에 편입되었던 가문의 옛 영지가 있는지, 있다면 얼마나 있었는지 궁금한가 보군. 그렇지?"

"궁금해 하면 안 되는 걸까요?"

"안 되긴! 가문의 장자라면 당연히 궁금해 해야지. 저기로 들어가 보게. 단순히 부동산 관련만이 아니라 토레노 시를 기준으로 발생한 인구이동이며 호구조사서며, 별의별 기록들이 잔뜩 보관되어 있는 곳이니까."

"출입에 제한이 없는⋯⋯?"

"제한이야 있지. 담당자들이 출입증을 요구하면 날 가리켜 보이게. 고개를 빼들고 있을 테니까."

고맙네, 근무태만 공무원! 기꺼이 감사의 답례 말과 함께 돌아서려는데 몇 마디 덧붙여 온다.

"하지만 담당자들이 기밀문서로 취급하는 책장들이 있을 거야. 그 근처는 얼씬도 말고, 행여 자네 가문의 것이 아닌 타 가문의 기록들을 알게 되더라도……."

"걱정 마십시오. 행여 타 가문의 기록을 열람하게 되더라도 보는 즉시 잊어버리겠습니다. 그 정도의 세상물정은 알죠."

"그래그래."

비록 거짓말이었지만 무엇을 우려하는지 알고도 남았기에 제논은 착실히 대답해 줬다. 흔쾌히 맞장구쳐 온 상대방은 장담대로 잠시 후 제논의 신원을 증명해 줬다. 복도로 고개를 빼고 있다가 해당직원들에게 통과시키란 손짓을 해주었던 것이다.

덕택에 제논은 레너드 코헨의 쪽지에 적힌 등록 번호를 찾아 해당 문서를 열람할 수 있었다.

팔락~ 팔락.

"……."

철해진 문서의 페이지를 넘길수록 제논의 표정은 굳어갔다. 시(市)에 들어온 민원신고와 고소, 고발들을 기준으로 조사한 사건일지였던 것이다.

'발드로 모레이' 의 뒤를 캐다 증거 불충분으로 무산되거나 미해결인 채 종결되어 버린 여러 민원들.

소작농들과 그들의 자녀들을 대상으로 한 각종 가혹행위 및 납치, 유괴, 인신매매, 사기피해 등등. 가벼운 벌금형이 부과된 사건들을 제외하곤 죄상이 인정된 적은 없으나 아니 땐 굴뚝에 연기 나는 것 봤나.

'허, 전적이 참 화려했군.'

한 번의 속독 후, 간간이 덧붙여진 참고자료들까지 처음부터 다시 봤다. 그러나 길게는 정독할 수가 없었다. 애초에, 담당직원들이 주의줬던 '기밀문서' 들에서 아슬아슬하게 비껴난 책장이었기에 그랬다.

문서보관실을 오가는 시청직원들의 왕래가 끊이지 않은 점도 문제였다. 그렇지 않아도 애매한 지점에서 하나의 문서를 두고 골몰해 있다간 의심사기 십상.

막 문서를 덮던 제논은 토레노 시민들의 본적(本籍)과 관련된 등 뒤의 책장으로 재빨리 위치를 바꿨다. 입실을 허가했던 담당자들 중의 하나가 순찰하듯 규칙적인 걸음으로 다가오고 있었던 것이다.

뚜벅 뚜벅.

겸사겸사 발드로 모레이에 대해 알 수 있는 다른 문서들이 있나 살폈다. 앞서의 문서에도 그의 인적사항이 기술되어 있긴 했지만 대략적인 편이었으니.

철자 순이라 B란의 문서들부터 찾아진다. 엘다 '바워버드'의 본적이 뒤섞여 기록되어 있으리라.

열람 목적에 부합할 만한 발드로 '모레이'의 M도 찾았으나 정작 제논이 빼든 것은 프라이어 가문관련 기록이 있을 P란의 문서철이었다. 책장 모퉁이를 돌아오는 담당자의 존재때문에 그럴 수밖에 없었다.

"이봐, 학생. 찾아야 한다던 가문의 문서, 아직 못 찾았나?"

"아, 네. 문서들이 너무 많아서……."

"그러게 자네가 찾는 문서의 성격이 막연하다니까. 여기저기 뒤섞여 있을 과거기록에서 가문의 부동산 내역만 따로 골라내는 게 쉬울라고. 어쨌든 서두르게. 여긴 도서관 같은 데가 아니라서 사적인 이유로 열람하는 개개인에게 오래 개방해 줄 수 없는 곳이거든."

"그렇다면 차라리…… 시간 날 때 종종 들러서 찾아보면 안 될까요? 곧 아카데미 시험도 있어서."

"그러든지. 열람 예약증을 발급해 주겠네."

"감사합니다."

'아카데미'를 운운한 덕인지 제법 친절한 답변이 돌아온다. 그렇듯 다시 찾아와도 되는 빌미를 만들어놓긴 했으나 그냥 나오긴 좀 섭섭했다. 그래서 빼 들었던 문서에서 가문의 페이지를 찾아 설렁설렁 넘겨봤다.

초대 프라이어 남작을 시작으로 선대 프라이어 가문의 일원들까지, 몇 년도 몇 월 며칠에 태어났고, 나이 몇에 누가 시집을 왔고 어디로 분가했으며, 자녀 몇을 뒀고, 언제 어떻게 사망했는지 따위의 기록이 남아 있다.

가장 최근의 기록은 제논의 부친인 전대 프라이어 남작의 사망 사실이었다. 아직 채 퇴색하지도 않은 선명한 붉은색 잉크로 이렇게 쓰여 있다.

제국력 1589년 8월. 토레노 서쪽, 발드로 모레이 경의 곡창지대에서 수해(水害)로 인한 사고사.

'……사고사라.'

레너드 코헨이 현재 프라이어 가문의 실질적 지배자인 메를린을 상대로 경계할 것을 암시하느라 귀띔한 사실은 발드로 모레이의 뒤 구린 과거 전적.

엘다 바워버드가 확실치 않음을 이유로 들어 언급하다 말았던 사항은 오갈 데 없는 이들을 이용해 먹는 파렴치한 족속들과 그에 상반되는 올바른 어른들.

이쯤되면 누구든 넘겨짚어 추측할 만하겠다. 전대 프라이어 남작의 사망이 과연 '사고'였을까? 그의 죽음에 발드로 모레이가 연관되어 있지는 않나?

연관이 있다거나 없다거나, 어느 쪽이든 단언하기엔 아직 이르다. 하지만 원래 '제논 프라이어'의 것이었던 육신의 심

장이 불규칙하게 뛰기 시작한다. 무럭무럭 피어오르는 의구심들과 무시할 수 없는 육감 및 전신맥박의 고동.

'좀 더 신경 써서 조사해 봐야겠군.'

"어이, 학생!"

"네! 지금 나갑니다."

결코 충분치 않았지만 열람에 대한 미련을 버리고 오늘은 그쯤에서 퇴실하는 수밖에 없었다. 대신에 출입 예약증을 받아든 현진은 복도의 귀퉁이에서 쿨쿨 자고 있던 예의 직원을 깨워 답례 말을 남겼다. 말씀대로 자주 보게 될 것 같으니 미리 잘 부탁한다고.

그날 밤 프라이어 가엔 중대한 안건의 가족 회의가 열렸다. 스위티의 상품화 문제를 필두로 여러 경로로 들어온 사업제의들을 의논하고 결정하는 자리였다. 저녁식사에 이어 티타임을 이용했기에 마리를 비롯한 쌍둥이들도 동석해 있었다. 그러나 물론 어른들의 대화에 방해될 새라 얌전히 경청만 한다.

"헤리슨 씨, 상품화시킬 부식들은 스위티나 두부나 콩나물 정도만 시범케이스로 삼는 것이 좋겠어요. 당분간은 그것들의 공급만도 버거울 듯하니."

"네, 다른 부식들은 매출 상태를 봐서 천천히 시도하는 것이 나을 듯합니다. 딸기나 토마토 등도 곧 출하될 것인데 군이 모험을 할 필요는 없겠죠."

　가문의 장자이자 새 부식 상품들을 비롯한 온실의 개발자로서 어린 동생들보단 훨씬 발언권이 인정되고 있던 제논도 가능한 입을 다물고 있었다.

　결론 도출을 위한 메를린과 헤리슨의 대화에 미리 끼어들 것까진 없다는 판단이었으니까. 게다가 반론할 여지도 그리 없다.

　"어쨌든 가장 시급한 문제는 믿을 만한 노동력의 확보입니다. 가게의 내실이나 뒤뜰을 지금보다 넓게 활용할 수 있을 테고, 온실 쪽에 가건물을 새로 지을 수도 있으니 공장부지 선정은 크게 급하진 않지만, 지금의 고용규모론 어제의 예약 주문들은커녕 오늘 가게로 직접 들어온 주문들조차 충족시키기 힘든 형편이니까요."

　"새 일꾼들이야 금방 구할 수 있겠지만 헤리슨 씨의 말대로 '믿을만한' 인력이어야 할 텐데. 소개장을 가진 구직희망자들이나 현재 집 안팎에 고용되어 있는 일꾼들의 추천도 받아서 심사숙고해 보도록 합시다."

　"예, 마침 만약을 위해 메모해 두었던 사람들의 명단이 있기도 합니다. 일단 그 사람들을 기준으로 고용될 여건이 되는지 내일 출근하는 대로 알아보겠습니다."

　"네, 인력충원 방안은 그렇게 하는 것으로 하고. 문제는 투자자들의 선정 사항인데."

"비슷한 사업제의들을 토대로, 크게 두 군데의 제안으로 나눌 수 있습니다. 마님께서 하버 백작가로부터 받으신 투자 제의와, 제가 발드로 지주에게 받았던 제의. 어느 쪽을 선택할 것인지 결정하는 것도 급선무이긴 하죠. 어제 하버 백작가는 대강 어떤 조건들을 제시하던가요."

"하버 백작가는……."

시종 묵묵히 듣고만 있었지만 이제 슬슬 끼어들 타이밍이 다가오는 것 같다고 생각하는 제논이었다. 스위티의 상품화를 내걸고 투자와 동업을 제의해 온 큼지막한 대상들이 거론되고 있지 않은가.

파티를 통해 메를린에게 제안해 왔던 하버 백작가는 사업 확장과 그 운영에 따르는 거의 모든 경영 결정권을 프라이어 측에 일임할 것이라 했단다. 그들은 그저 그에 필요한 금전적 지원을 투자자로서 약속하여 순수익의 반을 나눠받는 정도로도 괜찮다 하였던 것이다.

대단히 우호적인 조건이었다. 하버 백작부처의 사회적 신용이 못 미더웠거나 경제적 측면에서 불안정한 가문이었다면 뭔가 꿍꿍이는 없는지 수상쩍게 여겨도 이상할 것 없는 전폭적인 '우대'가 아닌가.

"마님의 설명을 듣자하니…… 전폭적인 우대라기보다는 전폭적인 지원 같은데요?"

"맞아, 수지. 우리로서는 최상의 제안인 셈이지. 그대로 받아들이자니 내 쪽에서 미안할 정도로."

"그제까진 없던 사업 제안들이 골라야 할 정도로 여럿 생겨나다니. 불평하는 것은 아니지만, 하버 백작부처는 어쩌다 그렇게 호의 넘치는 제안을 해오게 된 걸까요. 마님의 생신파티를 별렀다는 듯이 말이에요."

"글쎄? 누구 때문이었을까."

다소곳이 차를 마시고 있는 마리를 예뻐 죽겠다는 듯이 쳐다보는 수지와 달리, 의문을 표하듯 대꾸한 메를린은 동석해 있던 스스로의 아이들을 모두 훑어봤다. 그 눈길의 끝이 제논에게서 멈춘다.

'……내 덕이라고 생각하시나 보네.'

자애로 가득한 어머니의 시선에 조금 머쓱해진 제논은 원래의 화제를 상기시켰다.

"제가 듣기에도 하버 백작가의 제안이 썩 괜찮은 것 같습니다. 그런데 한 군데 더 있다고 하셨죠? 발드로 지주 측은 어떤 내용의 제안을…… 헤리슨 씨?"

원판 제논이 '아저씨'라고 부르던 호칭이 언젠가부터 메를린이 그러는 것처럼 '씨'로 바뀌었는데 아무도 그 차이를 깨닫지 못하고 있는 듯하다. 질문을 받은 헤리슨도 일말의 스스럼없이 답변해 온다.

"발드로 지주는……."

발드로 모레이는 딱히 정확한 숫자를 언급해 투자나 동업

조건을 제시한 상태는 아니었다. 헤리슨이 그럴만한 분위기 조성 자체에 협조적이지 않아서 그랬다. 하지만 역시 틀림없는 '우대'를 호언하긴 했다.

"사실 어제 그와 긴 이야기를 나누지는 못했습니다. 하지만 가게로 심부름 보내왔던 하인들이나 대리인을 통해 들었던 내용 그대로였으니까요."

그때 그들의 이야기와 어제 직접 만난 발드로의 이야기를 종합해 보면 대강 이런 조건이 그려진다.

투자 지원이든 동업이든 자기네와 협력하면 무조건적인 성공을 장담할 수 있으니 더 재고 말고 할 것도 없다. 수익률의 배분이나 향후 경영 결정권에 있어서도 프라이어 측의 의사를 최대한 수용하겠다.

하지만 '쌍방합의점'을 도출시켜 그 뚜껑을 열어봐야 비로소 다른 제의들과의 비교가 가능할 터. 설사 발드로 지주가 하버 백작가보다 프라이어 측에 더 유리한 수익 배분율과 여타의 조건들을 제시한다 하여도 빛 좋은 개살구가 될 소지가 크다.

사업 확장에 따르는 인력 확보며 공장부지로 전환할 수 있는 드넓은 농토 등등을 운운했으니 향후 경영 쪽에도 간섭해 올 소지가 적지 않지 않은가.

"그래서 제 생각으론, 하버 백작가의 제의를 수락하는 편이 단연코 유익할 것 같습니다."

이번 사업 문제를 계기로 발드로 모레이와 얽힐 가능성만큼은 사전에 차단해 둬야겠다 싶었는데, 헤리슨의 선에서 저렇게 못을 박을 정도라니.

'굳이 나까지 나서서 강조할 필요는 없었나?'

"으음, 내 생각도 그렇긴 한데."

하지만 뭔가가 걸리는지 망설이는 어조가 되는 메를린. 아마 별세한 남편과 관련된 일들을 떠올리느라 그러는 것이리라. 제논은 새삼 궁금해졌다.

전대남작이 사망하던 당시 원판 제논의 나이는 겨우 열 셋. 아무리 가문의 장자라하여도 어른들의 시각에 편승해 부친의 부고를 받아들일 수 있었던 시기는 아니었다. 덕분에 전대남작의 사망 사실도 표면적인 사항만 알고 있을 뿐 세세한 속사정까진 듣지 못했다.

그러나 이제 들어야 할 때가 됐다. 어떤 대상을 두고 적인지 아군인지 정도는 구분해야함이 기본인데, 발드로 모레이의 경우는 집안사업을 떠나 제논의 탈을 쓴 현진으로서도 당장 직면해 있는 중요 현안이 아닌가.

그래서 제논은 현재 스스로의 입장과 상황에 적절하다 싶은 견해를 택해 입에 올렸다.

"어머니, 고민해야 할 이유는 없을 것 같은데요? 제 소견으로도 두 분의 생각과 일치하거든요. 발드로 지주보단 하버 백작의 제안이 훨씬 투명하고 안정적이지 않습니까. 그런데 헤리슨 씨, 사견이 섞인 듯한 설명이었는데, 발드로 지주에게 뭔가 유감이라도 있는 가요?"

"에, 아니요. 그저…… 발드로 지주가 위세있는 자작가 출신이긴 합니다만 솔직히 하버 백작부처보단 못하고, 풍문으론 평판도 그리 좋지 않고 해서."

"발드로 지주에 대한 소문이 좋지 않았습니까?"

"그게……."

시청에서 직접 확인하여 꽤 세세하게 알고 있었으나 뜻밖이라는 투로 반문하는 제논. 그의 속내를 알 리 없는 헤리슨은 약간 곤혹스런 투로 대꾸해 왔다.

"사람 많은 시장통에서 가게를 운영하다보면 별의별 소리들을 다 접하게 마련이니까요. 발드로 지주는 자신에 관한 그 소문들을 '낭설' 이라고 했지만."

"거리의 소문들이야 진실 아니면 낭설이겠죠. 하지만 발드로 지주의 경우엔 낭설이 아닐까요? 남들은 다르게 느낄 수도 있겠지만 우리와는 그래도 동병상련(同病相憐)의 기억을 가진 처지일 텐데. 그때의 수해로 발드로 지주 역시 마을 하나를 고스란히 잃어버렸지 않습……."

"제논아, 잠깐."

대화가 삼천포로 빠진다 싶었는지, 유도심문 차 일부러 의도한 발드로 옹호적 발언이 거슬렸는지, 제논을 저지해 둔 메를린이 회의의 끝을 알린다.

"이러니저러니 해도 '안정적이고 투명한 제안'을 택하는 것이 옳겠지. 여하튼 그럼 하버 백작가의 투자 지원을 받는 것으로 하고. 폴, 키라, 졸리지 않니?"

"우음, 아니요."

"저도 그리 졸리지 않아요. 엄마랑 헤리슨 아저씨의 이야기를 듣는 것도 흥미로웠거든요."

"하지만 마리, 잠잘 시간이 됐다. 막둥이들 데려가서 양치시키고 이부자리도 봐주렴."

"네, 그럴게요. 어머니도 어서 쉬세요. 어제의 피로도 아직 다 안 풀리셨을 텐데, 피곤해 보이세요."

"그래, 나도 곧 쉬러 가마."

"마리 아가씨, 저와 함께 가요. 도와드릴게요."

"네, 수지 아줌마."

부친이 사망하였던 당시엔 고작 7살이었던 쌍둥이와 10살이었던 마리. 그때나 지금이나 뭣 모를 나이인 동생들을 데리고 자리를 피해준다. 눈치 빠르게도 미미하게 돌변한 어머니의 태도에서 뭔가를 느꼈던 모양.

수지도 아이들의 뒤를 따르자 티타임이 진행되던 거실엔 메를린과 헤리슨과 제논만이 남게 되었다.

그러나 곧 헤리슨과 제논, 둘만 남게 됐다. 뭔가 실언을 한 것인가 하는 표정을 지어보이며 말을 꺼낸 제논에게 메를린이 답변해 왔던 것이다.

제논 프라이어

"저, 제가 혹 주제넘은 소릴했던 건가요?"

"아니다, 제논. 단지……."

"생각없이 어머니께 심려를 끼친……."

"아니라니까. 네 잘못이 아니다. 잘못이라면 너무 어리다는 이유로 충분한 전후사정을 들려주지 않았던 내게 있겠지. 하지만 이제 너도 다 컸고…… 그런데 실은 지금도 어떻게 이해시켜야 할지 모르겠구나."

"아버지의…… 사고에 관한 말씀이신가요?"

모른 척 반문하는 제논에게 무겁게 고개를 끄덕인 메를린. 애써 담담하게 말을 잇는다.

"어쨌든 한가지만큼은 당부해 두고 싶다. 네 아버지를 잃은 우리의 입장은, 발드로 지주와 같지 않다. 우리에겐 하늘이 무너지는 비보였지만, 그에겐 그저 타산적 손실에 가까웠을 게다. 그도 소작농들로 구성된 마을 하나를 통째로 잃어버린 처지이니 단언해선 안 되겠지만 아마 거의 그랬을 거야. 그러니 동병상련으로 이해하진 말아다오."

"……."

"저, 마님, 도련님껜 제가 설명드릴 테니 이만 올라가셔서 쉬시는 것이 어떻겠는지요."

"……네, 헤리슨 씨."

남편의 사망에 관련된 일은 자신보다 차라리 헤리슨이 더 잘 알았다. 그래서 조금 뜸을 들이던 메를린은 그의 권유대로 소파에서 일어났다. 묵묵히 있는 제논에게 안타까워하거나 격려하는 눈빛을 던져 놓고.

그녀가 그렇게 자리를 뜨자 제논은 시선을 고정시켰다. 어떻게 말문을 열까 궁리하고 있는 헤리슨에게로.

Chap. 4
확신

확신

"그렇게, 딱히 그들을 의심할 만한 뾰쪽한 일은 없었습니다. 그렇지만 사람에겐 '육감'이라는 것이 있으니까요. 당시엔 남작님이 사망했다는 사실에 급급하여 생각이 미치지 못했는데, 시일이 흐를수록 뭔가 속은 듯한 기분이 떨쳐 지지 않아서…… 죄송합니다, 도련님."

"아저씨가 미안해할 일은 아니지 않습니까."

"그래도……."

머리가 복잡해진 제논은 말없이 일어섰다. 그러자 따라 일어나던 헤리슨이 근심스런 어조로 물어온다.

"어디 가시게요?"

"산책을 좀…… 헤리슨은 이만 가서 쉬세요."

"너무 멀리 가진 마십시오."

고개를 끄덕인 제논은 현관을 통해 거실을 나왔다. 차가운 11월의 밤공기가 밀려든다. 생각에 잠긴 표정으로 제논은 저택을 돌아 쏨벅쏨벅 걸었다.

그러다 조용히 멈춰 섰다. 온실 부지로 통하는 조금 높은 언덕 수준의 뒷동산, 평소 빈번히 왕래하는 그곳의 진입로와 그리 떨어지지 않은 지점.

'……'

나무들에 가려진 채 뒷마당 한편에 으슥하게 자리한 지금은 거의 쓰지 않는 건물이 눈에 들어온다. 특별한 때가 아니고선 굳게 닫혀 있는 곳이다.

원판 제논의 기억에 의하면, 남작가가 건재했던 수백 년 전엔 저택 보초병들의 숙직실로도 쓰이고, 유사시엔 병사들의 무기고로도 쓰이고, 때론 집 안팎의 죄인들을 가두던 감옥으로도 쓰인 곳이었다. 그리고 무엇보다 그곳 지하의 용도는 예나 지금이나…….

'납골당.'

그곳 건물엔 프라이어 가문의 납골당이 있었다. 가장 최근에 안치된 유패가 바로 제논의 친부인 선대남작.

'자, 그럼 이제 정리해 보자.'

제논이자 현진인 금발 머리 소년은 총총히 떠 있는 무수한

제논 프라이어

별빛을 바라보며 생각했다.

사실, 별세한 전대남작의 시신을 직접 확인한 사람은 집안에 아무도 없었다. 그나마 가장 가까이서 사망 사실을 접한 이는 헤리슨 정도. 유골과 진흙투성이의 유품들을 인계받아 온 것이 바로 그였던 것이다.

헤리슨은 당시 선대남작의 출장에 동승했던 집안 일꾼들의 유골과 소지품까지도 돌려받아 왔었다. 홍수와 산사태에 휩쓸렸다가 시신들과 함께 발굴되었다던 마차의 잔해도 확인했다고 하였다.

등잔 밑이 어둡다고, 그에게 뭔가 숨겨진 혐의가 있을지도 모르나, 아무리 생각해 봐도 부친의 사망에 헤리슨이 개입했을 여지는 없어보였다. 평소 그의 인물됨을 미루어 추측해 보아도 얼토당토않은 의심이다.

그렇다면 그가 뭔가를 놓쳤다는 뜻인데.

'뭘 놓쳤지?'

비보를 전해 주고 사후처리를 해주었던 이들은 프라이어 남작의 신원증거 삼아 그의 머리카락까지 한 움큼 보관해 두고 있었다. 유체의 부패가 심각해 화장시킬 수밖에 없었다는 해명이 따랐으나 헤리슨은 그럴 만하다 여겼다.

돌아온 헤리슨에게 설명을 들은 메를린도, 당시의 제논도 납득했었다. 때는 여름이었으니까.

"둑이 터질 듯하면 몸을 먼저 피하실 일이지!"

뒤따르던 메를린의 절규. 통곡하던 그녀는 그나마 시신을 수습해 주고 부고를 알려준 그들에게 적절한 만큼의 격식을 차렸었다. 제논도 기억하고 있었다. 장례에 따른 여러 지출로 가세가 휘청거리기 시작했었으니.

"제가 갔어야 했어요. 그랬더라면……."

장례식 전후로 입버릇처럼 말하던 헤리슨의 후회. 보통의 출장이었다면 그가 대신 갔어도 되었으리라. 하지만 장기보관이 까다로운 야채나 과일과 같은 기존의 품목들보단, 주식으로 삼는 곡류를 취급해 보고자 창고들까지 지으며 야심찬 계획을 세웠던 때였다.

인구 삼사십만 명인 대도시에서 밀이나 보리와 같은 곡류를 소비하는 양이란 요리 재료로 쓰이는 식자재나 과일들보다 월등히 규모가 컸으니까.

그래서 가을걷이 이전에 미리 수확물을 계약할 만한 곳을 물색해 선정했던 토레노 너머의 서쪽 곡창지대. 생산자와 소비자의 양측을 잇는 중간 상인으로서 새로운 판로를 개척하기 위해 남작이 친히 답사를 갔었다.

그렇게 마을과 마을로 이동하다 영영 돌아오지 못하게 된 출장길. 갑자기 내린 폭우로 저수지가 터져 체류하던 마을 전체가 수몰되는 대형 재해였다고 한다.

"생존자는 없었답니까?"

"있긴 있었지만 부음을 듣고 제가 달려갔을 땐 며칠이 지난 후였던지라 이웃 마을로 피신시켜져서 이미 그곳에 없었지요. 더구나 남작님이 자신들의 마을을 방문한 사실을 알고 있을만한 부류도 아니었습니다."

"어떤 부류였기에……?"

"대부분 어린 소년 소녀거나 열 살도 안 된 아이들이었거든요. 소작농인 부모들을 거드느라 송충이를 잡거나 산열매를 따는 등의 자잘한 부역(賦役)에 곧잘 동원되는 애들이었지요. 그날도 몇몇 어른들의 인솔로 집을 비웠다가 우연찮게 재난을 면한 모양이었습니다."

갑작스런 폭우로 발이 묶여 귀가하지 못한 것이 오히려 천운이 되었던 것이다. 그러나 그런 아들딸들과 달리 마을에 남아 있던 주민들은 거의 모두 터진 저수지 물에 휩쓸리거나 무너진 토사에 깔려 버렸다.

"그럼 부음을 전해준 사람들은……."

"애들을 인솔해 갔던 사람들이었는데 그중의 대표가, '크렉'이란 이름이었습니다. 그는 발드로 지주의 대리인이기도 했는데 산사태로 막혀 버린 길을 뚫느라 인근 마을의 소작농들을 인부로 쓰고 있었지요."

"그럼 그 마을은 수복된 건가요?"

"아니요. 지금은 어떨지 모르겠습니다만 당시엔 제가 보기에도 짧은 시간에 회복시키기엔 너무 큰 피해였으니까요. 남작님의 시신은 다행히 마을외곽 쪽에서 발견되어 일찌감치 수습될 수 있었던 게지요."

그 부분에서 헤리슨은 머뭇거림을 보였다. 수해(水害)로 와해된 마을의 수복은커녕 주민들의 시신마저 발굴하기 난감한 차였는데 전대남작의 경우엔 일행들의 시신과 더불어 마차의 잔해까지 수거되지 않았던가.

"마을외곽에서 말입니까? 나는 이제껏 아버님이 그곳에 머물러 계시다 변을 당하였던 것으로 알고 있었는데. 마을을 떠나던 중이셨을 수도 있겠네요?"

"마을 한복판보다는 이웃 마을들과 통하는 길목을 트느라 한창이었으니 그럴 가능성이 크지만. 그때 크렉 씨는 그러더군요. 남작님은 아마 저수지 둑이 터지기 직전에 탈출을 시도했던 것이거나, 농작물 계약 건으로 발드로 지주를 직접 만나고자 바로 윗마을에 있는 그의 사택을 찾아 막 출발하던 참이었을지도 모른다고."

그랬을 수도 있으리라. 하지만 석연치 않은지 설명하던 헤리슨조차 어조에 자신이 없었다.

"당시엔 아주 틀린 추측은 아닐 거라 여겼었습니다. 잔뜩 겁을 먹은 인부들의 태도도 그럴 만하다 싶었고, 크렉의 동년배들이 팔목이 절단되는 등, 크게 다쳤다는 수군거림도 물난리 통에 그랬거니 했었죠."

"팔목이 잘렸다고요?"

"네. 감독관들의 눈총에 입을 다물어 버렸지만 그런 소릴 얼핏

들었습니다. 물론 물난리 중에도 그런 부상을 입을 수는 있겠고, 다친 손이 심하게 덧나서 일부러 절단했었을 수도 있지만. 크렉과 그의 동료들은 앞서 마을 애들을 인솔해 갔다가 재난을 면했다 했는데…… 뭐, 그 외에도 어울리던 다른 마을 동년배들이야 있었겠지만."

"아버지가…… 검을 가져 가셨었지요?"

"그럼요."

헤리슨은 지당하다는 눈빛으로 긍정해 왔다. 제논은 무언(無言)으로 그의 의심에 동조를 표했다. 팔목이 절단되었거나 크게 다쳤더라는 크렉의 동년배들, 물난리 중의 부상이 아니라 누군가와의 칼부림으로 인한 '검상(劍傷)'이었을 수도 있지 않겠는가.

여하튼 크렉이란 자.

꽤 넓은 땅을 소유한 귀족 출신 지주의 대리인이었으니 평소 소작농들을 감독하는 감독관으로서의 역할을 위해, 혹은 농지 안팎의 마찰과 잡음에 대비해서라도 힘깨나 쓰는 치들을 거느리고 있었을 것이 당연지사.

그들이 곧 크렉의 동년배 동료들이었음으로 이해해도 무방할 진데, 물난리와는 어울리지 않은 부상을 입었더라는 인부들의 수군거림은 뭔가.

"나중에야 이상하다 싶었지만 남작님의 방문을 확인해 줄만한 이들은 마땅치 않았고, 뭔가 흔적이 남았을 수도 있었을 시신 역시 화장되어 버린 후였던지라……."

그렇지 않아도 심란하고 바빴을 와중에 외지인 시체들을 화장(火葬)하는 데까지 신경 써 주었다? 아무튼 시신을 살필 수 있는 기회마저 주어지지 않았다는 사실을 깨닫고 나자 헤리슨의 의혹은 가중됐고, 덩달아 메를린도 의구심을 키우게 되었던 것.

"그러다 보니 시내에서 간간히 들려오는 발드로 지주에 관한 소문들도 낭설로만 받아들일 수가 없더군요. 한번 의심하기 시작하자 모든 게 다 수상쩍어서."

"주로 어떤 소문들이었기에."

"부모 친지 잃은 애들에게까지 끝끝내 소작료를 물려 손실부분을 메운다는 식의 소문이었죠. 노예처럼 부리거나 유흥가에 팔아 버린다거나, 도둑질이나 날치기 같은 범죄행위를 알선한다는 소리도 있었고."

"일시적으로 돌던 소문은 아니고요?"

"글쎄요. 뒷소문이란 원래 한번 시작되면 깨끗이 근절되지 않고 점점 부풀려지는 경향이 있긴 합니다만, 근거무근이거나 한두 해 된 소문만은 아닌 듯했습니다. 그때의 수해가 아니더라도 가뭄이나 흉년으로 빚더미에 치이는 소작농들이 매년 생겨났던 모양이니까요."

야박한 지주나 가혹한 영주들의 지배를 받는 지역들의 상황이 대체로 그러한데, 발드로의 소작농들은 그보다 더했으면 더했지 못하진 않았나 보다. 하기야, 시청에서 열람한 놈의 과거 전적들도 있는데 어련했을까.

"그때 만났던 발드로 지주의 대리인을 다시 만난 적은 없습니까? 이번의 사업 문제로라도."

"크렉 씨요? 아니요. 사업을 제안하러 왔던 이들은 이곳 토레노의 대리인이거나 그때 크렉과 함께 인부들을 지휘하던 다른 감독관들이었죠. 기분 탓인지 그 점도 좀 꺼림칙하더군요. 그들에게 듣자하니 크렉도 토레노를 간간히 왕래하는 눈치였는데 인사차라도 가게에 들른 적은 한 번도 없었으니. 우릴 피하는 것처럼 말입니다."

헤리슨과의 대화는 대충 그랬다. 제논이 기억하는 전대남작의 사망 정황과 크게 다르진 않았으나 훨씬 자세했고, 새롭게 알게 된 사항들도 있다.

일단, 발드로 모레이의 대리인이었다는 크렉. 선대남작의 죽음에 음모가 있었다면 필히 관련이 있거나 의혹 해소의 열쇠가 될 인물이 아닌가.

그의 고용주인 발드로 역시 명령권 여부의 원칙에 의하면 결코 무관하다고 볼 수 없는 입장이니 계속 주시해야 하리라. 문제는 전대남작이 사고를 당한 시점이 발드로를 만나기 전이었는지 후였는지가 관건.

의아함에 의혹이 더해져 단정에 가까운 의심을 품어오던 헤리슨이었으나 그로서는 그뿐이었다. 메를린도 별다를 바

없는 입장이었다. 귀족사회의 실세 중에 하나인 모레이 자작 가문의 친인척이라는 점 때문에 발드로의 뒤를 캐볼 만한 엄두도 내지 못했던 것이다.

하지만 이제 사정이 다르다. 현진인 제논의 새로운 우선순위가 매겨지고 있던 참이니.

'다시 가봐야겠군.'

열람시간에 쫓겨 충분히 둘러보지 못했던 시청의 문서보관실. 눈치 봐서 다시 들러봐야 할 듯하다.

크렉이 2년 전의 직종을 그대로 유지하고 있다면 예의 곡창지대에서 소작농들을 관리감독하고 있겠지만 이삼 일만 더 지나면 벌써 11월 중순. 이 시기라면 그곳도 추수 작업을 거의 끝내고도 남을 시기이다.

그렇지 않아도 간간히 토레노에 오긴 오는 눈치더라 했으니 크렉의 신상에 관한 기록 역시 시청에서 찾아볼 수 있을지 모른다.

그렇든 아니든 지금으로선 그가 발드로의 인근에 있길 바라는 수밖에 없다. 아카데미 입시가 열흘도 안 남아 있는 형국이니 왔다갔다 왕복하는데 여러 날이 소요될 그곳까지 직접 찾아가는 것은 여의치 않으니까.

'수험 전에 최대한 조사해 둬야 해.'

그 어느 때보다도 시간적 여유가 없는 처지이긴 하지만 크렉의 소재지나 신상, 그리고 발드로의 가족사항이나 경제적인 내실쯤은 파악해 놔야 했다.

*   *   *

이삼일 후, 수험표를 발급받으러 간다는 구실로 등교한 제논은 용건이 끝나자 일찌감치 하교했다. 아침을 차려 주던 수지에게 가게에도 들르겠다고 말해두었으나 시내로 나간 제논이 우선적으로 찾은 곳은 시청이었다.

"염병! 누굴 놀리나?"

거리 영업을 하는 아이들이다. 이번에도 먼젓번과 비슷한 방법을 택해 시청까지 도달한 탓이었다. 바짝 약이 올라 넘어지기까지 하며 꽁무니를 쫓아오던 꾀죄죄한 아이들이 제법 서슬 퍼렇게 후환을 장담해 온다.

"형씨! 두고 보셔!"

'다음번엔 다른 방법을 써야겠네.'

저번에 신청해 둔 입산금지 사항도 있으니 그걸 핑계대면 될 것이다. 행여 이미 처리되었다는 통보를 들을까 싶어 제논은 스리슬쩍 민원실을 지나쳤다.

덕택에 이번엔 으슥한 복도의 귀퉁이에서 농땡이를 부리던 예의 직원을 만날 수 없었다. 제논도 굳이 그의 모습을 찾지는 않았지만 지나오면서 언뜻 둘러본 바론 민원실에 없는 것 같았다. 비번이거나 어딘가의 보충 인력으로 불려가 다른 사무를 보고 있는 모양.

　어쨌든.

　"이거 확인해 주십시오. 이곳에서 며칠 전에 받아두었던 출입 예약증입니다."

　"……소속가문의 현재와 과거 부동산 내역을 조사해야 한다고? 신원만 확실하다면 입실해도 되긴 한데, 우리와 교대 근무하는 다른 직원의 사인이군."

　"에, 해당직원이 근무할 때를 맞춰서 와야 했던 겁니까?"

　"그럴 필요까진 없지. 하지만 곧 정오인 점은 고려했어야지. 오늘은 점심 회식이 있기로 해서 적어도 한두 시간은 자릴 비워야 할지도 모른단 말일세. 요깃거리들의 반입은 안 되니 지금 입실하면 점심을 걸러야 할 텐데, 그래도 되겠나?"

　"상관없습니다."

　또다시 뒤따른 뜻밖의 행운! 반색하는 기미를 능숙하게 감춘 제논은 태평하면서도 듬직하게 대꾸했다. 그러자 그럼 입실하라는 듯이 고갯짓을 해온다.

　내친김에 제논은 좀 더 요청해 보았다. 까다롭게 느껴졌던 저번의 직원들과는 다르게 어딘지 열의가 부족해 보이는 업무태도들이기도 했으니.

　"그런데 저, 열람시간을 가능한 넉넉히 허가해 주실 순 없습니까? 앞 번엔 오후에 와서 문서 몇 가질 뒤적거리기만 하다가 도중에 퇴실해야 했는데."

"필요한 만큼 찾아보게. 어차피 일반인에게 공개할 수 없는 기밀문서들은 어제까지 모두 위층의 보관실들로 옮겨졌으니. 하지만 상관도 없는 남의 기록들을 함부로 펼쳐 보진 말고 시청이 문 닫기 전엔 퇴실하게."

"그러겠습니다."

기밀문서들의 자리이동이 이뤄져 열람 조건이 느슨해져 있었던 것이다. 나중에 알고 보니 중요한 서류들의 보관실은 다른 층들에 따로 있었다. 1층의 그곳은 일정량이 쌓이기까지 한시적으로 보관해 두었던 장소였을 뿐.

그렇게 시간 제약을 최소화하게 되었으나, 올 때 계획대로 꼭 열람해야 할 목록과 그 순서를 유념해 문서들을 찾는데 걸리는 시간을 단축해 보기로 했다. 넉넉히 주어진 열람시간도 최대한 효율적으로 이용해 보고.

그렇듯 요령껏 부지런을 떨어 재차 입수하게 된 정보들과 새로운 사실들을 요약 정리하자면.

모레이 자작가문의 본가는 토레노 서쪽 너머의 자치령에 속해 있다. 그 때문인지 발드로가 매입했던 토지도 자치령을 앞둔 서쪽 외곽에 있었다.

귀족층이나 신흥부유층이 흔히 그러듯이 모레이 자작가문도 토레노에 저택을 두고 있었고, 제 땅과 소작농들이 있는 곡창지대에 시골 저택을 가지고 있는 발드로 모레이 역시 토레노에 주소지쯤은 두고 있었다.

프라이어 가문의 가게가 있는 시내랑은 전혀 다른 시가지 쪽에 위치해서 일부러 방문하지 않는 이상 서로 우연히 마주칠 일은 거의 없을 듯했다.

기록에 의하면 시골에 있는 발드로의 저택 쪽이 훨씬 부지가 넓고 큰 모양이었으나, 대도시에서의 생활이 더 구미에 맞았는지 오래 전부터 이미 별장 같은 규모의 토레노 저택을 실제 주소지로 등록해 두고 있었다.

하지만 2년 전 여름에 그랬듯이 틈틈이 제 땅을 둘러보러 다니러 가곤 했을 것이다.

농토를 직접 둘러보러 다니는 수고는 배제하더라도 이쪽 동네 역시 매 분기마다 각종 세금이 부과되는 세상, 그곳 대리인들을 통해서라도 소작농들의 관리 현황과 수확 상태에 관한 보고를 받아오긴 받아왔을 테니까.

그에 따른 일련의 사항들이 본적(本籍)인 모레이 자작가문에서의 출생을 시작으로 언제 분가했고, 누구를 통해 땅들을 매입했으며 어느 시기부터 '지주' 급이 되었는지 등, 제법 세세하게 기록되어 있다.

팔락~.

'응? 지역유지인 장인(丈人)에게서 양도받았다고? 발드로의 처가도 그쪽 곡창지대에 있었나?

발드로 모레이가 명실 공히 지주급으로 올라서게 된 원천이자 원인 중의 하나였다. 지역유지인 처갓집의 장인으로부터 꽤 넓은 농토를 양도받았다고 한다.

'이상한데?'

문서들을 뒤적이던 현진은 미간을 모았다. 그도 그럴 것이 발드로가 현재 소유한 부동산의 규모를 포함해 그의 모든 재산내역과 고용인들의 인적사항까지 대강은 알아내었기에 처(妻)의 출신 성명도 금방 확인할 수 있었는데 서쪽 외곽지역이 고향은 아니었던 것이다.

모 지역에서 토레노로 이주해 왔던 중산층 집안의 외동딸이었는데 기둥뿌리 뽑아가며 출가(出嫁)한 이후 시청에 오를 정도의 교류를 친정과 나누진 않았는지 발드로의 처가에 대한 기록은 거기서 거의 멈춰 있었다.

남편의 장인이기도 하는 친정아버지를 비롯해 친정어머니도 지병에 시달리다 몇 해 전에 사망한 것으로 기록되어 있는 정도였으니까.

여하튼 발드로가 혼인신고를 하던 시점은 꽤 넓은 토지를 보유하여 이미 자산가가 된 후였다. 토레노에 저택을 구입하던 시기(처가의 지참금으로 산 듯했다)와 맞물리는 것을 보면, 상당한 농토를 양도해 줬다는 앞서의 '장인'이란 전혀 별개의 장인이었던 모양.

'본처가 따로 있거나, 과거형으로 '있었다면' 재혼을 했거

나, 아무튼 두 집 살림을 했나 보군.'

애초의 처가와 전처에 대한 궁금증에 발드로의 젊었을 적 기록들을 샅샅이 뒤져 봤다. 하지만 놈이 일부러 등록을 안 해뒀던지 찾을 수가 없었다.

그러다 모레이 본가에서 분가한 후 토지세 등을 내기 시작한 세금관련 서류에서 연관된 부분을 발견하게 됐다. 발드로는 당연히 납부해야 하는 국세에 있어서도 온갖 회계자료를 동원해 세율을 낮추고 있었는데.

지참금 삼아 명의이전 받았던 발드로 경의 기존 토지와 달리, 불의의 사고로 사망한 처(妻)를 기리는 뜻에서 처가로부터 양도 받은 토지들임을 확인함.

그러나 해당지역에 발발하는 잦은 재해로 수년 째 정상적인 수확을 기대하지 못한 여건이므로 현행과 세율에 따른 세금부과는 적절치 않다 판단하는 바…….

그러한 대목을 찾아냈던 것이다. 직접 작성하여 제출한 내용이 아닌 것을 보면 시청의 누군가에게 뇌물을 제공하여 허위 기재를 의도해 놨던 듯하다.

하긴, 도시의 관료들과 친분을 쌓아오지 않고서야 앞서 레너드 코헨이 쪽지로 귀띔했던 여러 민원사건들에 있어서도 꼬리를 잡히지 않기란 힘들었을 터.

제논 프라이어

아무튼 전처(前妻)가 있긴 있었다는 뜻. 또한 전처의 장인에게서 양도받은 토지 이전에도 상당량의 토지를 지참금 형식으로 이미 받아서 챙겼었던 모양.

'지참금으로도 받았었는데 본처가 죽은 후에 또? 혹시, 양도받은 것이 아니라 갈취한 것은 아닌가?'

워낙 뒤 구린 자가 아니던가. 충분히 의심해 볼만했다. 여하튼 토레노로 퇴거해 온 발드로가 이제껏 납부해 온 세금사항도 그렇게 커닝할 수 있었다.

수년간 끊이지 않고 발생했다는 자연재해로 인한 발드로의 손해를 시청 측은 인정했고, 몇 년 전부터 시작했다는 그의 자선사업도 감안하여 세액을 대폭 절감하거나 되돌려 받기까지 하였다고 하니.

'가만, 자선사업……?'

이건 또 뭘까. 헛갈리게끔 난데없이 자선사업이라니? 비리 냄새가 나는 기재(記載)가 은근슬쩍 섞여 있고, 설사 허위 기재가 아니라 해도 곧이곧대로 믿을 수는 없었으나 만에 하나 발드로의 자선(慈善)이 정말이라면?

전대 프라이어 남작의 사망에 관한 의혹도 재고해 봐야 할 사항이 될 수도 있겠지만.

'그럴 리는 없겠지. 적어도, 크렉이란 자와의 관련성만큼은 분명해. 혹시, 놈의 단독 범행이었을까?'

팔락, 팔락!

문서상으로도 크렉은 잦은 수해(水害)를 겪는 지역을 소유한 지주를 고용인으로 두고 있는 자였다. 지지난 여름만 해도 마을 하나가 수몰되어 버리는 대형 재해가 터지지 않았던가. 이번 여름에도 가을걷이할 수확물은 변변치 않았을 테고, 그렇다면 지금이 바쁜 추수철이냐 아니냐를 떠나 감독할 소작농들 자체가 애초에 적어졌을 테니.

'아…… 있다!'

크렉의 소재지가 기입되어 있는 부분을 찾았다. 제논의 기대에 부응하듯, 크렉은 일 년 전쯤에 발드로를 쫓아 아예 토레노로 이거(移居)해 와 있었다.

발드로의 인력자산 대목에 덧붙이는 식으로 간략히 기입된 사항이라 나이 사십이 다 되었다는 점과 혼인신고를 한 적이 없다는 정도밖엔 알 수 없었다. 그러나 발드로의 저택과 가까운 거리의 집을 얻었는지 번지수의 차이는 그리 없다.

'기회 봐서 염탐해 봐야겠군.'

다음 조사 단계가 바로 그것이다. 레너드 코헨의 귀띔인 발드로 모레이의 뒤 구린 과거 전적이 얼마만큼의 신빙성이 있는지 직접 가늠해 보는 것.

본능과 직관도 중요하지만 돌다리도 두드려 보고 건너는 것이 현명하다는 것쯤은 알기에 그랬다. 공공기관에 버젓이 '자선사업'에 대한 기록이 올라와 있으니 발드로의 실질적 정체만큼은 정확히 파악해 둬야 부친을 음해한 의혹에 대해서도 확신을 가질 수 있을게 아닌가. 그를 위해선, 크렉이란 자를 타깃으로 삼아 더듬어가는 것이 가장 효과적이고 빠른 길이리라.

어쨌든 이로써 서류상의 조사는 대충 끝났고 향후 조사 방향도 결정되긴 했으나 확보해 뒀던 열람시간은 아직 여유가 있었다. 그래서 제논은 한결 느긋해진 태도로 저번에 눈여겨 봐 두었던 다른 문서들을 뒤적였다.

엘다 바워버드의 부동산 내역도 훔쳐 보고, 토레노로 유학 왔을 당시에 등록된 그녀의 신상도 엿봤던 것이다. 겸사겸사 프라이어 가문이 잃어버린 옛 영토까지 머릿속에 집어넣은 제논은 그제야 시청을 나왔다.

*   *   *

낮이 짧아지고 있었다. 벌써 오후의 밝기가 눈에 띄게 약해 졌지 않은가. 그런 주변을 둘러보며 서너 개짜리 계단을 내려 가던 제논은 문득 멈춰 섰다.

마차나 말을 타고 시청을 찾는 시민들을 위해 마련된 현관 앞의 주차장. 그 주차장을 지나 시청부지가 시작되는 입구 근 처에 작은 간이 건물로 세워진 경비실.

'......?'

경비를 서고 있는 시청직원들에게 목례를 하고 거리로 나서거나 들어오는 사람들의 움직임, 그것이 문제였다. 한두 명씩 대문을 들락거리는 대부분이 모두 엇비슷한 행동들을 하고 있었던 것이다.

"어? 깜짝이야!"

"너희들 여기서 뭐하냐? 꺼지지 못해?"

"신경 쓰지 말고 가던 길이나 가쇼."

"얼씨구?"

"이보십시오, 병사 양반들! 여기 아주 더럽고 못된 애새끼들이 얼쩡거리고 있수다. 쫓아버려……!"

"내버려두고 그냥들 가시오. 쫓아봐야 소용없습디다. 그렇지 않아도 한 발짝만 안쪽으로 디뎌오면 발목을 절단해 주기로 했으니."

"흠, 시청에 감옥도 있었어야 했는데."

"우릴 잡아넣게? 아저씨들이 지어주지 그러셔?"

"썩을 놈들! 말버릇하고는."

경비들의 대꾸에 슬그머니 꼬리를 내리고 총총히 자리를 뜨는 행인들. 그런 그들에게 위아래없는 야유를 던지는 앳된 목소리들과 지면의 길쭉한 그림자들. 그쯤되면 어찌된 상황인지 알고도 남는다. 모르긴 몰라도 아마 제논을 기다리고 있는 것이리라.

'녀석들, 작정을 했나 보네.'

대문 한쪽에 드리워져 있는 애들 체형의 그림자들은 예닐곱 개였다. 마주한 반대편에도 진을 치고 있을 테니 도합 열다섯 명 안팎의 비렁뱅이 아이들.

'최연소 척후병들이로구먼.'

어떻게 할까.

두고 보자고 했었으니 이대로 나갔다간 틀림없이 메를린의 가게나, 어쩌면 집에까지도 꼬리가 따라붙을 것 같은데. 따돌릴 수야 있지만 투명인간으로 거리를 활보하지 않는 이상 녀석들에게 언젠간 신상이 유출될 게 아닌가. 그런데 임시방편 삼아 뜻밖의 곳에서 해법이 나온다.

"으앗! 여기가 어디야?"

'……?'

"에고, 잘못 나왔다. 젠장! 민원실이 하나만 있든지 출입구가 하나만 있든지, 아님 지도라도 그려서 걸어놓든지 할 것이지. 올 때마다 헤매게 만드네!"

'출입구가 여러 개……?'

제논의 뒤를 이어 현관을 나온 웬 남자였다. 사십대의 대머리 시청 방문객이었는데 돌아보려니 우왕좌왕하다 서둘러 계단을 내려간다. 나왔던 실내의 길을 되짚어가느니 시내로 나가겠거니 했더니만.

"경비! 컴 온! 컴 온!"

시청부지를 나서는 것이 아니라 경비를 부르며 건물을 돌아간다. 경비직원이 뛰어오자 함께 발맞추며 숨 가쁘게 청한다. 제논은 은근슬쩍 그들을 뒤따랐다.

"미안하이, 내가 지금 엄청 바빠서."

"그런 것 같네요."

"그래, 그러니 시청 뒷길 좀 사용하세. 허가해 줄 거지? 내 마차도 마부도 반대쪽 입구에 있어."

"알겠으니 차분히 이용하십시오. 거긴 재수없으면 황천길이 되기에 딱 좋으니까요. 저번에도 노신사 하나가 혼자서 왕래하다가 도움도 못 받고 심장병으로 사망했단 말입니다. 폐쇄공포증이 있거나 하면 절대⋯⋯."

"걱정 마, 걱정 마! 그런 공포증은 없고, 한두 번 이용한 길도 아니니까. 그럼 다음 분기 때 보세!"

"아무래도 제가 같이 가드리는 것이⋯⋯."

"저, 실례합니다만, 가능하다면 저도 다른 쪽 출입구를 사용했으면 하는데. 말씀하신 뒷길이 지름길이라면 동행해도 되겠습니까?"

"그래, 가자고 가!"

이봐, 대머리 형씨, 왜 이리 급한 겨? 그러나 제논에겐 차라리 나은 일이었다. 불쑥 끼어든 제논에게 경비직원이 무어라 대꾸할 틈도 주지 않고 뜀박질을 이어버렸으니까. 그래도 기본적인 예의는 차려줘야지.

"그럼, 저도 가보겠습니다."

문제의 뒷길로 쏙 들어가 버리는 예의 대머리를 쳐다보던 경비. 귀찮다는 듯이 손사래를 치며 돌아선다. 그렇게 얼렁뚱땅 아는 사람만 아는 길을 이용하게 된 제논도 돌아섰다. 건물 모퉁이와 담장 사이의 공간에, 겨우 한두 명쯤 지나다닐 좁다란 너비로 시작된 길이었다.

몇 걸음 들어가 보니 밖에선 시야가 닿지 않는 지점을 시작으로 듬성듬성 쓰레기들도 흩어져 있다. 창문에서 조금씩 버려진 양심들이겠지.

먼저 진입해 간 대머리 동행인이자 안내인(?)이 모퉁이로 가로막힌 안쪽에서 외쳐 온다.

"이보게, 금발 청년! 안 기다릴 테니 빨리 와!"

"네, 지금 갑니다!"

행여 갈림길 같은 것이 나올 때를 대비해 제논은 앞서간 대머리 남자를 곧 따라잡았다. 그러나 두세 번쯤 시청의 야외 부지가 나온 것을 빼곤 길은 단순했다.

목적지인 반대편 출입구 쪽에 다다르자 대머리 남자는 씩씩거리는 숨을 쉬며 제 마차를 찾아 또다시 뛰어갔고, 제논은 퇴근을 시작한 시청직원들의 흐름을 타 뒤처 졌다가 자연스럽게 그와 헤어졌다.

집안 가게가 있는 익숙한 거리와는 정반대 방향에 위치한 또 다른 출구였다. 제논은 거길 통과해 시내로 나섰다. 그러자 매우 생소한 거리가 펼쳐 진다. 원판 제논조차 한 번도 와 보지 못한 토레노의 여러 번화가들 중의 하나였다.

그러나 소년 제논에게도 이제 특별한 의미로 부각될 거리이리라. 지도상의 막연한 지명으로만 기억하고 있었던 것과는 전혀 다른 상황이 되었으니까. 발드로 모레이의 주소가 이 번화가의 근경이었던 것이다.

'들러봐야겠군.'

발드로의 저택과 그 인근에 거주하는 크렉. 길을 헤매는 것처럼 위장하다 어떤 집에 기거하는지, 어떤 자인지, 저택 안팎의 경비는 어떤지 슬쩍 엿보아도 되게 되었다. 시청엔 여타 할 기록이 없었으나 발드로가 보유한 사병의 규모도 어느 정도인지 알아낼 수 있으리라.

암기했던 해당 주소지를 염두한 제논은 오가는 행인들의 물결에 편승해 어스름이 깔리는 낯선 거리를 씀벅씀벅 가로질렀다.

그러나 발드로 모레이의 주소지를 그날 바로 더듬어가진 못했다. 예기치 않게도, 실로 까마귀 날자 배 떨어진 격으로, 갈고리를 던져 오듯 발걸음을 붙잡는 비명 소리 하나를 접했던 것이다.

"아찌! 잘못했어요! 누나는 아파요. 때리지 마요! 돈은 내가 벌어올 게요! 할 수 있어요! 제발……."

퍽, 퍽, 퍼억!

'여자애가 맞고 있나 보네.'

"아저씨……!"

"시끄러! 네 놈도 얻어터지고 싶냐? 이 더러운 년 때문에 얼마를 물어줬는지 알아? 병이 생겼으면 술자리에 나서지를 말든지! 오늘 것까지 합해 너희 식구들이 진 빚이 얼만지나 아냐? 재수가 없어서 그냥!"

"악……!"

'나잇살 처먹은 놈인 것 같은데.'

낯살 찌푸리던 제논은 혀를 차며 지나치려 했다. 그러나 다음 순간 저도 모르게 멈칫했다.

"크, 크렉 아저씨! 그만……."

'뭐? 크렉?'

어둑어둑해지고 있는 거리의 뒷골목. 오가는 사람들 중의 누구도 관심 기울이지 않는 사회의 어둔 단면. 다른 행인들처럼 무심히 지나치려 했던 제논은 순간 늦췄던 걸음을 도로 이었다. 그러다 곧 자연스런 동작으로 깨끗이 멈춰 섰다. 먹지도 못할 풀뿌리 같은 약초 넝쿨을 수레에 싣고 파는 노점상 할아버지의 앞에서.

사겠느냐고 반갑게 물어오는 추레한 상대방에게 어물어물 대꾸하며 신경은 뒤쪽에 두었다.

"너희 남맨 오늘 부로 배급 금지야! 처먹고 싶으면 어떻게 해야 하는지는 알지? 병이 낫기 전엔 숙박도 안 돼!"

"하, 하지만, 밤엔 추운데……."

"그럼 너만 기어들어 와 자던가! 이년을 몰래 데리고 들어

왔다가 발드로님께 들키면 어떻게 될지 알지? 아예 도시 밖으로 쫓겨날 테니 알아서 해! 퉤!'

"흐윽……."

거리상, 골목 안쪽에서 벌어지고 있는 위치상, 일반인이라면 정성껏 귀 기울여야 겨우 희미하게 들릴만한 몇 마디였으나 제논에겐 아니었다.

'허어, 이거 참.'

귀를 세우자마자 끝나버리긴 했지만 그것으로도 충분했다. '발드로'가 거론된 협박, 동명이인일 가능성이 일시에 무산되어 버리지 않은가.

"누나아, 울지 마. 크렉 아저씨 갔쪄."

"너…… 넌 얼른 따라가 봐."

"누나는 어쩌고? 아프지? 많이 아파? 못 일어나겠어? 어떻게 하지? 누나가 가르쳐 줘. 오늘만 재워달라고 마담 아줌마에게 가서 사정해 볼까? 응?"

"아, 안 돼."

"그럼 어떻게 해? 가르쳐 줘."

"……차라리, 옆 가게 아줌마에게 부탁해 봐. 거긴 손님은 별로 없어도 사람들이 훨씬 친절한 것 같았어. 넌 영리하니까 잔심부름이라도 시켜줄지 몰라."

"응! 내가 가볼게. 잠깐만 기다려!"

"미안……."

흐느끼는 누이를 따라 울먹이며 말하던 꼬마아이. 골목을 나와 한참 멀어지고 있는 크렉의 꽁무니를 향해 꽁지발을 서더니 반대편 쪽 길로 줄달음질친다.

옆을 스쳐 가는 꼬마의 키는 제논의 허벅지에도 닿을까 말까 하게 작았다. 많아야 대여섯 살로밖에 보이지 않는다. 뒤에 남겨진 꼬마의 누이도 고작해야 십대 초반이나 되었을까 싶을 정도로 앳된 음성이었다.

"여기……."

"아, 고마우이."

꼬마가 향하고 있는 곳은 유흥주점들이 밀집된 근처였다. 녀석의 뒤통수가 싹 사라지는 골목을 눈여겨본 제논은 지체없이 뒤를 쫓았다. 애타게 이 약초 저 약초 권하던 노점상 노인에게 동전 몇 개 쥐어주고는.

*　　　*　　　*

"제논! 이제 오니? 가게에 들르겠다더니 늦도록 안 와서 걱정했다. 그냥 집으로 돌아간 줄 알았어."

"어, 죄송해요, 어머니."

"저녁은 드셨어요? 이리오세요, 도런님! 마침 우리도 요기를 하려던 참이에요. 짬나는 데로 틈틈이 먹어야지 안 그러면 하루 종일 배를 곯게 될 판이거든요."

"어서 오십시오, 도련님."

"자, 좀 비켜 봐요!"

들어서자마자 따뜻하고 호들갑스럽게 반겨주는 메를린과 수지. 야채상자나 두부상자들이 줄줄이 나열돼 있는 진열대 옆에서 가게 일꾼들과 더불어 고개를 빼고 있다.

귀가 준비를 하던 중이었는지 막 솔을 걸치던 메를린도 수지가 마련하는 자리에 도로 앉는다. 헤리슨은 배달을 갔는지 보이지 않았다.

제 것인지 남의 것인지 모를 부글거리는 노여움에 빠져 있던 제논은 가슴언저리가 찡해왔다. 구수한 콩비지 냄새 때문인지 코끝까지 찡하다.

뒤를 밟았던 꼬마가 들어간 골목은 으슥한 술집들이 늘어선 곳으로 '사창가'에 해당했다. 제논은 꼬마가 들어갔던 가게만이 아니라 꼬마의 누이가 일했을 그 옆 가게까지 염탐하다 그곳 거리를 빠져 나왔다.

슬슬 영업을 시작하려던 참이라 오래는 기웃거릴 수 없었지만 의심의 여지는 없었다. 헤리슨이 들었다던 거리의 소문들, 낭설이 아니라 진실이었던 것이다.

집안 가게로 와선 거래 장부를 제일 먼저 뒤적여 보고자 했다. 혹시 그쪽 거리의 주소지에서도 상점의 물품을 구입해가지 않았을까 하는 생각으로. 하지만 예의 목적을 잠시 뒷전으로 밀쳐 둔 제논은 어머니가 내미는 접시와 포크를 받아 들었다. 겨우 엉덩이 하나 걸칠만한 자리에 비집고 앉아서.

"그래, 수험표는 잘 받아왔니?"

"네, 오다가 처음 가보게 된 거리에서 길을 헤매는 바람에…… 기다리게 해서 죄송해요."

"괜찮다. 가끔은 바람도 쐴 겸 시내 구경도 해야지. 길을 헤맸다면 많이 걸었을 텐데 허기지겠다. 동생들은 톰슨의 안사람이 챙겨주고 있을 테니 어서 먹으렴. 집에 가서 더 먹더라도 요기쯤은 하고 가야지."

"어머니도 드세요."

"그래, 먹자꾸나."

메뉴는 가게의 주력 상품이 된 두부와 스위티, 그리고 콩나물무침이었다. 따끈따끈한 생 두부를 양념장에 찍어먹는 것도 일품이었지만, 이곳 세계 특유의 소스에 볶고 조린 두부 요리도 커다란 접시에 듬뿍 놓여 있다.

"도련님, 그거 드셔보세요. 제가 오늘 개발한 건데 맛이 어쩔지 모르겠어요. 약간 매콤할 거예요."

"마파두부인가? 수지가 만든 거라면 무조건 맛있겠죠."

"마파두부요?"

"아, 두부로 만들 수 있는 여러 요리들을 생각해 봤었거든요. 이렇게 불그죽죽한 소스에 볶아낸 것으로, 이름을 그렇게 지을까 했지요."

"불그죽죽한 소스라뇨. 호호!"

수지의 마파두부는 약간 매콤한 정도가 아니라 매웠다. 코끝만이 아니라 눈물까지 찔끔 새어나올 정도였지만 용서할 수 있었다. 화끈하고 어딘지 후련한 맛이었으니까.

식후에 메를린과 수지는 누가 먼저 귀가할 것인지를 놓고 잠시 의견을 교환했다. 큰 아들네미도 와 있고, 애초에 귀가 준비를 하던 것은 메를린 쪽이었으나 그녀를 대신해 수지가 제논을 따라나서기로 했다.

평소 같았으면 헤리슨이 돌아오는 데로 모두 함께 귀가했겠지만 생일파티 이후로 계속 주문이 밀려 있었던 것이다. 덕택에 요기를 끝낸 일꾼들도 각자 배당된 일감을 들고 차례차례 배달을 나가던 참이었다.

"미안하다, 제논. 당분간은 이제까지처럼 가게 문을 닫고 돌아가기 힘들 것 같구나."

"일이 바빠서인데 어쩔 수 없잖아요."

"그래도……."

장부를 펼쳐 두고 일꾼들을 내보내고 있던 메를린, 가족이 모두 함께 하는 저녁식탁에서의 부재를 미리 미안해한다. 마침 좋은 기회였기에 제논은 별 의미 없는 동작처럼 장부를 마주 뒤적이며 대꾸를 이었다.

"저나 동생들은 걱정 마세요. 그보다, 일손이 이렇게 부족하다니. 저라도 거들어야겠네요."

제논 프라이어

"에? 아니, 그럴 필요는……."

"어머, 도련님! 가게 일을 돕다뇨? 설마 잊어버리신 것은 아니에요? 도련님은 수험생이라고요!"

황당한 소릴 듣겠다는 듯이 대답하던 메를린은 말을 맺을 틈도 없었다. 마침 귀가 준비를 마치고 내실에서 나오던 수지가 정색하며 끼어들지 않는가.

"공부도 물론 하고 있어요. 하지만 운동 삼아 배달거리 한두 개쯤은 거들 수 있을 테니까요."

"제논 하지만……."

"마님 말씀이 맞아요! 설령 두부상자 한두 개 맡겨드린다 해도 당분간은 안 돼요. 입시가 일주일도 안 남았잖아요! 시험이 끝난 후부터나 생각해 보세요."

마님 말씀이 맞다니? 반론은 꺼내보지도 못한 채 지지를 받아버린 메를린은 쓴웃음을 지었다.

애초에 고집피울 생각은 없었기에 제논은 기꺼이 그녀들의 의견에 수긍하는 척했다. 시청 너머에 있는 번화가나 그 인근, 오늘은 그곳을 왕래할 수 있는 여건을 조성해 둔 것만으로도 충분했으니까.

개인적으론 절대 수험준비가 부족하다고는 여기지 않았으나 마지막 총정리쯤은 해두긴 해야 했다. 막판 변수가 된 이번의 일로 자칫 신경이 교란되어 예상외의 낙방을 겪게 되면 자신만 손해가 아니겠는가.

놈들을 단죄하는 일은 오늘 당장이라도 시작할 수 있었지만 자신은 홀몸(?)이 아니었다. 부디 '정신을 차려주길' 바라는 눈빛으로 현재 자신을 애달프게 쳐다보고 있는 아녀자만 해도 둘이나 되지 않은가.

그러니 발드로 놈의 처리는 신중에 신중을 기해야했다. 그냥 놈의 목줄을 따버리는 일쯤은 별것 아니었지만 온갖 변수가 잠재되어있을 총제적인 주위 환경이 문제였다. 암살이나 사고의 형식을 취하든, 사회적으로 인간적으로 놈들의 완전한 패망(敗亡)을 기도하든, '추적'의 여지를 남기게끔 처리해선 아니 될 소리인 것이다.

쥐도 새도 모르게 매듭지어 버리기 위해서라도 사전답사와 다방면의 조사를 충분히 거친 후에, 우연히 라도 프라이어가가 용의선상에 오를 일만큼은 철저히 예방해둔 다음에 일을 벌려도 벌려야했다. 하지만 수험이 코앞인 지금은 그게 여의치 않았으니.

'그래, 시험 날까지만 보류하자.'

적들을 향한 노여움을 눌러 냉정을 기하는 측면에서도 익숙하고 단조로운 일에 눈을 돌릴 필요가 있다. 그래서 제논은 짐짓 고심한 투로 말했다.

"그럼 시험 후에…… 그땐 말리지 않기입니다."

"네네, 말리지 않고말고요. 오늘은 그저, 도련님의 귀갓길에 동승만 시켜주시면 돼요."

설핏 웃은 제논은 일꾼 하나가 가게 뒤켠에서 끌어다 준 말의 안장에 그녀를 앉혀 주었다.

Chap. 5
수험(受驗)전후

수험(受驗) 전후

어느덧 천고마비의 계절도 지나 입동(立冬)이 되었건만 한 낮을 맞은 태양은 충분히 따스했고, 구름 한 점 없는 하늘빛은 오늘따라 유난히 높고 푸르다.

그것은 사람 먼지가 피어오르도록 시끌시끌한 시장 통에서도 똑같이 적용되는 대자연의 혜택이었는데, 가게에 막 도착한 메를린의 눈엔 들어오지 않는 모양이었다.

'또 왜 저런담.'

그도 그럴 것이지, 옆 가게의 상인부부가 심하게 다투고 있었던 것이다. 진열장의 상품까지 훼손시켜가며.

와장창!

"아악! 내가 정말 미치겠네! 그래! 다 때려 부숴라, 부숴! 팔리지도 않는데 뭐 하러 장사를 해!"

"부수고 있잖아, 이년아! 주둥이 안 닥쳐!"

"난들 주둥이 열고 싶은 줄 알어? 뒷감당을 어찌 하려고 허구한 날 이러느냐 말이야! 외상으로 사온 것들이잖아! 당신이 물어낼 거야? 물어낼 거냐고!"

'저 사람들 정말…… 쯧!'

"마님, 못 본척하고 내리십시오."

설레설레 고개를 저은 메를린은 헤리슨의 권유에 따라 마차에서 내렸다.

여주인을 데리러 다녀오는 김에, 온실의 새 상품들도 추가로 운반해 온 헤리슨. 옆 가게의 소란을 훔쳐 보고 있던 가게 일꾼들에게 엄하게 지시한다.

"자네들도 일이나 하게."

"네, 근데…… 와아, 딸기가 이렇게 많이……! 새 상품으로 취급할 거라고 하셨던 게 딸기였던 겁니까?"

"보면 모르나. 어서 진열하게. 배달 나갈 준비도 하고."

"네엡!"

"이거 신나네요. 일할 맛나겠습니다. 이 계절에 딸기를 상품으로 취급하는 상점에 고용되다니."

헤리슨의 면접과 메를린의 결재를 거쳐 새롭게 충원된 일꾼들이었다. 식사시간의 두부나 스위티처럼 자신들도 맛 정도는 볼 수 있겠거니 하는 기대가 더해지니 상자들이 옮겨지는 과정에도 신바람이 인다.

와르르, 쿵!

"그만 좀 하라니까!"

옆 가게의 소란에도 아랑곳없이 마차 짐칸에서 착착 내려지는 상추와 딸기 상자들, 차곡차곡 진열대를 채우는 그것들을 지켜보고 있으려니.

"마님, 학부모 면담은 잘하고 오셨어요?"

"아, 응. 칼리지 학장께서 대접을 너무 잘해 주시는 바람에 지금껏 배가 부르네. 수지는?"

"오늘은 마님 대신 일찍 출근했잖아요. 이 시각이면 먹고도 남았죠. 마리 아가씨랑 쌍둥이는요?"

"집에 들렀다 올 때 보니 점심 먹고 에어로빅 중이더구나. 두문불출하고 있는 제논의 공부에 방해될지 모른다고 쌍둥이들이랑 손뼉 반주도 없이 말이야."

"하하, 도련님의 시험이 낼모레라 덩달아 긴장하나 보네요. 그나저나 마님, 저 옆 가게 있잖아요."

무난한 용건으로 다가왔다가 이내 톤을 낮춰 속닥속닥해 오는 수지. 남의 치부를 두고 왈가왈부하는 취미는 없었으나 메를린은 고자질하듯 귀띔해 오는 그녀를 가로막지 않았다. 이곳은 시장 한복판이었으니까.

원래 비슷비슷한 품목을 취급하는 노점상이나 상점들이

한곳에 몰려 있는 게 보편적. 눈살 찌푸리게 하는 저 상인부부도 자신들의 가게와 비슷한 품목을 취급하는 경쟁자들이자 이웃이었던 것이다. 하지만 그것도 예전의 일이지, 지금은 채소나 야채를 판매하는 근방의 어떤 가게와도 경쟁이 되지 않았다.

겨울의 문턱에 들어선 이 시점에 남들은 결코 상품으로 다룰 수 없는 계절과일이나 자체 개발한 부식들을 거래하고 있었으니까. 그것도 하버 백작가를 위시한 든든한 귀족 투자자들의 지원 속에 다량으로.

이삼 일 전에 이미 하버 백작부처를 따로 만나 정식으로 투자 계약을 체결한 바 있었던 것이다.

원래는 스위티나 두부의 상품화가 가장 중요한 관건이었으나 메를린 자신의 생일파티에서 선보였던 넉넉한 양의 상추처럼 곧 출시할 수 있다는 '딸기'와 토마토와 오이와 같은 품목에 대해서도 운을 떼었었다.

그러자 하버 백작부부의 태도는 더욱 유연해졌다. 사업 진척에 있어 절대 재촉하지 않을 터이니 현재의 자체적인 생산과 경영 시도에 치중해도 된다 하였던 것이다. 투자금은 언제든 필요한 만큼, 혹은 요청하는 만큼 내어놓겠으니 스위티나 두부의 제조에 치우친 공장 건립만을 급하게 추진할 필요는 없는 거라고.

요는, 메를린이 단언한 것처럼 한 겨울의 대량생산에 성공

할 수 있다면 부식들보단 딸기와 토마토 등의 판매를 우선시해 보라는 뜻이었다. 사실 그 편이 훨씬 새 사업의 추진에 있어 위험부담이 덜하기는 했다.

저번의 생일파티로 갑자기 주문이 밀려들었기에 빠듯해졌던 것이지, 지금으로선 가게 내실이나 저택 주방에 놓은 콩나물 시루들과 부지런히 만들고 있는 스위티나 두부만으로도 대충은 주문량을 맞출 수 있었다.

게다가, 차게 해서 마셨던 스위티는 날이 더울수록 각광받았던 음료가 아니던가. 따끈따끈하고 담백한 맛의 두부는 겨울철의 별식으로 더 어울리지만 당장 대형 공장까지 운영해야 할 정도는 아니었다.

사실 있더라도 문제였다. 다른 목적으로나마 남이 쓰던 건물을 급히 인수한다 해도 내부 개조는 필요할 것이고 공장을 가동시킬 인력도 여전히 부족했으니까.

그래서 메를린은 '겨울철 여름과일 생산'으로 초점을 바꾸던 하버 백작부인의 권유를 수용하기로 했었다. 내년 초여름까지만 완공하면 별 문제 없을 스위티 공장의 건립에 중점을 두느니, 겨울 동안의 계절과일 생산에 주력하는 편이 현명함을 결론내린 탓이었다.

그렇게 차별화 속의 차별화로 성공을 거두고 있었던지라 주변의 시기와 눈총이 심해질 새라 그렇지 않아도 각별히 신경 쓰던 차였다. 시식을 빌미로 주변 가게들에 틈틈이 신종 음식들을 돌리는 것도 잊지 않았고, 이제 취급하지 않게 된 옛 품목들을 찾는 고객들에겐 이웃가게를 권해주기도 했다. 하지만 그래도 저렇게 보라는 듯이, 벽 하날 사이에 두고 들으라는 듯이, 불협화음을 내고는 하는 것이다. 기분 탓인지 갈수록 그 횟수가 잦아지고 있다.

그러나 관계자 외인임에 어쩌겠는가. 사촌이 땅을 사면 복통을 일으킨다는 식의 인간 본성은 시장 생리나 생존 경쟁과도 매우 밀접한 것이고 말이다. 아무리 애를 써도 주변의 부러움이 시기질투로 변질되는 것을 완전히 예방할 수는 없으리라 여겨 체념하던 차인데.

"옆 가게, 가게를 내어놓을 것 같았어요."

"⋯⋯가게를 내놔?"

"네, 자꾸 기웃거리기에 아까 밥도 같이 먹었거든요. 올해는 장사가 너무 안 된다며 죽상을 하더니 난데없이 이런저런 고정 거래처들이 있네, 하는 소릴 막 늘어놓지 않겠어요? 자기네는 숙식할 수 있는 내실이 우리보다 훨씬 크고 뒤꼍도 넓다면서 자랑하기도 하고."

"그래서 지금 시위하는 거라니? 내가 조금이라도 비싼 값에 가게를 인수했으면 해서 저 난리인 거야?"

"그런 점도 없지 않아 있겠지만, 발단은 아마 이것 때문일 거예요. 자기네 자랑을 잔뜩 늘어놓으면서 공짜 점심 잘 먹고 가자마자 시장 통에 이게 뿌려졌거든요. 상점을 가진 상인들을 기준으로 오후에 모임도 있대요. 대책회의 같은 걸 하자면서 다들 입을 모았거든요."

"그게 뭔데?"

"시청에서의 공문이에요."

메를린은 수지가 내미는 것을 받아 들었다. 그녀의 말처럼 시청에서 하달된 공문이었다.

"⋯⋯."

'자발적인 시민의식과 참여의식'으로 도시 차원의 애로점을 극복하자는 내용이었는데, 말이 그렇지 반강제적인 '거출'의 의미를 담고 있었다. 추수철을 기준으로 책정된 세금 납부 기간은 이미 지난 시점이었으니까.

"어휴! 이번엔 고아원이 부족해서라나요? 비가 오든 눈이 오든, 경기가 좋든 나쁘든, 착실하게 꼬박꼬박 내어온 세금은 대체 어디다 다 쓰나 몰라요. 벼룩에 간을 빼먹지! 좀 장사가 된다 싶으면 여지없이⋯⋯."

"수지, 고아들을 수용하기 위해서라잖아."

"마님도 참? 그래서 내라는 대로 다소곳하게 기부하실 생각이세요? 매년 고아가 되는 애들이 한둘이게요? 겨울이 되면 시내 한복판에서도 굶어죽는 부랑아들이나 거지 노인들이 수십 명씩 생겨나곤 하잖아요."

"그래서 더욱 그렇지. 우리에게만 온 공문도 아니고. 어쨌든 이 문젠 더 생각해 보자. 대책회의가 몇 시라고?"

"마님이 직접 가시게요?"

"그럼 수지가 가볼래?"

수지는 냉큼 고개를 끄덕였다. 배달을 나가거나 돌아오는 일꾼들을 지휘하는 중인 헤리슨을 흘끔거리다가.

보통 그런 자리에 메를린을 대신하는 것은 남편의 역할이었다. 하지만 헤리슨은 지금만이 아니라 모임이 있는 오후에도 제일 바쁘고도 남을 처지다. 그렇다고 메를린을 보낼 수는 없었던 것이다. 귀족가의 마님이란 신분 때문에라도 책임 전가하는데 도가 튼 상인들의 먹잇감이 되기엔 딱 좋았으니까.

"그래 그럼 수지가 가 봐. 별로 재미는 없겠지만."

"재미로 가나요."

"그래그래, 그럼 난 내실에 가볼게."

그렇게 서로의 오후 업무가 결정되었다. 그러나 수지는 얼마가지 않아 제 자신이 나선 것을 후회해야 했다.

엄청난 실수였다.

공적인 자리에서 메를린을 대리한다는 것이 결코 쉬운 일은 아니었거니와, 하필이면 그날 대두된 논의 대상이 바로 오갈 데 없는 '천애 고아'들이었던 것이다.

중년의 나이에 이른 수지는 결혼 후 지금껏 직접 낳아 키운 아이가 없는 주부였다.

제법 큰 강줄기를 끼고 있는 지리적 이점으로 토레노는 지난여름 인근 지역들을 할퀴고 지나간 폭우와 홍수의 피해에서 대충 무사할 수 있었다. 해마다 제국 곳곳을 강타하는 여러 천재지변으로부터도 보통은 큰 피해 없이 위기를 넘기곤 했다.

그러나 그러다 보니, 주변에 인접해 있는 자잘한 영지들이나 자치령들에서 발생하는 이재민들의 유입이 끊이질 않아 골머리를 앓았다. 유리 산업의 본고장이라는 특색과 제국 최고의 교육 도시로 발돋움해 온 과정에 더해, 바로 그러한 이재민들의 유입도 인구증가의 요인 중에 하나가 되어왔던 것이다.

개별적으로 구분되는 소규모의 인구 이동을 제외하고 도시차원의 문제로까지 발전하는 그런 인구 유입의 경우, 상식적으론 권력과 재력을 두루 갖춘 지배계층이 향후의 대책에 나서줘야 한다.

하지만 상류계층의 온정어린 손길이란 어떤 세상에서나 그리 기대할 것이 못 된다는 것쯤은 아리라. 개개인의 이기심이나 일시적인 동정심이 바탕이 되는 것이 보통이라 지속적이지도 않았고, 그나마 일부 귀족들의 자선(慈善)에 편중되어 있는 편이었으니까.

그럼 그 다음 차례가 되는 것은 누구겠는가. 상류계층으로의 진입을 꾀하는 중산층이다. 그중에서 특히 현금과 가까운

'상인'이란 존재는 공적인 지원과 구호(救護)요청을 가장 타당하고 손쉽게 던질 수 있는 계층이었다. 그러하니 토레노에 일찌감치 상인 조합이 결성되기 시작한 것도 이상한 일이 아니리라. 수지가 메를린을 대신해 참석한 예의 대책회의도 그러한 성격의 모임이었다.

"여러분! 해, 년마다 계절마다 이게 대체 어쩌자는 압력일까요! 예산 책정을 어찌 하기에 매번 우리들만 쥐어짜져야 합니까! 올해 벌써 몇 번째의 공문인지 모르겠습니다. 지난번엔 무료보건소 창립 건으로! 그 지난번엔 실업자들의 일자리 창출을 빌미로!"

"맞소! 헤아리자면 끝도 없지!"

"더 이상은 시(市)의 요구에 태연해선 안 됩니다. 우린 시의 봉이 아닙니다! 안 그렇습니까?"

"옳소! 우린 더 이상 시의 봉이 아니다!"

"우리라고 매일 호의호식하였던가요? 헐벗고 굶주린 빈민층이 우리 책임인 것도 아닙니다!"

"옳소! 빈민층은 우리 책임이 아니다!"

'맞는 말들이긴 한데. 귀청이야.'

다들 미리 모여 연습이라도 한 듯 이구동성이다. 다른 이들처럼 구호를 따라하듯 때때로 입 모양을 만들어보이던 수지는 끝내 참지 못하고 귀를 후볐다. 그러다 그만 이어진 구호 몇 갤 놓쳐 버렸다.

"그럽시다! 내친김에 지금 당장!"

"갑시다! 시청으로!"

"갑시다! 와아아!"

'엑? 지금 시청으로 간다고?'

엉거주춤하던 수지는 성난 폭도들처럼 우르르 일어나 우르르 몰려가는 상인들의 움직임에 휩쓸리고 말았다.

가게가 한창 바쁠 시간이라 슬슬 자리를 뜨려던 참이건만, 시위대에서 빠져나갈 타이밍도 놓쳐 버렸다. 회의를 주도하던 조합원들이 이탈자의 여부를 감시하듯 눈에 불을 켜고 따라오고 있었으니까.

그렇게 해서 시청까지 왔다. 향신료와 귀금속 거리가 있는 근방에서 열렸던 모임이라 금방이었다. 그러나 거기에선 그렇게 장시간 귀 아프지 않아도 되었다. 시청 건물을 향해 기세 등등 구호 몇 마딜 외치던 상인들이 조개처럼 입을 딱 다물어 버렸던 것이다.

"이번엔 고아원의 운영과 설립에까지 발 벗고 나서줘야 한단 말인가? 우린 시(市)의 봉이 아니다! 새로 생긴 고아들은 시의 재정으로……!"

드르륵!

깃발이 날리는 꼭대기 층에서 누군가 창문을 벌컥 연 것이 원인이었다. 꽤 먼발치였는데 목청도 좋았다.

"시끄럽지 않소! 시청 앞마당 전세 내기라도 했나? 어이,

거기 경비병들! 뭐하고 있나? 사전 신고도 없이 고성방가를 일삼는 치들이 코앞에 있잖아!"

"에, 그게……."

"내가 답할 테니 비켜보게. 엘보! 우린 막을 수가 없어. 시장님께 드릴 말씀이 있다니까!"

"퇴근 시간 다 된 거 모른대? 내일 다시 오라해!"

"이, 이보시오, 관리 양반!"

"그게 싫으면 뭔 말인지 알았으니 그만 가보라 해! 대신에 수용 불가능하게 넘쳐 나는 인원들은 거리로 내보내겠어! 데려다 키우든 굶겨죽이든 맘대로 하라 그래!"

드르륵, 탁!

뭐 저렇게 당돌하고 경우 없는 관료가 다 있나. 벌쭉한 표정으로 눈을 끔벅거리던 상인들은 웅성웅성했다.

"내일 다시 와야 하지 않을까?"

"그러게. 남아서 야근이라도 해야 하는가 보네. 안 그래도 스트레스 쌓일 만하겠지. 시설이 부족해서 애들을 시청 내에서 먹이고 재우고 있다잖아."

"말 같지 않은 소릴! 그 뻥을 믿나?"

"그렇지? 정말 그럴 린 없……."

"우아앙!"

그러나 정말로 그랬다. 난데없이 터져 나온 울음보를 시작으로 한 떼의 어린아이들이 현관으로 쫓겨나왔던 것이다. 상

인들은 눈이 튀어나올 듯해졌다.

기다렸다는 듯이, 빗자루나 몽둥이를 휘두르며 닭 쫓듯 애들을 내보내는 관리들. 입 언저리에 고약한 미소를 띠우고 있다. 이래도 기부 안 할 거냐는 식의 협박성 미소.

그런 협박에 굴하지 않고 싫으면 기부 따위 안하면 되지 않느냐고? 모르는 소릴!

지금 느닷없이 뛰쳐나와 바짓가랑이를 잡아오는 서너 살, 네댓 살, 대여섯 살, 예닐곱 살 등의 고아들. 고삐 풀듯 거리로 내몰았다간 어떻게 되겠는가.

눈엣가시와 같은, 불치병처럼 사라지지 않는 거리의 폐단! 장사에 최고의 방해물인 '거지'들밖엔 안 되지 않겠는가. 그래서 돌진해오는 침략자들을 보는 눈빛으로 주춤주춤 물러나던 상인들은 펄쩍 뛰었다.

"지, 지금 무슨 짓을⋯⋯."

"부족한가 보네? 이봐! 그쪽 애들도 이리 보내게!"

"자⋯⋯ 잠깐!"

"져, 졌다. 겨, 경비병! 우리가 졌소! 애들 못나가게, 못나가게 해주시오! 기부할게요. 한다니까요!"

'정말 이게 뭔 짓인지.'

당황하며 싱겁게도 당장 항복하는 상인들 틈에서 수지는 혀를 찼다. 그러다 문득 고개를 내렸다. 몽둥이를 휘두르는 척하며 쫓아낸 하급관료들의 횡포에 겁을 집어먹은 고아하

나. 네댓 살쯤의 꼬마였는데 훌쩍훌쩍 울며 치맛자락을 붙들어왔던 것이다. 측은한 마음에 머리를 조금 쓰다듬어 주고 밀어내려니까, 아이가 매달려 온다.

"엄마, 엄마!"

"얘, 난 네 엄마가 아니고……."

당혹해하며 강제로 떼어내려 하자 아예 필사적으로 매달려 오며 목 놓아 통곡을 했다.

아이의 울음은 곧 전염되었고, 시청 앞마당은 삽시간에 울음바다가 되어버렸다.

드르륵!

"거참, 계속 시끄럽게 할 테요? 왜 애들을 떼로 울리고 그러오? 얼른 달래고 그만 가보쇼! 기부금은 내일부터 받을 테니 그리 알고!"

"이거야 원. 항의하러 왔다가 이게 뭐람!"

"……."

얼굴이 홍당무처럼 달아오른 수지는 정말로, 진실로 난처해졌다. 온 힘을 다해 진심으로 울어 젖히는 그 꼬마를 안아들고 싶어졌기 때문이다. 그리고 달래보고자 안아 들었을 땐 다시 내려놓고 싶지 않았다.

젖살이 채 빠지지 않은 아이의 착 감기는 몸은 너무 부드럽고 너무도 작고 너무너무 사랑스러웠다.

　　　　＊　　　　＊　　　　＊

"수지! 이제 온 거야? 대체 왜 이리 늦었어?"

"아, 그게……."

"배달 가는 길이니까 가게 잘 봐! 혹시 내가 늦더라도 알아서 가게 정리해 놓고! 일꾼들 퇴근시간도 챙겨 줘!"

"저, 헤리슨! 마님은요?"

"내실에 계셔!"

자리를 비웠을 때 그랬던 것처럼 두부나 스위티 만드는 일을 감독하고 있다는 뜻이었다. 하지만 수지는 다녀왔음을 알리기는커녕 여주인의 일을 거들고자 내실을 들여다보는 성의마저 비추지 못했다.

마차에 올라 바삐 자리를 뜨는 남편을 바라보다가 진열대 근처의 간이 의자에 털썩 주저앉았다. 거리는 벌써 황혼을 지나 밤의 시간대에 진입해 있었다.

'어떻게 하지? 어떻게 하지? 어떻게…….'

"수지!"

"엇! 네? 네, 마님?"

대체 얼마나 오래 멍하니 있었던 걸까? 여러 번에 걸쳐 불렀던지 메를린의 표정에 의아함이 가득하다.

"먼저 퇴근해도 되겠는지 물었어. 제논의 수발을 위해서라도 오늘과 내일 정돈 빨리 가봐야지. 근데 얼빠진 사람마냥 대체 왜 그래? 어디 아픈 건 아니야? 내가 아니라 수지가 먼저 귀가해야 하는 것은 아닌가?"

"아, 아뇨! 아프긴요! 맞다, 퇴근하셔야지! 아, 그리고 보니, 주문해 뒀던 마차도 왔었어요. 잠시만 기다리세요. 마님 전용인 새 마차 대령해 드릴게요!"

"……."

그렇게 정신없는 척하며 얼렁뚱땅 메를린을 귀가시켰으나 수지 자신은 결국 그날 집으로 돌아가지 못했다. 아니, 실은 일부러 귀가하지 않았다.

퇴근하던 일꾼들에겐 남편이 돌아오면 함께 갈 거라고 말하며 가게 문을 닫았고, 불나게 가게 문턱을 넘나들며 배달하던 헤리슨이 밤늦게 일을 모두 끝냈을 땐 몸살로 아픈 척하며 내실에 드러누웠다.

왕진해 줄 의원을 알아보겠다고 나서는 그를 붙잡아 늦은 시각을 들먹이며 그냥 오늘만 가게에서 쉬면 괜찮을 것 같다고 꾀병과 엄살을 부렸고, 쫓아내듯 남편을 귀가시킨 후엔 슬그머니 시청으로 뛰어갔다.

다음날은 상인들의 모임이 다시 있기로 했다는 핑계를 대고 또다시 대낮에 가게를 비웠고, 결국 기부를 해야 하게끔 결정이 났으나 최대한 책정 금액을 낮춰보겠다는 설명으로 뻔질나게 조합 모임에 출두했다.

그녀가 그렇게 음모 꾸미듯 벌인 소행은 오래지 않아 공개적으로 밝혀지고 말았다.

여주인을 대리하는 일에 맛을 들려 저택 살림은 이제 안중에도 없어진 것처럼 열성적으로 출근을 하는 데다가, 그러면서도 가게 일은 하는 둥 마는 둥 하며 어느 순간 획획 사라졌다 다시 나타나곤 하더니, 걸핏하면 이 핑계 저 핑계 대어 귀가하지 않으려 했던 것이다.

가문의 장자인 제논의 아카데미 입시도 끝나고, 메를린의 생일파티 이후로 자꾸만 누적되고 있던 주문들도 겨우 일단락되어 한숨 돌리게 되었을 무렵.

마누라가 도대체 뭘 숨기고 있나 싶은 의구심에 퇴근하는 척하다 되돌아온 혜리슨에 의해, 수지의 비밀은 들통나고 말았다. 아미타불.

*　　　*　　　*

"제논아! 잠깐……!"
"도련님! 잠깐만."
에구, 아무래도 그럴 것 같았다. 이게 벌써 몇 번째인지. 제논은 웃음 섞인 우거지상을 지으며 돌아봤다.

오늘은 입시가 있는 날.

다른 때보다 일찍 차려진 아침상을 받은 후, 집을 나서던 시점에서부터 계속 불려 세워졌다. 거실과 현관에선 입시생들 틈에서의 선전을 기원한 마리와 쌍둥이에게. 귀한 설탕봉지와 함께 수험생들에게 주는 합격기원 부적을 품에 찔러주던 수지에 의해. 얼룩이(馬)의 등에 안장을 올리러 마구간으로 향할 땐 헤리슨의 호명으로 발길을 돌려 정갈하게 꾸며진 메를린의 새 마차에 올랐다.

평소의 출근 시간을 조금 조정하여 마차에서 미리 기다리고 있던 어머니와 더불어 집을 나설 땐, 톰슨 부부와 보비를 비롯해 대문 밖까지 배웅 나온 온가족들의 덕담을 하나하나 챙겨 들어야 했다.

그리곤 행여나 늦을까 싶은 우려에 조바심치며 마차를 모는 헤리슨의 재촉 속에, 시종 불안함을 떨치지 못하던 메를린의 당부를 들었다.

"제논아, 속은 괜찮니?"

"저보단 어머니가…… 괜찮으세요?"

"그게…… 어째 오늘따라 생전 없던 멀미가 울렁울렁 나는구나. 너도 그렇지? 떨려서 그럴 거야."

'아뇨, 안 떨리는데요.'

"괜찮다. 아는 것만 써도 돼. 혹여 너무 긴장해서 아는 문제도 틀려버리면 어떡하니. 시험이란 것은 원래 결과보단 과정이 더 중요한 거란다. 그동안 말은 안했지만 내가 우리 장남을 얼마나 믿고 있는데. 그럼~! 이 엄만 그저 네가 최선을 다해서 후회만 하지 않으면 된다. 학교에서 내준 수험표는 잘 챙겼지? 그래, 그래."

  '아는 '문제도' 라니요. 허허.'

  합격 여부에 연연하지 않으니 부담 갖지 말라는 표현이었으나, 어미 된 노파심과 애달픈 기대 심리가 어디 가겠는가. 어쩌면 하늘이 내린 행운으로 합격할지 모른다는 일말의 희망에 초조함을 감추지 못하던 메를린.

  결국 시험 장소에 도착해 마차에서 내린지 몇 걸음 떼지도 않아 도로 불러 세운다.

  "날씨가 춥다. 이거 끼고 가렴."

  '에휴, 그건 어머니의……'

  "마님, 그건 여성용 장갑이지 않습니까. 작아서 도련님의 손엔 맞지도 않겠습니다. 대신에 이걸……"

  "아, 그렇지. 나도 참."

  다행히 출퇴근길 어머니의 보온용 털장갑을 끼지 않아도 되게 되었다. 그러나 헤리슨도 못지않게 극성이다.

  그가 내민 장갑은 손가락없는 성인 남자용이었는데 스스로가 쓰던 것이 아닌, 매우 고급스럽고 말끔한 새 것이었던 것이다.

  "헤리슨 씨, 이거 비싼 거 아닌……?"

  "수지가 식구들의 목도리를 짜면서 장갑도 뜨기로 했었는데 미처 완성하질 못해서요. 짜드린다 해도 도련님은 안 끼실 듯하고 털장갑보다 보온은 못해도 가죽이어야 두고두고 쓰기도 좋겠다 싶어서. 괜찮습니다. 제 사비로만 산 것은 아니니까요."

"손가락 굳을 틈 없이 부지런히 답안 작성 해야겠네요. 고맙습니다, 잘 쓸게요. 그럼 이제 들어가 봐도 되죠?"

"네, 도련님. 건투를 빕니다."

"제논, 잘 다녀오……."

"으아아, 할머니!"

거듭 잘 다녀오라 하려던 메를린은 잠시 말을 멈췄다. 숨넘어가는 소리에 제논과 헤리슨도 고개를 돌렸다. 수험 장소의 풍경이란 세상 어디나 별다르지 않은 모양. 먼저 도착해 제논과 비슷하게 가족들과의 일시적인 작별을 나누던 수험생들 중의 하나였다. 기껏해야 15~16세로 보이는 외형으로 보아 재수생은 아닌 듯하다.

"이 녀석이? 어디서 큰소리야?"

"하지만 백부님! 여긴 북방이 아니라고요. 이 정도 날씨는 내의 없이도 다녀요. 할머니도 간편하게 차림하셨으면서 제게 퀼트(quilt)를 주시면……!"

"얘야, 이건 수년 전부터 네 수험을 위해 한 땀 한 땀 떠온 거다. 꼭 두르고 가야해. 이 할미의 정성이지 않니."

"실내에선 더울 텐데."

"깔고 앉더라도 시험 장소까진 꼭 걸치고 가거라. 행운과

합격을 기원하는 문양이야. 필시 효력이 있을 게다. 잘 쓰고 간직해 뒀다가 네 자식에게도 물려줘. 응?'

"네에. 고마워요, 할머니."

눈을 부라리는 척하는 제 큰아버지의 눈치를 살피더니 마지못해 대꾸한다.

제논은 예의 수험생이 어깨에 두르는 것에 주목했다. 모포로 삼아도 될 만큼 크고 제법 두툼한 편의 세 겹 천이었는데 놀랍도록 정교하고 화려하기까지 하다.

분명 처음 보는 것이었는데 그렇다고 아주 낯선 물건은 아니다.

'가만, 저쪽 세상에서 본 듯도……?'

한국에서 본 것이 아니라, 중세시대를 다룬 외국영화나 드라마 같은 곳에서 본 듯했다. 수를 놓는 일에 밤낮으로 시간을 할애하던 여자들이 등장하는 장면에서 혼수용이나 부업용 바느질로 흔히 다뤄지던 소재.

원판의 기억에 남아 있는 제국 각지의 의복 문화에 대한 상식도 있었기에 좀 더 미루어 이해할 수 있었다. 토레노에선 취급하지 않았지만 추운지방, 특히 북방으로 올라갈수록 개인 필수품으로 애용되는 물건이다.

집안 여자들의 공들인 배려로 공식 석상에서의 예복 삼아, 혹은 외근을 나가거나 전쟁터에 나가는 남자들이 외투나 모포 대용으로 지니고 다니던 다용도 소품. 그러다 전사하기라도 하면 소지한 그것으로 유해를 싸서 가족들에게 전달하던 양탄자 같은 형태의 물건.

'저게 퀼트였구나.'

물론 털옷을 갖춰야 할 정도로 한파가 매서운 지방에선 침대 시트로밖엔 사용되지 못하겠지만.

'따뜻하긴 하겠다. 바늘과 천의 예술이라더니 정말 한 땀 한 땀 일일이 떠서 만든 물건이네.'

"……제논, 부럽니?"

"아니요. 퀼트를 처음 봐서요."

이크, 재빨리 답변했으나 이미 늦었다. 호기심 어린 기색을 알아본 메를린이 예의 퀼트를 눈여겨 보더니 궁리하는 표정을 짓지 않은가. 아마 틀림없이 저 비슷한 것을 사서라도 안겨줄 생각을 하고 있으리라. 토레노에선 한겨울에도 그리 사용치 않는 물건인데 어디 가서 구하려고? 설마 직접 바느질하실 생각인가?

"어머니, 장갑만으로 '충분' 합니다. 이러다 늦겠어요. 이만 들어가 보겠습니다. 헤리슨 씨, 이따 봬요."

"네, 잘 다녀오십시오."

"으음, 그래…… 시험 잘 보거라!"

'네네! 흐음, 근데 이 양반들은…….'

아들인지 딸인지를 들여보내고 차가운 땅바닥에 엎어져 기도를 올리고 있는 터번을 쓴 외지인. 그리고 그의 하인들로 보이는 똑같은 자세의 남자들.

사막 지형의 남방에서 올라온 학부모인 듯했다. 교문의 수위들이 낯을 찌푸리고 있는데도 아랑곳없다. 잘못하면 밟힐 것 같은데 참 지극 정성이다.

그런 그들을 피해 교내로 들어서던 제논은 잠시 돌아서서 메를린과 헤리슨을 향해 손을 흔들어 보였다. 혹시나 이들처럼 시험이 끝날 때까지 교문 주위를 서성일 생각 말고 어서 돌아가 보라는 뜻으로.

"신분증과 수험표 보여주십시오."

"여기……."

간단한 절차를 통해 캠퍼스로 진입하게 됐다. 납작한 돌들을 깔아 잘 닦아놓은 통행로를 걸어가며 제논은 시험 장소인 아카데미 교정을 두루 둘러봤다.

'호오, 정원(定員)에 비하면 꽤 넓네.'

제논이 진입해 온 쪽은 정식 출입구가 아니라 집에서 왔던 방향과 인접해 있는 쪽문이었던지라 내부의 건물 규모가 잘 어림되지 않았다.

하지만 한적한 시내 외곽에 자리한 지리적 여건 탓인지 매우 넓고 짙푸른 교정을 보유하고 있다는 사실만큼은 육안으로도 확인된다. 이게 과연 겨울 숲 속의 오솔길인지 학생들을 수용하는 건물로 가는 길인지 헷갈릴 정도로 정원(庭園)이 넓었던 것이다.

내부 지리에 어두운 수험생들을 위해 곳곳에 새롭게 덧붙여 세워진 지형 안내도와 표지판들만 보아도, 부지의 넉넉함을 어림하고도 남는다.

와글와글.

'쪽문을 이용하길 잘했네.'

정문이 있는 방향에서 들려오는 바글바글 시끄러운 인기척에 그렇게 생각하는 제논이었다.

행정아카데미와 쌍벽을 이루는 군사아카데미도 오늘이 수험일이었고 12살 꼬맹이들을 대상으로 한 토레노 내의 열 개나 되는 프리-아카데미도 오늘이 진학 시험일이었다. 그러다 보니 저렇게 고사장이 있는 교정의 교문들을 제외하고도 도시 전체가 들썩이던 참.

앞서 제논의 경우처럼 행운 기원과 덕담을 던져 오느라 자꾸만 발목을 붙드는 동행들을 떼어놓고 부랴부랴, 혹은 종종걸음으로 뛰어들어 오는 수험생들. 남학생들과 여학생들의 진행 방향이 둘로 나뉜다.

그러다 몇 개인가의 건물을 앞두고 표지판을 확인하거나 아카데미 측에서 선발된 안내원들을 붙잡고 길을 묻느라 다수의 학생들이 우왕좌왕.

그들과 달리 산책하듯 유유히 고사장 건물에 도착한 제논은 여유있게 현관을 들어섰다.

"네? 맡겨 두고 가야 한다고요? 저희 어머님께서 꼭 지니고 시험 보라 하셨는데……."

"자네 마마보이인가? 대체 배냇저고리 따위가 무슨 소용이냐고? 암튼 퇴실할 때 돌려줄 테니 잔말 말고 놔두고 가게. 그리고 거기 제군! 어떤 신분이든 예외는 없으니 자네도 수험표 제시하고 입실하게."

"어, 네! 여기……."

"제 12강의실이군. 소지품 검사와 몸수색에도 협조 바라네. 흠, 필기도구는 각자의 책상에 다 준비되어 있으니 따로 가져갈 필욘 없네. 그리고 그건 뭔가. 뭐? 부적 삼아서 가져왔다고? 압수! 맡겨 두고 가게."

계단 끝 복도에서부터 양편으로 진을 치고 있는 아카데미 관계자들이 한 사람 한 사람의 입실을 지나치다 싶을 정도로 꼼꼼히 체크하고 있다.

하기야, 그도 그럴 것이지. 제논이 재학 중인 프리-아카데미를 기준으로도 한 학년의 인원이 200여명, 졸업을 앞둔 응시생도 그쯤 되었다. 그런데 제국엔 약 이십여 개의 프리-아카데미가 있지 않은가.

그럼 4년차 응시생만 놓고 봐도 최소 4000명. 전년도 졸업생인 3000여명의 재수생들도 있으니 적어도 7000명이 응시하는 셈. 그중에 고작 500명 정도만 정원(定員)으로 받아들이는 교육 기관이기에 저러는 것이리라.

오늘의 시험에 실패하면 공작 및 대귀족들이 공동 운영하는 사립아카데미 중의 하나를 타깃 삼거나(그만한 출신 배경과 집안 경제력이 받쳐 줘야 하겠지만), 혹은 재수를 하거나, 2년제인 칼리지에 진학하거나, 그것도 아니면 취업 전선에 나서야 한다.

그러니 공정한 응시와 공정한 심사에 대한 이의 제기를 원천봉쇄하는 차원에서 아카데미 측으로선 최대한 까다롭게 굴 수밖에 없는 노릇일 터.

충분히 납득하고도 남았고, 이와 유사한 경험이(저쪽 세상에서) 아예 없었던 것도 아니기에 제논은 차분히 차례에 임했다. 수험표를 내밀고 수색도 자청했던 것이다. 그러자.

"……흐음."

"장갑도 벗어 보일까요?"

"아니, 뭐 그럴 것까진 없고. 응시한 적이 이미 있는 듯해서 재수생인가 했거든. 그런데……."

제논은 조금 맥이 빠졌다. 이제껏 심심치 않게 접했던 반응이다. 다른 학생들과 어딘가 구별되는 초연한 태도를 '포기'한 것으로 이해한 모양이었다. 어쨌든 더 검사할 것이 없자 통과시켜 주긴 한다.

"제 11강의실이군. 됐으니 가보게."

'합격할 자신쯤은 있다오.'

속생각과 달리 가볍게 목례한 제논은 3층의 복도 끝 고사

장을 향해 걸음을 옮겼다.

행정아카데미의 진학 시험은 과학과 수학과 대륙사, 그리고 법규 및 제도로 네 과목이다. 자체적인 판단이지만 그중 어느 것 하나 모자람은 없었다. 아니 실은 차고 넘친다. 혹여 저쪽 동네에서처럼 프리-아카데미에서 모의고사 같은 것을 시행해 왔다면, 만점 몇 번에 줄 일등으로 나름 유명해졌을지도 모를 일인데.

정보는 생명이라 생각하는 특이한 경력 탓이 아니더라도, 학교에 널린 것이 예년도 문제였다. 당연히 입수해서 풀어봤었다. 예상보다 더 쉬웠다.

실수로 만점을 놓칠지는 모르나 커트라인에서 버둥거릴 이유는 전혀 없는 것이다.

원판 제논의 주 전공인 대륙사와 제도가 약간 불안해서 아카데미 진학용 교재들도 입수해 넘치도록 준비를 마친 상태였다. 그렇지만 중간 정도의 성적으로 통과할 생각이다. 모난 돌은 정을 맞는 법이니까.

형식은 조금 다르지만 제논의 뒤를 이어 도착해 검문을 받고 있는 저 북방 출신의 소년처럼.

"커닝 준비라니요! 기가 막혀서. 결단코 아닙니다! 이 퀼트는 우리 할머님이 극구 떠안겨 준 외투용일 뿐이란 말입니다. 겉감에 예상 답안이라도 기입해 넣었을까 봐서요? 의심되신다면 그냥 맡겨둘게요!"

'녀석, 억울하긴 하겠네.'

돌아보지도 않은 채 혼자 피식 웃던 제논은 자신에게 배당된 해당 강의실로 입실해 갔다.

웅성웅성.

토레노 내를 포함해 제국 각지에서 상경해 온 가지각색의 수험생들. 그새 반절 이상 차있는 교실 안이 긴장감 어린 웅성거림으로 가득하다. 비어 있는 맨 앞줄의 창가 자리를 향해 묵묵히 다가간 제논은 창밖을 내다봤다.

입실 시간에 쫓겨 헐레벌떡 들어오는 입시생들이 눈에 띈다. 자녀들이나 친인척 조카들을 배웅 나왔다가 교문 밖을 서성이는 인파들도 잘 보였다.

"후배님들! 건승을 빕니다!"

한 목소리로 우렁차게 외치는 어딘가의 단체. 어수선한 틈바구니에서 유독 도드라지는 구호였다. 훈련을 잘 받아온 병사들, 아니, 기사 급으로 추측되는 인솔 팀이다.

'혹시⋯⋯.'

자연스럽게 엘다 바워버드에 생각이 미친 제논은 안력을 돋웠다. 하지만 곧 시선을 거뒀다. 그녀라면 이쪽보단 군사아카데미의 고사장으로 가 있을 확률이 더 높았으니까.

마지막 입시생이 입실한 후 얼마 지나지 않아, 시험 감독관들이 들어왔다.

전쟁 아닌 전쟁의 시작이었다.

　　　　*　　　　*　　　　*

　정오에 끝난 시험, 들어올 때와는 다르게 축 처지거나 느긋
이 교정을 구경하며 퇴장해 가는 한 무리의 학생들.

　"도련님, 여기!"

　들어왔던 쪽문을 통해 밖으로 나가던 제논은 그럴 줄 알았
다는 눈빛이 됐다. 낯익은 마차가 아침에 정차했던 부근에 거
의 그대로 서 있었던 것이다. 인파 너머로 고개를 빼고 있던
헤리슨이 목청껏 호명해 온다.

　다가가자 마중 인사도 해온다. '시험 잘 봤느냐? 어떻든?
합격할 것 같더냐?' 라고 묻고 있는 주위 대부분의 이들과는
전혀 다른 식으로.

　"괜찮은 경험 되셨습니까? 빨리 나오셨네요. 아카데미 교
정을 밟을 수 있는 기회가 흔한 것은 아닌데."

　'으, 역시 합격은 기대하지 않는다는?'

　"타십시오, 도련님. 더 붐비기 전에 어서 돌아가야죠."

　"어머니는 가게에 가신 겁니까?"

　"마님은 뭘 좀 구하러…… 잠깐 모셔다 드리고 왔죠. 아마
지금쯤 가게에 가 계실 겁니다."

　그의 옆자리에 올라탄 제논은 고개를 끄덕였다. 길이 막힐
까 싶은 우려에 서둘러 고삐를 휘두르는 헤리슨. 번잡한 출입

구를 벗어나자 제논은 귀로에 오르는 마차의 방향을 시내 쪽
으로 우회케 했다.

"가게에 들르시게요?"

"네, 시험도 끝났으니 이제 일을 거들어야죠."

"오늘 당장이요? 하루쯤은 쉬실 일이지."

"머리 식히는 셈치고 거들면 되죠, 뭐."

'에구, 우리 도련님……'

헤리슨은 그다지 찬성하고 싶어 하지 않는 눈치를 보였다.
그렇지 않아도 식음을 전폐하는 모양으로 최근 며칠간 입시
준비에 총력을 기울이지 않았던가.

고사장에서 같은 학교의 동급생들과 마주쳐 눈인사 정돈
나눴을 법도 한데, 시험 후에 따로 만나 회포를 풀자는 식의
약속하나 잡아오지 않다니. 오늘 같은 날은 좀 놀아도 될 텐
데 착실해도 너무 착실하다.

그러나 그런 헤리슨의 의중을 모른척한 제논은 이의를 제
기할 수 없는 이유를 댔다. 급한 불은 껐으니 이제 피치 못하
게 미뤘던 일에 착수해야 했으니까.

"점심도 먹어야 하니 어서 가지요."

"아, 네."

시장하단 뜻으로 받아들인 헤리슨은 더 미적거리지 않고
마차를 운전해 갔다. 흔들리는 마차의 움직임에 몸을 맡기는
제논의 눈빛엔 이미 '입시'에 대한 사항은 없었다. 시험에 올

인했던 집중력을 말끔히 거둬들였던 것이다. 대신에 지난 수 일간 잠자코 덮어놨던 목표를 되살려 치명적이도록 위험스럽게 번뜩이고 있었다.

아카데미 입시는 10개월이 넘게 준비해 왔던 것이지만 이번의 목표는 달성에까지 불과 며칠 걸리지도 않을 것이다. 발드로 모레이가 표적이었다. 수족(手足)들과 더불어 머지않아 놈은 '웅징' 받게 되리라.

Chap. 6
앵벌이들

앵벌이들

"못 찾겠다, 꾀꼬리, 꾀꼬리, 꾀꼬리, 나는야 언제나 수울래
~! 앗……! 마리 누나다! 찾았다~아!"

"어머, 폴! 네가 못 찾겠다고 해서 나온 거잖아!"

"작전이었다고요, 작전!"

"얌체 같이? 무효야, 무효! 키라, 그렇지?"

"으음. 맞아요, 마리 언니! 폴, 속임수를 쓰면 안 되는 거야.
제논 오빠, 그렇지요? 봐! 오빠도 그렇다고 웃으시잖아. 나도
다시 숨을 테니 이번엔 정당하고 신사적으로 찾기다? 마리 언
니, 가요~!"

"마리 누나! 키라! 너무해!"

그러나 꼬맹이 막내 주제에 손위의 누이들을 어찌 이기랴. 진실로 얌체처럼 까르륵거리며 도망쳐 버리는 마리와 키라를 향해 방방 뛰던 폴.

앞마당에 내어놓은 탁자에 앉아 제법 쌀쌀해진 가을바람을 맞고 있던 제논에게로 돌아선다.

"형, 나빠요! 왜 내 편은 안 들어줘요?"

"네가 술래를 하는 쪽이 더 낫지 않냐?"

"안 나아요. 재미없단 말이에요."

억울하다는 듯이 부루퉁 볼이 나와선 다가온다. 수험 후 시중에 떠돌던 답안지를 입수하여 채점을 해보고 있던 제논은 피식 웃으며 빈 의자를 밀어줬다.

사업의 호전으로 즐거운 비명을 지르고 있는 어머니의 일도 거들 겸, 가게 운영에 관심을 기울이는 시늉을 하느라 요즘 시내에서 머무는 시간이 늘었었다. 그전엔 수험 준비로 공부에 몰두해 있었으니 동생들은 그야말로 연일 찬밥 신세가 되어있던 차.

새 노래의 전수나 새로운 동작의 에어로빅 교습 정도는 간간히 해왔으나 소홀했던 면이 있긴 있었기에 오늘은 특별 서비스였다.

아이들끼리 어울려 노는 놀이 방법만큼은 현진으로서도 별로 알고 있는 것이 없었다. 하지만 구슬치기, 딱지치기, 술래잡기 정도는 알고 있었으니까.

제논 프라이어

그중에 술래잡기를 택한 제논은 특색있는 놀이 진행으로 '못 찾겠다, 꾀꼬리.' 라든가, '무궁화 꽃이 피었습니다.' 하는 말들을 가르쳐 주었다.

이곳 세상에도 저쪽 세상의 숨바꼭질과 비슷한 놀이가 있었기에 게임 방법을 이해시키는 일이 어렵진 않았고, 게다가 관련된 노래도 하나 가르쳐 줄 수 있었다. 폴이 속임수(?)에 써먹은 조용필의 노래 가사 말이다.

"폴, 그렇게 재미가 없어?"

"형이랑 같이 놀면 재미있을 것 같아요."

"하하, 그래. 내친김에 오늘 이 형님이 네게만 살짝 비밀 하나를 알려 주마. 네가 몰라서 하는 소린데, 쫓기는 것보단 쫓는 것이 훨씬 낫단다."

"술래가 더 낫다고요?"

"그렇다니까. 그리고 말이야. 여자들은 죄다 새침데기들이란다. 쫓는 것보단 쫓기는 것을 더 좋아해. 그런 여자들의 기분을 맞춰주는 것도 의젓한 꼬마 신사가 되는 지름길이지. 무슨 뜻인지 알겠지?"

"칫! 만날 나만 다들 꼬마 취급을……."

꼬마니까 꼬마 취급을 하지.

그러나 귀여워서 못 견디겠다는 듯이 머리를 마구 헝클어뜨려 오는 제논의 손길에 만족스런 표정이 된다. 누이들을 제치고 같은 남자로 인정받는 기분이 되었나 보다. 연이어 정말로 의젓하게 굴며 자리를 뜬다.

"음, 무슨 말인지 알겠어요. 말썽 안 피우고 누나랑 키라랑 잘 놀고 있을게요. 그리고 형이 '살짝 알려준 비밀'은 절대 아무에게도 말하지 않을게요."

"그래. 고맙다, 폴."

"무궁화 꽃이 피었습니다! 무궁화 꽃이 피었습니다. 무궁화 꽃이 피었습니다……! 마리 누나, 키라! 다 숨었지? 대답 안 하니 이제 찾는다!"

폴짝이며 곁을 떠나는 여섯 살 터울의 남동생. 운 좋은 녀석이었다. 폴만이 아니라 녀석과 쌍둥이인 키라도, 벌써 아가씨 티가 나기 시작한 마리도.

'아무렴, 운이 좋고말고.'

시청에 '자선사업'으로 기록되어 있던 발드로의 선행을 기억하는가? 웃기는 소리였다. 자선사업이 아니라 '앵벌이 육성' 사업이라 해야 옳았던 것이다.

발드로나 크렉과 같은 자들의 지배하에 놓여 있는 오갈 데 없는 아이들. 빚에 팔려 일찌감치 유흥가로 흘러들어가 비참한 생활을 하는 소년 소녀들. 거리에서 흔히 볼 수 있는 부랑아들과 거지 아이들. 그런 최하층의 생활을 하는 또래들에 비하면 정말 운이 좋은 거지.

하긴, 경우는 다르지만 제논도 운이 좋았다. 지난 며칠간 발드로의 주변을 캐다 알게 된 사실인데, 놈은 현재 매우 공략하기 쉬운 환경에 놓여 있었다.

그토록 뒤 구린 전적을 가진 자이니 평소의 신변 보호를 위해서라도, 어머니의 생일에서 봤던 차림처럼 부유함을 과시하기 위해서라도, 보유한 사병의 규모가 무시 못 할 수준일 것이라 추측했었다. 그런데 웬걸?

발드로는 변변찮은 실력의 병사들조차 제 집에 상주(常住)시키지 않고 있었다. 물론 갖가지 사업에 손을 대고 있는 터라 인근 시내에 사무실쯤은 두고 있었고, 거기엔 사병에 속하는 자들이 항시 대기하고는 있었다.

제 대리인들이나 20대의 장남을 출근시키고 있는 그곳 사무실, 외형만큼이나 험악한 다수의 '어깨' 들이 밤낮으로 들락거리고 있었던 것이다. 하지만 정작 저와 제 식구들이 사는 집에는 이렇다 할 병력이 없었다.

토레노는 치안이 좋은 도시였다. 놈의 저택이 있는 주택가는 도시의 평균보다 치안이 더 좋은 곳이었고, 외관에 치중하여 건축된 저택은 병력다운 병력을 주둔시키기엔 부지가 좁은 편이었다. 또한 매우 '인색' 하고 거만하기 짝이 없는 놈의 성향도 문제였다.

부르면 언제든 달려올 시내의 건달들도 있고 그중의 일부는 출장 삼아 돌아가면서 매일 보초를 서주고 있는데다, 세상사의 온갖 소식과 낌새를 보고해 주는 꼬맹이 정보원들도 넘칠 만큼 보유하고 있는 판국.

제 딴에는, 뭐가 아쉬워서 비싼 임금 지불하면서까지 따로 사병을 키우거나 상주시켜야 하나, 밤이든 낮이든 감히 누가 자신을 해하려 자신의 홈그라운드에 몰래 기어들겠는가, 하고 생각하는 듯했다.

하지만 아무리 그래도 가끔은 꿈자리가 불편했는지 실력 있다는 검객들을 수소문해 채용하기도 하고, 친척인 모레이 자작가에서 이런저런 구실을 대어 기사 급 실력들을 꼬셔오기도 했다. 그러나 그래봐야 몇 달이나 고작 몇 주밖엔 지속되지 않는 '방어력'이었다.

이제껏 발드로의 감언이설에 넘어가 놈의 안전과 놈의 집안에 도움을 주었던 사람들은 당최 그의 주변에 장기간 체류하지를 못했다. 남자든 여자든, 검 실력이 높든 낮든, 자녀들을 가르치던 가정 교사들마저 마찬가지였다. 왜인고 하니, 놈의 처자식들 때문이었다.

사십대 후반인 발드로의 처는 심한 결벽증이 있는데다 매우 신경질적인 여자였다. 이십대 중반인 놈의 큰딸은 가족들도 포기할 정도로 입이 싸고 경망하며 도벽까지 있는 계집이었고, 놈의 큰아들은 그중에서도 제일 한심하고 지저분한 사고를 많이 치는 놈이었다.

어린 막내아들도 하나 있는데 '버르장머리 없는 놈, 머리에 피도 안 마른 것이……' 라는 소견이 대세인 녀석이었다. 부모형제들이 그 모양 그 꼴이니 반듯한 애로 자라고 있을 리

만무하지 않은가.

아무튼, 그런 집구석이라 무지렁이 평민들보단 가방끈이 길고 의식이 깨여 미래를 내다볼 줄 아는 사람들은 발드로의 주위에 남아 있질 못했다. 그런 고로, 발드로는 현재 거의 무방비한 상태라 볼 수 있었다.

약간씩 다른 인원들로 교체되는 놈의 조력자들이 매일 같이 저택을 순찰 해주고 있기는 하지만 그래봐야 통틀어 열 명 남짓인 경비 인원이었다. 현진인 제논의 기준으론, 그런 수준에 그런 정도의 경호 인력이라면 놈은 이미 목을 내놓고 있는 것이나 다름없었다.

그렇다면, 놈이 또 어디선가 수준깨나 있다는 외부 실력자들을 초빙해오기 전에 당장 D-day를 잡는 것이 바람직하겠지만.

'모두가 모이는 날이어야 해.'

그것이 문제였다. '암살'의 의혹을 최대한 남기지 않으려면 발드로 놈과 놈의 수족들을 쫓아다니며 처리해선 안 되었던 것이다. 저택 안팎의 경비가 제일 허술할 때를 골라 단번에 끝내버리려면 날을 잘 잡아야 했다.

'언제쯤이 좋을까.'

철저한 혼자만의 보안 속에 지난 며칠간 개미처럼 수집했던 각종 정보들. 제논은 그것들의 정리를 위해 연막으로 펼쳐두었던 시험답안지를 뒤적거렸다. 결행에 적당한 날짜들을 산출하기 위해서였다.

그로부터 또다시 며칠 후, 제논은 동생들을 지켜보던 때와 비슷한 자세로 거리에 앉아 있었다. 탁자를 대신해 감주로 가득 채워진 오크통에 기대어서.

아침저녁의 수련만이 아니라 가게 일을 돕는 것도 체력 단련의 일환으로 삼고 있었지만 그럼에도 제논 혼자 옮기기엔 무리인 짐이었다. 그래서 가게에 맡겨져 있던 남의 수레를 이용해 근처까지 운반해 왔다.

하지만 수레를 돌려준 후에도 배짱 부리듯 오크통을 짊어지고 쏨벅쏨벅 전진하자니 거리의 아이들에게 더할 나위 없는 표적이 되는 수밖에.

가다 멈췄다 하는 것을 반복하다 결국 길 한편에 주저앉는 식이 됐는데, 지금도 보라.

"……."

"……."

울화가 치미는지 붉으락푸르락하거나, 그와는 상반되게도 찬바람 쌩쌩 부는 싸가지 없는 표정의 남자애 둘이 코앞에 떡 버티고 있다. 그냥 있는 것도 아니고 제논의 면전에 손바닥을 각각 들이댄 채로.

오가는 행인들을 쳐다보느라 눈길이라도 조금 움직일라치면 땟국이 줄줄 흐르는 손끝을 재깍재깍 가져다 댄다. 그렇게

된지 벌써 두어 시간째.

그러나 제논은 능청스럽게도 매우 얄미운 태도로 그런 거지 아이들의 존재를 깡그리 무시하고 있었다. 누가 이기나 보자, 하는 심정들이겠지만 상대가 상대 나름이어야지. 어차피 이 꼬마들도 결국은 백기를 들게 뻔했기에 제논으로선 초조해 할 이유가 없었다.

아닌 게 아니라.

"쌍⋯⋯! 소문대로 정말 속 터지도록 빌어먹을 새끼네! 나 같으면 성가셔서라도 한두 푼 던져 주고 말겠다. 그래! 잘 먹고 잘 살아라, X새끼야!"

"저놈이!"

붉으락푸르락한 얼굴로 고집을 부리던 꼬마 쪽이었다. 엉덩이를 들썩이며 엄포를 놓자 상스런 동작까지 취해보이며 줄달음친다. 녀석이 꽁무니를 뺀 골목 어귀를 향해 코웃음을 쳐준 제논은 남은 한 놈을 돌아봤다.

돌아볼 수밖에 없었다. 한눈팔지 말라는 것처럼 비수 찌르듯 빈 손바닥을 들이댔으니까.

열한 살쯤 되어보이는 칙칙한 갈색 머리의 꼬마였다. 말수가 적고 가난에 찌든 안색이었으나 인내력만큼은 탑(Top)을 달리고 있었고 눈빛 역시 살아 있는 놈이다. 그 눈빛이란 게 표정보다 더욱 싸가지 없다는 점도 마음에 든다. 그래서 제논은 짐짓 호의적으로 물어줬다.

"넌 포기 안 하냐?"

실룩.

대답으로 입 꼬리만 실룩인다. 그래, 개중 네 녀석의 근성이 제일 낫다. 속으로 칭찬해 준 제논은 질문을 이었다.

"이름이 뭐냐?"

"은화 한 닢이면 말해줄게."

"나이는 몇이고?"

"은화 두 닢이면 함께 말해주마."

"오, 가격이 막 뛰네? 근데 어쩐다. 요즘 손버릇 나쁜 꼬맹이들과 너무 자주 마주쳐서 말이야. 그렇지 않아도 난 지갑 같은 것은 잘 안 갖고 다녀."

"그거야 네 사정이지."

피식 웃음이 나온다. 요 근래 이렇게 가게 물건을 배달하다 시내 한복판에서 실랑이를 하는 일이 적지 않았다. 덕분에 집안 가게가 있는 거리는 물론이거니와, 시청부지의 주변에 넓게 흩어져 있는 다른 번화가의 거지들에게도 제논의 존재가 알려진 상태.

"동전 한두 개론 안 되겠냐? 내게 우려내느냐 마느냐하는 것으로 내기 돈도 걸린 눈치던데."

"나완 상관없어. 우리 파의 내기가 아니니까."

우리 파라.

남들 눈엔 소모성으로 보일 거지 아이들과의 실랑이를 통해 알아낸 것 중에 하나였다.

토레노는 티즈 강을 기준으로 유리산업 단지와 같은 공장 지대가 들어서 있는 서쪽 구역과(스위티와 두부제조를 위한 새 공장의 후보지로 거론되고 있는 지역이다) 주거 밀집지역인 동쪽 구역으로 나뉜다.

그 주거 밀집지역은 또한 시청을 위시한 주요 공공기관들과 아카데미 및 칼리지 등을 중심으로 각각의 상권이 형성되어 있다. 그러다 보니 행인들을 상대로 구걸이나 영업을 하는 이런 아이들도 소속이 정해져 있는 편이었고 활동 구역도 그에 따라 각기 달랐다.

제논이 거리에서 돈벌이하는 꼬마들을 약 올려 모종의 공작을 꾀하고 있는 현재의 지점은 메를린의 가게와 발드로의 주소지를 놓고 봤을 때 그 중간쯤. 그래서 접근해 오는 아이들도 서너 부류였다.

어머니 메를린의 가게와 인접한 귀금속 거리에서부터 따라왔던 그 구역 파의 아이들. 시청부지를 넓게 돌다보면 접하게 되는 몇몇 주택단지와 그 인근의 새로운 거리에서 활동하는 아이들. 그리고 시청 반대편에서 활동하는 발드로 모레이 소속의 아이들.

"그럼 너네 파는 어딘데?"

"봤잖아."

'보긴 했는데 헷갈리잖아, 요놈아!'

끝까지 남아서 손을 벌리고 있는 이 녀석은 사실 소속이 애매했다. 제논에게 가장 자주, 가장 많은 앙심(?)을 품을 수밖에 없던 부류로 가게 근처의 귀금속 거리에서부터 따라왔던 패거리, 걔네들의 틈에 언젠가부터 섞여 있었다. 그런데 그 팀이 이쪽 거리에 바통을 넘기고 후퇴할 때보니 따로국밥의 분위기가 아니던가.

그렇다면 거짓말을 한 것일까? 제논의 행동 여하에 따른 돈내기와는 상관없다고 했던 것 말이다. 상관없는 게 아니라 내기에 끼지 않았거나 끼지 못했을 수도.

아무튼.

"은화 두 닢이라…… 그만큼의 금액을 네게 투자해 줘야 할 이유가 없다면 어쩔래."

"투자가 아니라 지불이야. 이유야 만들면 되고."

"차라리 이건 어떠냐."

통통.

"아주 달콤하고 시원한 감주다. 스위티라고, 우리 가게의 히트작이지. 배 안 고프냐?"

깔고 앉은 오크통을 톡톡거리며 꼬드겨 봤지만.

"두부…… 라고 했던가?"

"두부가 왜?"

"저번에 동전 대신 네게 그걸 얻어먹은 애들은 하루를 꼬박 굶어야 했어. 이 계절에 그 귀하고 값비싼 딸기를 얻어먹

164

은 다른 파 애들은 뒤지게 매를 맞고 나서야 굶었다지. 그런데 이제 단 육수? 돈으로 줘!"

뻔뻔함을 넘어 영악할 정도의 대꾸.

"단 육수라니? 스위티라니까."

피식거리며 수정해 주던 제논은 잠시 생각에 잠겼다. 애초의 표적이었던 발드로 모레이에게 종속되어 있는 거지 아이들. 사실 그중의 몇몇은 우르르 제논을 에워쌌던 맨 처음의 무리에 끼어 있었다.

그러나 제일 먼저 떨어져 나갔다. 딸기 상자를 통째로 떠안겨 줬던 그 부류였던 것이다.

프라이어 가문의 투자자나 동업자로 선택되지 못했음을 발드로 놈의 귀에 흘려 넣고자, 그러면서도 사업은 잘만 호황을 누리고 있음을 과시하고자, 그런 이쪽 상황을 알게 되면 어떻게 나올지 떠보고 싶어서였는데, 여하튼 1차 목적은 대충 이뤄진 듯하다.

윗선으로부터 무슨 주의를 받았는지, 더 이상 용건 없다는 제논의 태도에 매우 쉬이 물러들 갔으니까.

하버 백작가문과 같은 큼직한 실세 가문의 비호를 등에 업은 사실에 주춤하여 프라이어 가와의 사업에 미련을 버렸거나, 일보 후퇴하여 파고들 여지가 다시 생기지는 않나 예의 주시하고 있는 것일 게다.

어쨌든 윗선들에게서 받은 주의가 아니더라도, 조금 전에 욕설과 함께 마지막으로 물러난 꼬맹이와 그 녀석의 패거리들이 부린 텃세 때문에 어쩔 수 없었으리라. 발드로의 휘하인 크렉이 감독하는 구역은 아직 시작되지 않은 지점이었고 현재의 거리는 앞서 욕쟁이 녀석이 속해 있는 이쪽 파의 구역이었으니까.

그 탓에 진작 항복했음에도 미련을 못 버리고, 거리를 왕래하는 다른 표적들을 공략하느라 시야에서 사라졌다 나타났다 반복하며 주변을 맴돌고 있는 아이들 중에 발드로 수하의 앵벌이들은 하나도 없었다.

'그냥 요 녀석에게 시킬까?'

가게에서 가지고 나온 이 감주 통은 사실 종착지가 정해져 있지 않았다. 고객 중의 누군가에게 배달해야 하는 예약물이 아니었던 것이다. 어머니와 헤리슨에겐 그저 주고 싶은 사람이 있어서라고 말해뒀고, 다른 때처럼 배달하러 가는 길인 양 시늉만 했던 차.

"스위티든 뭐든 돈으로나 달라니까?"

이 꼬마 녀석, 슬슬 인내가 바닥나는 모양이다. 좀 더 놀려주고 싶었으나 흐르는 시간도 생각해야지.

그동안, 언제든 결행에 임해도 무방할 만큼의 충분한 '답사'도 해두었고, 소리 소문 없이 잠입했다가 누구에게도 들키지 않고 철수할 퇴로도 봐두었다.

또한 예기치 못한 변수들이 생길 때를 대비해 다방면의 가

166

능성을 두고 궁리에 궁리를 거듭, 철저하리만치 견고하고 세밀한 계획들도 짜두었다.

무엇보다, 이제쯤은 D-day를 정해도 되게끔 발드로 놈의 주위 환경이 더할 나위 없이 완벽해지고 있었다. 지금처럼 이렇게 수시로 시내를 누비며 호시탐탐 기회를 엿본 결과 알게 된 사실이다.

시내 출근을 빌미로 걸핏하면 외박을 일삼는 놈의 큰아들에게 아비의 사인이 들어간 해고 통지가 전달되었다 하고, 놈이 사무실에서 벌인 변태적이고 불법적인 행각을 무마하느라 매일 집으로 찾아와 보초를 서주던 '어깨' 들의 지원도 일시적이나마 뚝 끊겼다는 것.

그래서 제논은 정색하며 꼬마에게 대꾸했다. 발드로의 판단력을 흐리게 만들 '선발' 로 이용해보고자.

"지갑을 안 갖고 다닌다니까!"

"그건 네 사정이라니까?"

"어쨌든 그럼 심부름이나 하나 해라."

"뭔 심부름?"

"이걸 배달하는 일이야. 혼자선 들어올리기는커녕 굴리지도 못하겠지만 그거야 네 사정이고, 배달료랑 스위티 요금만큼은 전부 가져도 된다. 네가 부른 은화 두 닢은 물론이거니와, 그 이상을 받아낼 수 있느냐 없느냐하는 것도 네 재량이고. 어쩔래. 심부름할래?"

"배달지가 어딘데?"

"발드로 모레이 경의 저택. 주소를 모르면 그의 대리인중의 누군가에게 가져다줘도 돼. 그것도 모르면 알 만한 사람들을 수소문하든 어쩌든 알아서 하고."

오, 놀라워라!

미간을 좁히더니 내내 내밀고 있던 손을 삭 거둬간다. 연이어 매우 미심쩍은 어조로 되묻는다.

"그들이 주문한 물건이었어? 그렇다면 번지수를 잘못 짚었어. 진작 말했으면 아까 손쉽게……."

"아니, 주문받은 물건은 아니야. 내 개인적인 생각으로 서비스하려는 거니까. 우리 가게에 투자해 주겠다고 했었는데 다른 귀족투자자들이 많이 생기는 바람에 발드로 경의 호의를 받아들이지 못하게 되었거든."

"투자?"

"오냐. 그런 게 있다. 대충 그렇게만 말하면 알아들을 거야. 왜? 못하겠냐?"

"배달료랑 스위티 요금 전액?"

"그래, 인사차 서비스하는 거니까 대금은 많이 못 받아도 배달료는 너 하기에 매인 거지. 스위티 대금이 정 아쉬우면 적당한 통에 나눠 담아서 전달해도 되고."

"……보내는 쪽 타이틀은?"

"프라이어 남작가문의 장자, 제논 프라이어."

"알았어, 심부름해 줄게."

시원스런 답변과 함께 제논을 밀쳐 낸다. 그리곤 침 바르는 동작처럼 오크통을 철썩 때리며 외친다.

"야! 내가 이겼어! 내기 돈 다 가져 오고 수레 하나 조달해 줘! 빈 술통 있으면 덤으로 빌려줘도 돼!"

"으으악! 결국 형이야?"

"나도 조금만 더 버텨볼 걸!"

또 피식거리던 제논은 갸웃했다. 먼발치에서 어정거리던 패거리들이 머리를 쥐어뜯으며 하나하나 뛰어온다. 그런데요 갈색머리 꼬마 녀석의 파로 어림했던 아이들만이 아니라 욕쟁이 꼬맹이가 섞인 이쪽 거리의 아이들까지 우호적으로 합류하지 않는가.

제논의 반응을 눈여겨보던 예의 꼬마가 선뜻 말해온다. 싸가지없는 표정에 승리자의 미소를 띠고는.

"나에 대해 물었었지? 지불했으니 말해 줄게."

'계산은 확실한 녀석일세.'

"내 이름은 '더키' 야. 나이는 열 넷. 곧 열다섯이 돼. 안 놀래냐? 너랑 겨우 한살 차이다. 빚 갚느라 다른 애들이 먹는 양의 반만 먹으면서 수년을 저축했거든. 그래서 잘 먹고 잘 산 너처럼 키가 자라지 못했다."

"……"

"하지만 고생한 덕분에 얼마 전에 자유를 얻었어. 너네 가게가 있는 시장만이 아니라 그 너머에서부터 시작해 여기까지, 그 외에도 웬만한 곳에선 얼마든지 영업할 수 있지. 약간의 세금만 물면 되거든."

지금 자랑하는 거냐? 좋겠다, 짜샤! 하지만 아무리 고생을 했다고 그 나이되도록 아동기로 보이는 것은 좀 너무하다. 동정하듯 혀를 끌끌 찬 제논은 녀석의 구질구질한 머리통을 쓱쓱 쓰다듬어 줬다.

그리곤 '심부름 잘해, 떠벌리지 말고.'라며 윽박지르듯 속삭여준 후 돌아섰다. 생각지 못한 기습적인 반응의 연속이었는지 더키는 황당한 표정을 떠올리고 있었다.

오전이든 오후든 아무 때나 불쑥불쑥 시내에 나와 가게의 배달 일을 거들었던 것은 활동 반경을 넓혀 발드로를 염탐하기 위한 위장 근무에 속했다.

하지만 이제 슬슬 일을 마무리 지은 후를 대비해 놓을 필요가 있다. 계획대로라면 이삼일 내에 다시 예전의 평범한 생활로 돌아갈 수 있을 테니까.

뒷일에 있어 별 문제가 따르지 않을 듯하면 집안으로 활동무대를 다시 옮겨 체력 단련과 마나 수련에 좀 더 시간과 노력을 기울일 수 있게 되리라. 그러기 위한 구실 마련을 위해 제논은 시청에 들렀다. 그런데 실내로 들어서자마자 발걸음을 멈추게 됐다.

제논 프라이어

"오, 자네!"

"네? 저요? 아……."

"그래, 자네 말이야! 이름이……."

레너드 코헨의 쪽지로 인해 맨 처음 시청을 찾았을 때 안면을 틔웠었던 이십대 후반의 관료다. 근무 시간에 복도의 양지 바른 구석에서 농땡이 부리던 예의 그 관리 말이다. 이름이 아마 '엘보 페르난'이었지?

오늘은 아예 민원실 밖의 잡무를 보고 있었는지 동료직원과 손수레를 끌며 근처를 지나가다 제논이 들어서는 것을 발견하곤 아는 척을 해온다. 그들의 수레에 실린 웬 애들 장난감이며 옷가지들을 흘끗한 제논은 기억을 더듬는 엘보에게 선뜻 이름을 말해줬다.

"제논 프라이어입니다."

"아, 그랬지. 아무튼 반갑네. 간만에 보는군. 그래, 아카데미 시험은 잘 봤나?"

"예상 점수대로 나올 것 같더군요."

"뭐, 그래도 기운 내게. 진로야 심사숙고해서 다시 정하면 되지. 혹시 또 아나? 입시 성적이 그런대로 높게 나오면 칼리지에서 스카우트해 줄지."

하여튼, 또 지레짐작이다. 그러나 여타할 반론을 생략한 제논은 앞서 그에게 신청했던 입산금지 조치에 대한 문의를 했다. 신청만 해두고 차일피일 미루었으나 처리가 되었는지 이제 확인해야 했으니까.

"그야 물론 처리해 됐지. 일도 아니라고 그랬었잖아. 이미 만들어져 있던 소품들도 있어서 따로 해야 할 일도 없었어. 잠깐만 기다리게. 가져다 줄 테니."

그러고 보니, 시청에 임시 보육원이 생겼다는 소릴 몇 번인가 들었었다. 기존의 고아원 시설이 턱없이 부족하여 타지에서 유입된 고아들을 수용할 수가 없게 되자 시청 내에서 먹이거나 재우고 있다고.

상인들의 정기 모임에 메를린을 대신해 참석하고 있던 수지의 이야기론, 시청 측과 상인조합 측이 기부금의 액수를 놓고 줄다리기를 하고 있다고 했다.

"어어, 선배님! 제게 다 맡기시면 어쩝니까!"

"어쩔 수 없잖아. 잠깐 실례!"

행색을 보니 바로 그 고아들을 돌보고 있었던 모양. 아무튼 이번의 때 아닌 애보기 업무도 벗어나고픈 일이었나 보다. 잡다한 물건들이 들어 있던 수레를 후배 직원에게 떠넘기곤 잽싸게 민원실로 들어가 버린다.

"에구, 선배만 아니었으면!"

'잠깐 실례'라고는 했지만 금세 되돌아올 위인이 아님을 잘 아는지 자기 수레에 위임받은 엘보의 수레까지 밀고 당기며 그냥 가던 길을 간다.

또다시 제논의 민원을 핑계대어 꾀를 부린 엘보 페르난은

투덜투덜하던 후배 직원의 모습이 복도 저편으로 사라지자 그제야 겨우 도로 나타났다.

"제논 군. 들어와서 가져가게. 부피가 상당히 커."

"……네."

창구 안쪽에서 고갤 들곤 불쑥 말해오는 모양에 쓴웃음을 짓던 제논은 기꺼이 안으로 들어갔다.

＊　　　　＊　　　　＊

"대체 또 어딜 갔다 오느냐고!"

"상인조합에 갔다 왔다니까요!"

"또 그놈의 조합 핑계네! 거기 꿀단지라도 숨겨뒀어? 뭐 하러 쓸데없이 날이면 날마다 찾아다녀?"

"다니러 갈만하니까 가죠! 자리에 없으면 기부금 액수를 조합 측에서 임의로 정해 버린단 말이에요. 모임에 빠졌다가 낭패를 본 상인들이 한둘인 줄 알아요?"

"여편네가 정말 핑계를 대도……!"

돌아온 가게의 분위기가 웬일로 심상치 않다. 뾰쪽하게 언성을 높이고 있던 헤리슨과 수지부부. 상점으로 들어서는 제논을 깨닫곤 엉거주춤 입을 다문다.

"무슨 일이 있나요?"

"아니, 아닙니다. 아, 배달을 나가던 참이었지. 죄송하니다, 도련님. 일이 남아서 저는 이만……."

부부싸움하는 광경을 들킨 것이 멋쩍은 모양이다. 냉랭한 분위기를 미처 무마할 틈이 없자 딴전 피우듯 몸을 돌려 슬그머니 자리를 피하는 헤리슨.

수지도 아궁이 불을 살펴야 하네, 어쩌네, 하더니 도망치듯 내실로 쏙 들어가 버린다. 그런 그들을 애써 외면해 주고 있던 다른 일꾼들이 제논을 맞아준다.

"오셨습니까, 도련님. 그런데 웬 보따리들을 그리 많이…… 무겁겠습니다. 이리 주십시오."

"아니, 이건 가게에서 쓸 물건이 아닙니다. 마차에 실어뒀다가 어머니의 퇴근길에 전달받으려고……."

"그럼 뒤뜰에 가져다 두겠습니다."

"네, 부탁할게요. 그런데……."

"마님은 공장부지를 알아보러 가셨습니다. 옆 가게 주인내외가 상점 매도(賣渡) 건을 두고 눈치 작전을 펴는 듯해서요. 설령 옆 가게를 인수한다 해도 공장부지는 따로 더 선정해 두어야 한다 하시더군요."

"아니, 어머님 말고……."

"헤리슨 씨는 들으셨다시피 짐마차를 운행하러 가셨고, 오후 내 밖에서 일 아닌 일을 하다 돌아온 수지 누님은 보셨다시피 두부 아궁이를 살피러…… 쿡쿡."

"못 본 척해야겠군요."

"흠! 네, 그래야죠."

여부가 있느냐는 투로 안면을 싹 고친 일꾼들이 제 일들을 찾아 바삐 흩어진다. 제논은 시청에서 받아온 소품들을 옮겨 가는 일꾼들에게 운을 떼듯 말했다.

"난 지금 귀가할 거니까 그것들, 어머니 편에 꼭 집으로 보내주십시오. 온실 주변에 설치해야 하거든요."

"네! 염려 마십시오."

입산금지를 표시하기 위한 소품들이었다. 며칠 정돈 가게에 더 나와야겠지만 그것들의 설치를 위해서라도 이제 제논의 가게 행(行)은 뜸해지리라. 암암리에 이해를 거들만한 구실이니 이상하게 여길 이는 없을 것이고.

그렇게 계획 실행 후의 일까지 계산에 넣어 만반의 준비를 마친 제논은 묵묵히 귀가해 갔다. 내일 밤의 은밀한 외출을 위해 이미지 트레이닝이라도 시도하고자.

Chap. 7
잠입 & 결행

잡입 & 결행

　싸늘한 바람이 불던 11월도 훌쩍 지나 어느새 동장군이 기웃거리게 된 12월의 어느 날.

　부엉부엉!

　일찌감치 찾아든 저녁의 어둠 사이로 부엉새 소리가 을씨년스럽다. 한밤중의 고요함과 스산함을 연상시키는 예의 울음소리 때문일까? 아니면 일렁이는 횃불의 그림자들이 왠지 모르게 불길하게 느껴져서일까.

　하긴, 어둠 속에 숨어 뭔가를 경고하듯 푸드득거리며 부엉부엉 울고 있는 저놈도 그 섬뜩하고 노란 눈을 번뜩이고 있긴 하겠지. 어딘가의 나뭇가지를 갈고리 같은 발가락으로 거머

쥔 채 쭈뼛쭈뼛 웅크리고선.

부엉이의 시선을 틈타 누군가 감시하고 있는 듯한 기분이 떨쳐지지 않아 더욱 불안하고 우울한 저녁.

'오늘도 무사히, 오늘은 무사히…….'

칭얼거림 하나 없이 줄지어 서 있는 아이들에게서 그러한 기원의 되뇜이 번져 나오는 듯하다.

오늘도 무사히.

하늘나라에 계신 엄마, 아빠. 오늘도 무사히. 돈 많이 벌어서 꼭 데리러 오겠다고 손가락 걸고 약속한 형, 누나, 오빠, 언니, 오늘도 무사히…… 오늘은 무사히.

그러나 비수처럼 매몰차게 튀어나오는 되물음을 시작으로 아이들의 말없는 기대는 일시에 무너졌다.

"뭐? 방금 너 뭐라고 했냐!"

"하, 할당량을 모, 못 채웠다고요. 죄, 죄송…… 억!"

우당탕!

풀썩.

발길질 한 번에 외마디 비명과 함께 나가떨어지는 조그만 남자 아이. 기껏해야 여덟 살 쯤 되어보이는 체구였으니 성인 남자의 완력을 어이 감당하겠는가.

그러나 조잡한 가재도구에 부딪혀 나동그라진 아이의 머리로 또다시 폭력과 폭언이 쏟아진다.

퍽! 꽉!

"이 새끼가? 하루 이틀도 아니고 뭔 짓이야! 다른 애들 발바닥 불나게 뛰어다닐 때 넌 뭘 했기에! 엉?"

"……."

줄지어 차례를 기다리던 '다른 아이' 들도 덩달아 움찔거리거나 신음을 누르고자 입을 틀어막으며 움츠린다. 그날그날 거리에서 번 돈을 상납하고 잠자리를 허락받거나 저녁을 배급받는 자리. 지금은 저녁 타임이었기에 몇몇은 이미 식판을 받아 들고 줄밖으로 나가 있었다.

그러나 그 아이들 역시 희멀건 죽과 푸석푸석한 빵에 코를 박는 것으로 동생이거나 친구인 그의 불운을 모른 척한다. 자신들의 목줄을 쥐고 있는 감독관 아저씨들의 서슬 퍼런 체벌에서 제 몸 하나 건사하고자 순간순간을 그렇게 모면할 수밖에 없었으니.

특히 저 괴물 같은 눈빛과 표정으로 걸핏하면 자신들을 개 패듯 두들겨 패는 자가 가장 악질이다. 행여 눈 밖에 날까 싶은 두려움에 더욱 움츠리는 아이들이었다.

"이보게, 크렉! 그러다 또 애 하나 잡겠네. 그만하고 다른 애들의 수입이나 받아내. 죽이라도 먹여야 오늘 밤도 일을 보낼게 아닌가."

"너 오늘 운 좋은 줄 알어!"

운이 좋긴? 구타를 못 이기고 이미 기절해 버린 아이에게 할 소린 아니었으나 아무도 뭐라고 하지 않았다. 동료 감독관

마저 낯 살을 조금 찌푸렸을 뿐, 다음 차례가 될 식판에 죽만 퍼 담는다.

"다음은 누구냐? 나와!"

"저예요. 여기……."

"통과. 다음! …… 다음!"

그렇게 속도가 붙어 금세 줄의 끝에 다다랐다. 아이들 무리에 일부 끼어 있는 여자애들 중의 하나. 그나마 제일 곱상한 편에 눈빛도 또랑또랑했는데 겁도 제일 없다.

짤랑.

"여기 있어요, 크렉 아저씨. 그리고 이건 오늘 밤에 일해 할 할당량, 미리 낼게요."

"아일린, 넌 가끔 딴 애들의 두 배로 벌더라? 근데 꼭 일을 못 나가게 되는 애가 생길 때만 그러대?"

"더 벌면 안 되는 건가요?"

"안 되긴. 버는 대로 모두 내야 하는데 안내는 것 같으니까 문제지. 왜? 오늘은 늦게 돌아와서 저 비리비리한 놈의 수입을 미처 확인 못했냐?"

"……."

"어쨌든 나 모르게 꼬불쳐 둔 수입이 꽤 된다는 거 다 안다. 언젠간 꼬리가 잡힐 테니 조심해!"

"그런 거 없어요. 근데 미리 내긴 했으니……."

"미리? 얘가 말귀를 못 알아듣네. '추가' 로 냈으니 오늘은

제일 좋은 잠자리에서 자도 된다. 그럼 되지? 하루 쉬겠네, 어쩌겠네 하는 소린 안 돼. 가봐!'

미리 낸 게 아니고 추가라. 그렇다면 할당량을 선불한 의미가 없어진다. 하루 쉬지도 못하고 다친 아이를 돌보지도 못하고. 그러나 뭐라고 반박했다간 스스로의 상황을 악화시키는 꼴밖엔 안 될 것이니.

그 점을 잘 아는 여자 아이는 불만스럽게 입을 앙다무는 것으로 항변하곤 식판을 받아 들었다.

"다 먹은 놈들은 식기 정리해 두고 일 나가! 뭘 꾸물거려?"

"지, 지금 가요! 다녀오겠습니다!"

채찍질처럼 떨어지는 명령에 땡그랑 땡그랑, 식기들이 쌓이는 소리가 줄을 잇는다. 제일 늦게 식판을 받았던 앞서의 여자 아이도 후루룩 죽만 비우곤 서둘러 뒤를 따른다. 채 먹지 못한 빵을 손에 쥔 채 걱정스런 표정으로 감독관들의 뒤편을 흘끔거리면서.

'얘, 이거 먹어! 대문 밖 거기에 숨겨둘게!'

그러나 오늘의 희생양이었던 한 살 아래의 동료는 여자 아이의 말없는 신호를 알아보지 못했다.

영영 알지 못했다. 크렉의 구타에 정신을 잃은 채 그날 밤 조금씩 숨져 갔으니까.

크렉도 스스로의 분풀이가 도를 넘고 있다는 것쯤은 알고 있었다. 하지만 애들이 싫다. 예전엔 이 정도까진 아니었는데 갈수록 싫고 진저리가 난다.

수년 동안의 물난리로 쑥대밭이 되어 이제 거의 불모지가 되어버리긴 했으나, 차라리 그냥 고향에 남을 걸 그랬나 보다. 그랬으면 질질 짜고, 보채고 둘러 먹기나 하는 애새끼들과의 씨름은 안 해도 되었을 것인데.

처음엔 그래도 죽은 아비나 엄마 대신, 죽은 형이나 누이 대신, 자신을 보던 놈들이었다. 그런데 이제 지옥의 괴물 보듯 자신을 본다. 그래서 더욱 화가 났다.

짤그랑!

제 기분에 못 이겨 그만 소리나게 돈 자루를 내려놓고 말았다. 하지만 별다른 점을 느끼지 못했는지 책상 너머에서 무심히 고개를 돌린 상대방이 입을 열어온다.

"아, 크렉, 왔나?"

"네, 저녁은 잘 드셨습니까."

"그랬지. 그래, 오늘 수입은 어떻지?"

"어제보단 괜찮은 편입니다. 근데 다 동전이네요. 지금이라도 시내에 나가서 은화로 환전을……."

"그런 건 내가 알아서 하잖나. 놓고 가보게. 후룩!"

"네……."

덧붙이자면, 의자에 앉아 느긋이 음료를 마시는 바로 저자 때문에 더더욱 울화가 치밀기도 했다.

발드로 모레이.

단정히 묶은 머리형에 희끗희끗 섞인 흰머리. 차분하고 고급스런 실내복 차림도 중후한 장년(長年)의 면모를 돋보이게 했으나, 온갖 비열함과 탐욕과 이기심이 누적되어 있는 저 오십여 년 된 뱀 눈깔.

놈은 아마 곱게 죽지 못할 것이다. 사십 평생을 그의 하수인으로 별짓을 다하며 살았건만, 자신 역시 이대론 편히 살다 죽진 못하겠지.

고향 땅이 농사를 지을 만했을 때에는 그의 소작농들을 채찍질하며, 놈을 대신해 그의 소작농들을 갈취해 주며, 그의 소작농들에게서 빚 대신 넘겨받은 소년 소녀들을 인신매매용으로 상납하기도 했다.

그러다 지난 몇 년 간은 해마다 천애 고아가 되곤 하던 아이들을 새 사업을 위해 조달해 주었고, 작년엔 아예 고향에 남은 아이들을 죄다 쓸어 모아 직접 데려오기도 했었다. 유흥가에 팔아먹기에 적당한 나이가 되기 전까진 앵벌이로 활용하는 것이 최고의 수입원이긴 하지.

그런데 돌아오는 것이 없다. 놈의 뒤 구린 사업에 따르는 불협화음을 해소해 주고자 살인마저 서슴지 않았었다. 그런데 대체 이게 뭐란 말인가.

덜컥!

"아버지! 스위티, 아직 남았나요?"

"오, 그럼! 우리 막둥이 주려고 남겨 뒀지. 아빠도 이제 막 한 사발 들이켜는 중이다. 와서 먹으렴."

"이거 대체 어디서 파는 거래요? 정말 맛있던데! 달콤하고 시원하고…… 에고, 벌써 거의 바닥이네. 더 사줘요, 아버지! 어디서 파는지 모르면 그 배달 왔던 애를 불러서 사오라고 시키면 되잖아요. 후룩!"

"그래, 그래. 파는 가게를 알고는 있으니 내일이라도 주문해보마. 어, 크렉, 안 나가고 뭐하나?"

"……지금 갑니다."

빌어먹을 놈! 저것 보라. 그토록 뼈 빠지게 배불려 줬건만 그 맛있다는 신식 음료수 한 그릇 권하지 않지 않은가. 하루 종일 구걸을 시키는 앵벌이들과 비슷한 또래인 제 아들놈만 챙기기에 급급하지.

그것도 제 놈 명으로 죽인 귀족의 아들네미가 멋모르고 보내온 것을 한 치의 양심도 없이!

그러나 치미는 욕설을 삼키며 돌아 나오던 크렉은 한술 더 뜨는 소릴 들었다.

"아, 굳이 주문할 것 없이…… 크렉!"

"네?"

"내일은 자네가 직접 그 상점에 가보게. 계산 빠르게도 백작가의 투자를 받겠다고 날 물 먹이긴 했지만 아직 단념하기엔 이르지. 적어도, 지나치다 우연히 들른 것처럼 하면 설마

빈손으로 돌려보내지는 않을게 아냐."

"······알겠습니다."

빌어먹게 인간성 더러운 놈! 콱 뒈져 버려라! 서재를 나온 크렉은 계단을 내려가다 또 저주했다.

"어머? 어머니! 크렉 씨 좀 봐요! 킥킥."

"앗. 크렉 씨! 작업복 차림으로 들어오지 말라했잖아요!"

"아, 죄송합니다, 부인."

"조심해요!"

시댁에 뇌물 헌납하듯 바리바리 지참금 싸들고 느지막하게 겨우겨우 시집갔다가 1년도 못 돼서 쫓겨나온 얍삽한 놈의 큰딸. 네 년도 콱 뒈져라.

저 혼자 세상에서 제일 깨끗하고 고결한 척 유난을 떠는 놈의 여편네. 주름 투성이 할망구가 됐음에도 이제껏 자기가 둘째 부인임은 꿈에도 모르고 있는 저 한심한 년. 네 년은 미친년처럼 실성한 다음에 뒈져라.

콱콱, 두 번 뒈져!

그리고 정식 출입구인 현관을 피해 주방과 통하는 뒷문으로 나가며 크렉은 또다시 저주했다.

후다닥!

"엇! 크렉! 노크는 하고 들어와야지!"

"크, 크렉, 내 잘못이 아니야. 저녁이 충분치 않았다 하셔서 따로 더 차려드리던 건데. 저, 저기······."

"얘 봐라? 이제 보니 아주 여우네? 흠! 어쨌든 대충 허기를 채우긴 했지. 난 빠질 테니 둘이 알아서 하서. 근데 말이야, 크렉. 걘 자네에 비하면 좀 많이 어리잖아. 차라리 이웃집 과부를 꼬셔보는 건 어때?"

"……."

아무데서나 발정을 하여 집안의 골칫거리가 된 발드로의 큰아들, 흐트러진 차림새를 추스르다 그렇듯 뻔뻔스럽게 어영부영 주절거리며 주방을 나간다.

선보는 자리에서마저 변태 짓을 일삼아 신분있는 처자는 신부로 들일 수도 없게 된 놈. 엊그제는 시내의 사무실에까지 술집 여자들을 끌어들였다가 여자 구실을 못하게끔 반죽음을 시켜 놓는 바람에 제 아비의 협력자들인 거리의 깡패들에게까지 미운털이 박혀 버린 놈!

쓰레기보다 못한 네 놈은 필히 돼져!!

"크, 크렉, 화, 화났……?"

이제쯤 자신도 장가를 들어볼까 하던 차에 꼬리쳐 왔던 발드로의 하녀.

철썩! 짝! 짜악!

"그, 그만 때려!"

"일 끝내고 기다려. 도망만 가봐라!"

탕!

그동안은 나이 이십여 살 먹은 미꾸라지처럼 잘도 빠져나

가서 꼬리를 잡을 수 없었다만, 오늘은 죽어봐라. 네 년쯤이
야 손수 죽여 버리고도 남지. 암!

"카악, 퉤……!"

스윽!

'……어?'

그러나 기세 등등 노기 등등 퇴실하여 성큼성큼 저택부지
를 걷던 크렉은 때 아닌 일을 겪어야 했다.

자신의 근무처이자 거처가 있는 담장 너머의 작은 집. 발드
로가 앵벌이들의 육성을 자선사업으로 위장코자 구입했던 뒷
집이었다.

놈이 사는 저택에 비하면 초라하기 그지없었으나 그래도
자신의 보금자리가 된 그곳의 지붕. 그것이 난데없이 담장 아
래로 곤두박질친다.

아니, 아니다.

집이 곤두박질치는 것이 아니라, 크렉 자신이 넘어지고 있
었다. 도통 이유를 알 수 없는 뭔가의 충격으로.

*　　　*　　　*

'어…… 여기가 어디지?'

정신을 차린 크렉은 어리둥절했다. 분명 발드로 놈의 저택
뒤켠에서 넘어졌었는데 웬 컴컴한 실내에 있지 않은가. 그것

잠입 & 결행 189

도 서 있는 자세로.

어딘지 뻐근한 몸을 움직여 발을 떼려 했더니만 웬걸? 꿈쩍할 수조차 없다. 뭔가에 단단히 포박되어 있었다. 이마부터 시작해 턱관절에 이어 어깨와 복부, 그리고 허벅지와 무릎과 정강이에 이르기까지.

'뭐야! 누가 나를⋯⋯!'

입 안을 가득 채우고 있는 고약한 맛의 천 뭉치 때문에 말소리마저 새어 나오지 않는다.

턱이 아프도록 재갈이 물려 함께 고정되어 있는 뒤통수. 또한 뒤로 포박되어 있는 팔과 손에 닿는 감촉으로 보아선, 아무래도 기둥 같은 것에 묶여 있는 듯했다.

마른하늘에 날벼락도 아니고.

대체 뭔가. 발드로 놈이 이제 자신까지 쥐도 새도 모르게 없애 버리고자 하는 것인가?

망할 자식, 염병할 자식! 고이 죽어줄까 보냐? 분기 충천한 크렉은 있는 힘껏 상체를 부풀렸다. 오라를 느슨하게 하여 빠져나올 틈을 만들어보고자. 그런데.

털썩!

데굴데굴.

옆 쪽에서 뭔가가 불쑥 던져 진다. 아무도 없는 줄 알았더니 누군가 근처에 있었던 모양이다.

도대체 누구지? 어떤 개새끼가 자신을 해하라는 사주에 넙

죽 나선 게야! 아는 놈이기만 해라. 빠져나가는 데로 삼족(三族)을 족쳐 줄 테다!

그러나 포획한 사냥개에게 먹이 던져 주듯 뭔가를 던진 상대방을 당최 볼 수가 없다. 최대한 눈알을 움직여 안력을 높여봤지만 시야에 잡히지 않는다. 하지만 대신에 주변의 실내가 뭐하는 곳인지는 알 수 있었다.

크렉은 문득 두려움이 치솟았다. 사방에서 피어오르는 고약하고 진득한 피비린내. 질척이는 하수구에서 찍찍 들려오는 집쥐들의 희미한 만찬 소리.

전방의 기둥에 꽂혀 있는 섬뜩한 날의 도끼 자루나, 천장에서부터 대롱대롱 늘어져 있는 갈고리들만 봐도 뭐하는 곳인지 알고도 남음이다.

'도, 도살장?'

틀림없으리라. 하지만 발드로 놈의 집은 마구간에 닭이나 몇 마리 놓아 기르지 소나 돼지를 키우는 축사를 겸하고 있진 않았기에 도축장 따윈 따로 없었다. 게다가 이 정도의 규모라면 백정쯤 되는 직업이어야…….

'그렇다면 여긴……?'

휙!

털썩! 데굴데굴.

'어엇? 헉……!'

또다시 던져진 뭔가 시커멓고 둥근 것.

크렉은 경악했다.

발치에서 데구루루 구르다 먼젓번의 것에 부딪혀 흔들리는 그것의 형체를 그제야 깨달았던 것이다.

머리통이었다. 사람의 머리통!

그것도 익히 안면이 있는 머리통이다. 앵벌이들을 관리하는 일은 자신을 포함해 총 네 명이 해왔는데 그중 비번인 두 명의 동료들이다.

비번이라 해도 쉬는 날은 아니고 발드로의 저택 일꾼으로 돌아가 놈의 마구간에서 일하고 있었을 진데, 이 무슨 봉변이란 말인가!

더구나 그들은 고향에서부터 동고동락(同苦同樂)해 왔던 친숙한 사이였다. 크렉은 경악을 넘어 얼이 빠졌다. 곧이어 무시무시한 공포감이 몰려왔다.

발드로가 꾸민 일이 아니리라. 발드로가 사주한 상황이 아니리라. 이제껏 놈을 보조해 오며 얼마나 많은 원한을 샀던가. 이만큼의 보복을 가해올 만한 자들은 얼추 어림해도 열손가락, 열 발가락을 죄다 채우고도 부족했다.

대체 누굴까.

대체 누굴까! 시야의 사각지대에서 숨소리 하나 없이 자신을 지켜보고 있는 저자는 도대체!

저벅.

크렉은 그렇지 않아도 막혀 있는 기도가 더욱 조여듦을 느졌다. 정체불명의 상대방이 한 발짝 다가서지 않는가. 연이어 무심한 투로 침묵도 깨온다.

"딱 세 가지만 묻자."

"……."

크렉은 한층 더 혼란스러워졌다. 소년? 높게 쳐봐야 스무 살 안팎인 청년의 목소리 같았다. 그럼에도 산전수전 다 겪은 듯이 음습하고 나직한 저 어조!

심지어 태연자약하기까지 하다. 사람 머리통을 목에서 분리하는 일쯤은 식은 죽 먹기로 해왔던 것처럼. 그런 식의 잔인함은 아무것도 아니라는 것처럼. 곧 자신 역시 그 꼴이 되리라 선보여 주는 것처럼!

"발드로 모레이의 피붙이가 다른 곳에 더 있냐? 시청에 발드로의 전처에 대한 기록이 있었거든. 그 여자에게서 낳은 자식 같은 게 있나 해서 말이야."

쿡!

"으읍……!"

질문과 함께 기다란 쇠꼬챙이로 어깻죽지를 사정없이 찔러 온다. 틀어막힌 구강 너머에서 솟구치다 갇히는 비명.

"있어, 없어? 그것만 말해."

아가리를 막아놨으면서 어떻게 말을 하란 거냐! 마음속 외침에 대한 답변처럼 또다시 같은 부위를 찔러 오는 상대방. 크렉은 눈앞이 새하얘졌다.

그렇다고 졸도도 할 수 없다. 축축해진 꼬챙이 끝이 이번엔 목 줄기에 닿아왔으니까.

'이, 있습니다. 있어요! 아, 아니, 실은 없어요. 있을 뻔했는데 없습니다! 임신한 상태에서 죽었거든요!

발드로 놈이 처갓집의 전답을 차지하려고 수작을 부렸었는데 그걸 말리다 저수지로 빠졌지요. 그래서 모두들 발드로가 저주받았다고 수군거리곤 했습니다. 그 이후부터 걸핏하면 물난리가 나곤 했거든요!'

그렇듯 설명하고 싶었으나, 아래턱을 겨우 겨우 움직여 도리질하는 시늉으로만 대답했다.

그러자.

"없어? 그렇군. 그럼 두 번째 질문."

'뭐, 뭐냐! 풀어주고 물어. 재갈이라도 풀어달란 말이다, 이 아닌 밤중에 홍두깨 같은 새끼야!'

그러나 소리없는 항변은 묵살됐다.

"재작년에 너희 곡창 지대를 찾아갔던 프라이어 남작, 기억하지? 그가 산사태에 파묻히는 재난을 당했던 게 발드로를 만난 후였냐, 만나기 전이었냐."

"……!"

쿡!

이번엔 심장과 먼 발목의 인대를 찔렀다. 그렇든 저렇든 아프기는 마찬가지. 귀청이 먹먹하도록 육신의 고통이 아우성쳐 온다. 더불어, 그에 못지않게 무럭무럭 솟구치는 의구심과 당혹감과 절망에 가까운 후회.

"만난 후였지?"

쿡!

"으으……."

"빨리 끝내고 싶으면 대답하고, 코흘리개 두들겨 패듯 당하는 것도 즐긴다면 밤새도록 버텨 보고."

쿡! 쿡!

그래, 그 금발 머리 귀족 상인의 혈육인가 보구나. 세 번째 중의 마지막 질문이 무언지도 알겠다. 그렇다면 이런 만행을 저질러도 할 말 없겠지.

하지만…… 죽이지 마. 병신으로 만들지 마.

그만!

"알았어. 그럼 다음 질문."

쿠욱!

"네 놈이 죽였지?"

'응…… 내가 죽였어.'

발치에서 입을 헤벌린 채 쳐다보고 있는 저 머리통의 친구들이랑 합심해서…… 내가 죽였다.

어쩌면 죽일 필요까진 없었을 거야. 근데 발드로 놈이 그를 만나고 기분이 몹시 상해 버렸거든. 놈의 됨됨이를 비웃고 야유하는 그 귀족의 눈빛이 영 꺼림칙했나 보더라고.

그래서 상관하지 않는 대신 거래 청약도 않겠다며 떠나던 그를 쫓아가 죽이게 했어.

쉽진 않았다.

그의 고용인이었던 하인 동행들은 어려울 것 없었는데, 행색은 그래도 귀족이긴 하더라고. 그의 검에 내 동료들 몇몇이 도리어 팔다리를 잃었었으니까. 한두 명은 그 자리에서 목줄이 따지기도 했어.

그래, 지금 내 목을 거침없이 따버리는 너처럼 말이야.

푸악!

'그의…… 아들이었냐……?'

목덜미에서 뿜어져 나온 뜨끈한 액체가 허공에 분사된다. 철벅철벅 도축장 바닥을 친다.

고통이 사라진다.

곧 아무것도 느낄 수 없게 됐다.

삶의 경계를 뒤로하던 크렉은 안도했다.

*   *   *

발드로의 저택은 듬성듬성 넉넉한 거리를 두고 건축되어 있는, 중산층에 속하는 주택 단지에 있었다. 놈의 앵벌이들이 숙식하는 크렉의 관사는 뒤뜰너머에 작게 자리하고 있었고, 그 집을 비롯해 저택부지의 일부와도 이웃하고 있는 옆집엔

도살장이 갖춰져 있었다.

도축업을 하던 남편을 잃고 장성한 아들과 갓 시집온 며느리와 함께 사는 사십대 과부의 집.

철들기 전부터 보고 배워 할 줄 아는 것이라곤 부친의 일뿐이었으므로 그 아들 역시 백정이었다. 그날그날 조달받거나 위임받은 가축들의 숨통을 끊어 가죽을 벗기고 내장을 발라내거나 부위별로 자르고 토막 내어 포장한 후, 시내의 상점들이나 개별적으로 주문해 오는 고객들에게 납품하는 일을 했다.

그래서 그들 세 식구 역시 귀가가 늦었다. 도살 후 포장한 고깃덩이들을 분류하고 일을 분담하느라 오후까진 집에 머무는 편이었으니.

덕분에 주인 없는 도축장을 뜻대로 사용할 수 있었던 검은 그림자, 커다란 부대 자루를 메고 밖으로 나온다. 다부진 체격에 훤칠한 키, 시린 달빛에 금색으로 빛나는 머리카락을 검은색 두건으로 가린 제논이었다.

부엉부엉!

'후읍~ 하아!'

부엉새 소리가 뒤섞인 밤공기를 깊게 들이쉬다 뱉어내자 뿌연 입김이 형성된다. 하지만 금세 대기 중에 흩어져 버린다. 아직은 엄동설한까진 아니라는 듯이.

그런 사실에 개의치 않은 제논은 폐부 깊이 스며든 피비린내를 내보내고자 다시 한 번 심호흡을 했다. 그리곤 재각 걸음을 옮겼다. 낭비할 시간 따윈 없었으니까. 해야 할 일이 많은 밤이었다.

다음 타깃은 이웃한 저택에 있었다. 타깃의 식솔들을 포함해 저택의 몇몇 입주(入住)일꾼들도. 크렉의 관사에 남아 있을 놈의 나머지 동료 감독관도 빼먹을 순 없지.

후환 없도록 최대한 깨끗이.

일을 나간 발드로의 앵벌이들이 돌아오기 전에 모든 처리를 끝내야 했다.

*　　　*　　　*

땡그랑! 땡그랑!

"크렉, 개자식! 지 얼굴 아니라고 걸핏하면 갈겨! 잘난 것 하나 없는 늙어빠진 무지렁이 주제에! 귀신은 뭐하나 몰라. 야밤에 칵! 칼침이나 맞아라! 응……?"

핏! 후욱!

찢어진 입가와 시퍼레진 눈두덩을 팔뚝으로 눌러가며 설거지를 하던 젊은 하녀. 등잔을 끄듯 훅 부는 숨결 같은 것을 느끼곤 히스테릭한 혼잣말을 멈춘다.

그러나 스스로를 비롯해 주변에 생긴 변화를 깨닫기도 전에 암흑에 휩싸였다.

영문도 모른 채 털썩 쓰러지던 그녀는 둥그렇게 뜬 눈을 끔벅거렸다. 난데없이 불이 나간 주방의 컴컴한 한편에 웬 인형(人形)이 일렁이고 있었던 것이다.

'누구……?'

촤악! 주르르.

'누구지? 지금 내게 뭘 끼얹는 거야?'

그러나 의문에 대한 답을 듣기는커녕 추측해 볼 겨를도 없이 의식이 달아난다. 눈을 감던 그녀는 코끝을 적시는 지독한 기름 냄새를 맡았다.

찰칵.

"얘! 거실 치워! 티타임 끝났…… 왜 불을 꺼두고 있니? 설거지 다 했어? 뭐야, 밖에 나갔나? 억……!"

비틀. 툭툭.

풀썩!

자신의 목덜미에서 후드득 쏟아지는 뭔가를 부여잡던 발드로의 큰딸. 취한 것처럼 몇 걸음 휘청거리다 풀썩 넘어진다. 연이어 그녀의 옷자락에도 주르륵 부어지는 기름.

실로 청천벽력처럼 세상을 하직하게 된 그녀들을 시작으로 사냥은 가속화됐다.

딸과 잡담을 나누던 소파를 뒤로 하고 현관 쪽 계단을 오르던 발드로의 처, 등판을 향해 꽂혀온 과도로 인해 '억' 하는 단말마와 함께 뒤로 넘어간다.

그러나 굴러 떨어지진 않았다. 엄습해 온 상대방의 부축으로 조용히 계단에 걸쳐 졌으니.

삐걱.

"마님! 혹시 마구간 지기들 보셨나요? 큰 도련님께서 약속이 있다고 마구를 준비하라 하셨는데, 관사에도 안 왔다하고 어딜 갔는지 당최 찾을 수가 없…… 마님?"

픽! 쿵……!

주인 내외와 그들 자녀의 심부름은 물론 주방 찬모도 겸하는 저택 안주인의 중년 하녀. 열린 현관문에 가려서 계단에 널브러져 있는 주인 여자를 알아차리지 못했다.

아무도 없는 거실을 둘러보며 문을 닫고 들어서려는데 뭔가가 정수리에 내리 꽂혔고, 영혼이 빠져나간 육중한 몸으로 현관을 막는다.

탕.

덜컥.

"아, 형님! 시내에 나가는 거지? 나도 데려가요! 네?"

"귀찮게 할래? 잠이나 자!"

"체! 무슨 형이 저래? 아빠한테 다 이를 거야!"

"일러라, 맹랑한 녀석. 들어가!"

거실 중앙을 기준으로 양편에 똑같은 형태로 제작된 반대편 계단 위, 그 너머에서 들려오는 문 여닫는 소리와 집안 형제들의 짧은 실랑이.

나이 터울 많은 남동생의 머리통을 제 방으로 밀어 넣고 걸음을 재촉하는 발드로의 장남. 반대편 계단 중턱에 제 어미가 죽어 있는 사실은 꿈에도 모른 채 층계참에 이르렀다가, 그 역시 기습을 받았다.

"억⋯⋯?"

스르르 풀썩.

형의 발자국과 기척이 계단 아래로 사라지자 쪼르르 방을 나와 3층으로 올라가던 발드로의 막내. 조금 전에 나왔던 아비의 서재로 돌아가.

"아버지! 형이 있잖아요⋯⋯!"

오늘은 기어이 형을 따라나서 보고자 바삐 고자질을 시작하다 느닷없이 목 줄기가 잡혔다.

바닥에서 떨어진 발로 허우적허우적 허공을 차다 대롱대롱, 짤랑짤랑 돈을 세는 아비의 등을 두 눈을 부릅뜨고 바라보다 흰자위가 까뒤집힌다.

"막둥아, 노크하는 것을 또 까먹었구나. 그렇든 아니든 아빠가 일할 때는 서재에 막 들어오지 말랬지 않으냐. 금방 끝날 테니 잠깐만 기다리어라."

뚜벅뚜벅, 털썩.

찰칵찰칵.

에그, 소갈머리 없는 장남 놈이 애를 또 쥐어박기라도 했나 보군. 잔뜩 성난 걸음으로 척척 들어와 바닥에 털썩 주저앉지 않는가. 안되겠다 싶어 금전출납부를 작성하다 말고 찰칵찰칵 금고를 연 발드로는 달래는 어조로 되물었다.

"그래, 형이 어쨌다고?"

그런데 대꾸가 없다. 웬일인가 싶어 돌아보려는데…….

"어? 넌……."

빠각!

실로 뜻밖의 낯선 방문객. 아니, 실은 절대 낯설진 않았다. 그러나 그가 왜 밤손님 행색으로 이 시간에 이곳에 있는지를 되새겨 볼 겨를 따윈 없었으니.

시야에 들어서자마자 전광석화처럼 뻗어온 상대의 주먹에 인중(人中)을 맞았던 것이다.

코뼈와 함께 '빠각' 하는 충격음을 내며 내려앉은 윗잇몸. 그 갑작스럽고 황당한 반동으로 발드로는 빠끔히 열고 있던 금고문에 뒤통수를 박았다.

와당탕!

빡! 퍽! 퍼퍽!

안면의 타격 못지않게 금고문에 부딪힌 뒤통수의 충격도 아찔했다. 하지만 그것은 곧 아무것도 아닌 게 됐다. 새파랗게 어린 놈에게 얻어맞았다는 사실을 채 인식할 틈도 없이, 볼썽사납게 넘어진 자세를 추스를 틈도 없이, 잇달아 가해져 오는 무자비하고 잔인무도한 구타!

발드로는 어떤 방어나 저항도 할 수가 없었다. 마른하늘에 날벼락이 따로 있을까. 목이 졸려 숨진 채 짐짝처럼 버려진 어린 아들의 존재를 깨닫기는커녕 스스로의 상태나 상황을 돌아볼 여지조차 없다.

으득! 빡! 빠악!

목뼈가 어긋날 정도로 턱이 돌아가고, 내장을 파열시키는 막강한 주먹질에 복부가 패이고, 목각 인형의 팔이 꺾이듯 관절이 비틀리고, 뚝뚝 나뭇가지 부러지듯 갈비뼈가 으스러지고, 정강이와 무릎이 깨지고 박살났다.

그럴 때마다 입 안에 가득 차오른 핏물과 잇몸을 떠난 이빨들을 뿜어내야 했다. 외마디 비명과 고통스런 신음을 대신해, 대책없이 막혀 버린 호흡을 대신해.

"어, 어, 어. 크으……."

그러다 어느 순간 신음다운 신음을 뱉을 수 있게 됐다. 충격적인 펀치와 발길질이 멈춘 후 뒤따른 잠시간의 간격.

바닥에 엎어져 부들부들 떨던 발드로는 고통 못지않은 경악으로 두 눈이 튀어나올 듯 돌출됐다. 머리 위에서 들려오는 낯익은 괴한의 음성 때문에.

"흠, 금고 속에 또 금고가 있네?"

찰칵.

"허어! 벌이에 비해 엄청 짜게 군다는 소문이 자자하더니 역시 많이도 모아뒀군. 고마워, 발드로 지주. 네겐 이제 필요 없을 테니 내가 챙겨 간다."

"너……!"

"에고, 근데 솔직히 너무 많잖아. 아쉬운 대로 금화 자루들만…… 에, 보석 자루랑 패물함들도. 오오! 순금 덩이들도 있네? 은화 자루들은 포기해야 할까나."

"너, 너……! 으으!"

이놈! 이 사람 같지도 않은 놈! 네 어미가 시키더냐? 그러고도 무사할 줄 아느냐? 어찌어찌 도망친다 하여도 네 놈의 덜미 정도는 잡고도 남는다!

난 네 놈 집안과 비교도 안 되게 위세 있는 자작가문 출신이야! 도시의 관공서에도 내 뒤를 봐주는 고위층이 수두룩해! 발 뻗고 못 잘 테니 당장……!

"덕분에 횡재했다. 잘 가서."

빡! 쩌억…….

말이 되어 나오지도 않는 훈계와 협박을 피범벅의 주둥이를 힘겹게 달싹이며 늘어놓던 발드로. 괴한의 작별이 떨어지자 더 이상 벌레처럼 꿈틀거릴 수도 없게 됐다. 반발하는 시늉조차 할 수 없었다.

금고의 재화를 싹싹 긁어모아 퇴장하던 인면수심의 귀족 강도가 마지막 일격을 가해 왔던 것이다. 금고를 가리는데 쓰던 액자의 모서리로 두개골을 찍어왔으니까.

착각일까?

숨통이 끊기던 발드로는 바닥에 처박히는 자신의 머리통

이 수박처럼 쪼개지는 소릴 들었다.

*   *   *

"늦어서 미안하다, 꼬마야."

못 먹고 못 입어 삐쩍 마르고 후줄근하기 짝이 없는 남자 아이. 고사리 같은 손등이며 잠들 듯 졸도해 있는 낯빛이 심상치 않았다. 하지만 발드로의 서재를 나온 후 실외에 있던 하인 한두 명도 처리해야 했다.

토막 내거나 찌른 시체들을 우왕좌왕하다 변을 당한 것처럼 감쪽같이 '배치'하는데도 신경 써야 했다. 이곳 관사에 남아 있던 크렉의 동료도 손봐야 했는데 누가 봐도 우연찮게 비명횡사한 것처럼 조작해야했다.

덕분에 아이의 사망을 방관한 셈이 됐지만, 크렉에게 얻어맞을 때부터 제논이 어떻게 해볼 수 있는 상태가 아니었다. 뇌손상을 입은 머리에서 흘러나왔어야 할 피가 체내에 갇힌 채 흐름이 멈춰 버렸던 것이다.

죽은 앵벌이 앞에 쭈그리고 있던 제논은 이불을 걷어냈다. 크렉이 기절시킨 후, 그의 동료가 덮어줬던 거다. 하지만 적어도 침대로는 옮겨줄 것이지.

'네게 시킬 일이 있구나. 해줄 거지?'

저벅저벅.

팔에 안아든 아이의 메마른 몸은 안쓰럽도록 차갑고 가벼워서 담장 너머로 옮기는 일이 너무도 쉽고 간단했다. 저택 쪽에서 뛰어오다 넘어진 것처럼 아이를 내려둔 제논은 뒤뜰을 가로질러 주방으로 들어갔다.

그러다 이내 되돌아왔다.

아이는 엎드려 놓았던 그대로 얌전히 굳어 있었다. 생기 잃은 아이의 손에 기름을 조금 바르고 불을 붙인 제논은 아이의 머리카락을 조금 끄슬렸다. 손가락이 타들기 전에 도로 불을 끄곤 아이에게서 손을 뗀다.

"후웁. 하아!"

인간 사냥이 된 보복성 응징. 이 세계에서 깨어난 이후 처음으로 벌이게 된 살인 행각.

결코 흥미진진하고 유쾌한 일은 아니었으나 사회적 정의를 위해서라도, 친 가족이나 다름없는 프라이어 가의 마음속 앙금을 위해서라도, 원판 소년의 삶을 대리하게 된 스스로를 위해서라도 필히 감행해야 할 숙청이었다.

잘한 일인지 아닌지 재고해 볼 여지는 이제 영영 불필요한 것이 되었고, 손에 다시 피를 묻혀 버렸긴 했으나 이런저런 정당성을 따져 스스로를 변호하고 위안할 생각은 그리 없다.

전대 프라이어 남작의 사인(死因)에 의혹을 가지던 순간부터 원판 제논에겐 결코 익숙지 않았을 실행력을 보인 조금 전까지, 놀란 토끼처럼 간간히 벌렁거리던 심장의 두근거림도 원래의 페이스를 되찾고 있다.

사실, 그거면 되지 않겠는가. 미미하게나마 본의 아니게 일어났던 신체적 변화가 완벽히 잦아들었음은 원래 남의 것이었던 육신의 은밀한 바람마저 말끔히 해소되었음을 뜻하는 것일 터이니.

어쨌든 이제 모두 끝났다.

'……가자.'

저택에서 모락모락 새어 나오는 매캐한 연기 냄새도 맡아진다. 행여 목격자가 있진 않은지 꼼꼼히 주변을 확인한 제논은 곧 어둠 속으로 사라져 갔다.

발드로 모레이의 금고에서 강탈해 온 큼직한 꾸러미를 어깨에 멘 채, 검은 연기와 함께 불길이 치솟기 시작한 놈의 저택을 뒤로했다.

귀가하던 이웃집 과부가 화재 사실을 제일 먼저 발견했다. 하지만 아들 내외도 없이 혼자선 뭘 어떻게 할 수도 없었으니. 당황하여 '불이야!' 하고 몇 번 외치던 그녀는 제집으로 옮겨 붙을 새라 정신없이 우물가로 뛰었다.

가까이 인접해 있던 다른 이웃들도, 하나하나 집으로 돌아오던 앵벌이들도 이웃한 '발드로 어르신'의 집이 불타오르는 것을 목격했다. 그러나 그땐 이미 되돌릴 수 없게끔 화재가 진행되어 버린 후였다.

돌이 섞여 건축되어 있던 저택의 일부를 제외하고 발드로 모레이의 자택은 완벽하게 타버렸다. 불길이 수그러들던 끄트머리엔 골격을 이루고 있던 기둥들도 우르르 넘어져서 폭삭 무너져 내렸다.

*   *   *

가격을 높게 책정해 보고자 차일피일 뜸을 들이던 옆 가게 부부가 드디어 상점을 넘기겠다고 해왔다. 유리 산업단지가 있는 티즈 강 너머에도 새 작업장이 될 공장부지를 물색해 두긴 했으나 당장 가게를 확장할 수 있는 기회도 나쁠 것은 없었기에 거절할 이유는 없었다.

공장이 가동되어 스위타나 두부와 같은 부식(副食)상품들의 대량생산이 순탄해지기 전까진 넓어진 가게 내실과 뒤뜰을 최대한 이용할 수 있을 것이다.

전시용이자 직거래용인 상품 진열대도 배로 넓어질 테니 판매 이윤 역시 쏠쏠히 높일 수 있을 테고, 가게를 직접 찾는 손님들을 위한 휴식 공간을 마련하면 다방면의 홍보 효과도 얻을 수 있게 되리라.

그러한 일련의 기대를 토대로 이웃한 상인부부로부터 가게를 인수받느라 밤늦게 귀가한 메를린.

오늘따라 헤리슨도 수지도 귀갓길에 동행해 있지 않았다.

매입한 옆 가게를 청소해 보겠다는(오늘도 가게에서 자겠다는 뜻이었다) 수지를 남겨놓고 귀가하다 메를린에게 고삐를 넘겨 주곤 헤리슨도 되돌아갔던 것이다.

'대체 수지가 요즘 왜 그런담. 헤리슨이 의심하던 것처럼 설마 바람이라도 난 것인가?'

행여 그럴라고.

하지만 더는 둘의 불화를 방치하면 안 되겠다 싶은 생각을 하며 마차를 세우는 메를린이었다. 늦도록 퇴근도 않고 기다리고 있던 톰슨부부와 보비가 저택의 새 일꾼들과 더불어 바삐 뛰어와 마중한다.

"이제 오십니까, 마님, 근데……."

"혼자 왔네. 오늘은 헤리슨도 가게에 남기로 했거든."

"그렇군요. 고삐 주시고 내리십시오."

"아이들은?"

마리든 쌍둥이든 여느 때와 다름없이 하루를 잘 보내고 모두 푹 잠들어 있다는 답변이 돌아온다.

한가지 특이사항이라면, 오전에 잠깐 가게에 들렀다가 점심 때 귀가했던 제논의 저녁수련이 다른 날보다 좀 길었다는 것 정도. 톰슨과 보비의 말로는 조금 전에야 겨우 인근 산에서 돌아와 잠자리에 들었다니까.

고개를 끄덕이며 다들 그만 가서 쉬라고 지시한 메를린은 외투용 숄을 벗어두곤 어린 쌍둥이와 큰딸 마리의 방을 찾았다. 그리고 시간 날 때마다 틈틈이 가게에 나와 일을 거들어 주고 있던 장남의 방도 찾았다.

예전엔 출근 전의 일과로 아침 일찍 잠깐씩 이렇게 아들의 방을 들여다보곤 했는데, 그러고 보면 제논이 잠꾸러기였던 때가 언제였나 싶다.

아카데미 수험을 위한 총정리를 하던 중엔 스스로 죄수처럼 굴면서 두문불출했었고, 그때의 며칠을 제외한 수험 전후엔 새벽 다섯 시 반이면 어김없이 운동을 나가 버리곤 해 방을 찾아가 볼 엄두도 못 냈다.

그래서 퇴근한 후 잠자리에 들기 전에 살짝살짝 들여다보곤 했는데 그럴 때도 대부분은 공부하는 뒷모습만 확인하는 편이었다. 하긴, 수험이 끝난 후엔 잠들어 있는 모습을 발견하던 때가 더 많긴 했지.

여하튼 오늘도 아들의 잠든 모습을 볼 수 있을 것 같다. 온실 상품들을 수확하여 운반해 오거나 가게의 배달을 거드는 대신 검 수련에 치중했던 모양이니.

끼익.

기대처럼, 제논은 잠자리에 들어 있었다. 조용히 입실한 메를린은 인기척을 내지 않고자 특별히 신경을 썼다.

도둑괭이마냥 살금살금 다가가는 스스로의 행색이 민망하기도 하고 솔직히 우습기도 하다. 하지만 곤히 잠든 아들을 결코 깨우고 싶지는 않았으니까.

'……'

정말이지 이젠 품에 안기엔 너무도 커 버린 큰아들. 가장의 빈자리를 채우는 것 이상으로 커다란 의미가 되어버린 자신의 기특하고 듬직한 장남!

다 큰 자식의 잠든 얼굴에 팔불출처럼 키스하고 쓰다듬고 싶은 충동에 메를린은 겸연쩍어졌다. 그런 자신을 들킬 새라 속으로 헛기침하며 속삭인다.

'흠! 제논, 엄마 다녀왔다. 내일 또 보자꾸나.'

그리곤 돌아섰다.

그런데 여닫는 소릴 줄여보고자 꼭 닫지 않았던 문을 열던 찰나에 아들이 부스럭거린다.

"어머니."

"으응? 깼니?"

"네, 조심조심 문을 열고 살금살금 들어오실 때부터요."

"이런, 미안하다."

머쓱하게 웃으며 되돌아간 메를린은 이불을 추슬러줬다. 피곤한지 상체를 일으키다 말고 눈을 비빈다. 또다시 쓰다듬어 주고픈 충동을 느끼며 메를린은 물었다.

"아침저녁 수련이 너무 과한 것은 아니니? 요즘은 가게 일까지 거들고 있잖니. 그러다 병날라."

"병날 정도는 아니니 걱정 마세요. 그보다, 말씀하신 그 '수련' 때문에 부탁드릴 일이 있습니다."

"그럼! 말해보렴."

무언들 못 들어주랴. 어미 된 심정이 아니더라도 요즘 같아선 하루 종일 쫓아다니며 필요한 것은 없는지 묻거나 시중이라도 들어주고프다.

그런데 생각지 못한 부탁을 해온다.

"저 어디 안 갑니다. 눈에 안 보이는 사이, 난데없이 비명횡사하거나 하지도 않을 테니(아버지처럼) 동생들에게 하듯 매번 들여다보실 필요는 없어요."

"어…… 알고 있었니?"

"설마 모를 라고요. 이제까진 별 상관 없었는데 요즘 제가 하고 있는 수련의 특성 때문에 그렇습니다. 잠결에라도 혹여 어머니께 해를 끼칠까 싶어서요."

"저런, 그렇구나. 난 또……."

난 또 내가 네 잠자는 모습을 들여다보는 게 싫어서 그런 줄 알았다. 생략한 스스로의 말꼬리를 되새기다 설핏 웃는 메를린이었다.

하기야, 엄마라는 존재가 자꾸 다독이고 참견하는 게 꺼려지는 나이이기도 하지. 더구나 여긴 아들네미의 핵심 사생활 구역이 아니던가.

"엄마가 눈치가 없었구나. 앞으론 꼭 필요할 때만, 노크도 꼭 하고 들르마. 그래, 다른 부탁은 없고?"

"하나 더 있긴 해요."

"응, 뭔데? 말해보렴."

"가능하면 앞으론 가게 일을 헤리슨 아저씨랑 수지 아줌마에게 일임하세요. 이제 그러셔도 되잖아요."

"아……."

역시 생각 깊은 아들이었다. 사업 때문이긴 하지만 메를린도 사실 요 몇 달간 너무 많은 시간을 집 밖의 일에 쏟아 붓는 것은 아닌지 고민하던 차였다.

마구간 지기나 주방의 하녀 등, 새로 고용한 저택의 일꾼들도 믿을 만하고 아이들도 잘 따랐다.

하지만 제논이 가게로 외출해 오거나, 마리가 등교해 있는 시각엔 집에 남아 있는 쌍둥이 막내들이 잘 있는지 걱정이 되기도 했었다. 키라와 폴의 공부를 언제까지나 큰딸 마리에게만 맡겨둘 수도 없었고.

"그래, 그렇지 않아도 생각은 하고 있었다. 앞으론 바깥일을 조금씩 줄여보마. 내일은 새 공장부지를 계약하기로 했는데 그 일만 잘 성사되고 나면 출근 시간을 늦춰볼 수 있을 거야. 근데 제논, 노파심으로 묻는 거다만 일 나가는 어미가 달갑지 않아서는 아니지?"

"달갑지 않다뇨? 대답할 가치가 없는 노파심 같네요. 그런 의미에서 저는 이만 자렵니다."

"그러렴, 우리 큰아들. 후후."

겨우 충동을 해소할 수 있게 됐다. 제논이 동생들에게 간혹

그러하듯 부비부비 머리를 쓰다듬어 준 메를린은 뺨에 뽀뽀
도 감행했다. 그리곤 끙끙거리며 이불을 뒤집어쓰는 아들의
엉덩이까지 다독여 주곤 방을 나왔다.

그 어느 때보다 보람되고 만족스런 하루인 듯했다. 비록 새
벽이든 밤중이든 아들의 잠든 모습을 엿보던 어미로서의 특
권을 금지당하긴 했지만, 감안할 수 있었다.

Chap. 8
이목(耳目)들

이목(耳目)들

쿵! 쿵! 와르르!

"삑삑! 헤리슨 씨, 잘 한다!"

"헤리슨, 힘 좋네 그려! 혼자서 내부 공사를 다 해버리네! 김빠지면 말씀하시게! 덕택에 일찍 일어나 장사 준비도 빨리 끝냈으니 공짜로 거들어줄 터이니. 껄껄!"

쾅! 쾅!

"어이, 그쪽 가게의 젊은 친구들! 그렇게 휘파람 불며 구경만 하고 있을 텐가? 헤리슨이 오늘따라 저리 기운이 펄펄 나도 실상은 사십대야, 사십대!"

"그걸 누가 모르겠습니까! 근데 섣불리 나설 수가 있어야지요! 아까 보셨지 않습니까. 영문 모르고 연장을 양보 받으려 했다가 된통 얻어맞을 뻔했으니. 우리보단 차라리 수지 누님께 말려 보라고 말씀을 좀……."

"내가 말해 보지! 이래 뵈도 헤리슨의 안사람이랑 꽤 친하거든. 그녀에게 노래도 한두 곡 배우기도 했다고! 어이, 시장통의 음유시인 수지 누이!"

"뭐예요?"

쾅! 콰앙! 와르르!

"자네 남편 왜 저래? 아무리 봐도 직원들 앞에서 솔선수범하는 내부공사로는 안 보이는데. 내 날카로운 통찰력에 의하면! 바람난 마누라의 덜미를 잡아놓고 말 못할 분통을 터뜨리고 있는 것이 분명한……."

"입 닥치고 다들 꺼지지 못해욧!"

"무서버라. 큭큭!"

이른 아침 프라이어 가문의 상점이 있는 시장통에선 진귀한 광경이 펼쳐 지고 있었다.

어제까진 이웃이었던 가게를 표적 삼아, 남작가의 집사이자 해당 가문이 운영하는 상점의 지배인인 헤리슨이 큼직한 해머를 휘두르고 있었던 것이다.

아내인 수지가 창피해서 못 살겠다는 얼굴로 내실을 들락거리며 장사 준비를 하는 자기네 가게에서, 옆 가게와 면해 있는 두툼한 벽을 부수느라고. 그뿐이면 진귀하고 말고 할 것까진 없었겠지만, 문제는 웅성웅성 늘어나는 구경꾼들의 반응이었다.

"뭐야, 무슨 일이래? 자네 아나?"

"알지. 처음부터 다 봤거든. 무슨 일이냐면 말일세."

속닥속닥.

"저기, 주인댁 심부름으로 급히 나왔는데, 시간이 좀 이르긴 해도, 장사 안 하십니까?"

"안 하긴! 말해보게, 뭐가 필요하나?"

"아무거나. 식탁에 올릴 채소류가 죄다 떨어졌거든요. 적당한 게 없으면 대용할 수 있는 과일들이라도 주십시오. 아, 그거면 되겠네요. 근데…… 저 맞은편 가게, 그냥 건물 확장 공사를 하던 게 아니랍니까?"

"아니라니까. 얘기해 줄 테니 들어보게."

또 속닥속닥!

상점 문을 열기 위해 하나둘 출근하다 기웃거리는 이웃들과 일찌감치 시장에 나온 행인들을 대상으로 그렇게 미주알고주알 해설해 주는 일부 상인들.

각자의 상점에서 숙식과 살림까지 겸하는 축들이었던지라 헤리슨과 수지의 부부싸움으로 시작된 간밤의 소란부터 낱낱이 알고 있었다.

그 때문에 아침나절부터 웬 건축 공사하는 소음과 부부다툼을 하는 남녀의 소란에도 낯살 찌푸리지 않는 구경꾼이자 방관자들이 될 수 있었으니.

쿵! 쿵! 팍!

"아얏! 헤리슨! 적당히 해요! 그쯤 부쉈으면 이제 치워야지! 영업 안 할 거예요? 파편이 튀기잖……!"

"조용히 해, 이 여편네야!"

"꼭 그렇게 동네방네 유난을 떨어야겠어요? 적당히 하라니까요! 마님이 출근해 오시기 전에 수습을……."

"조용하래도!"

쾅……!

쨍그랑! 와장창!

인정사정없는 해머의 공격에 석회 가루를 풀풀 날리며 무너지던 벽에서 또다시 파편이 튀었다. 그런데 이번엔 진열대의 유리 덮개 쪽으로 튀어버렸다.

"와앗! 깨졌잖아. 당신 정말 그만 두지 못해요?"

"빌어먹을."

"잘하는 짓입니다, 잘하는 짓! 당신이 다 치워용!"

"닥치라고 안 했어? 닥쳐!"

"그래요, 수지 누님! 닥쳐요, 닥쳐! 지아비 몰래 바람피우다 걸린 것이 뭐 잘한 일이라고! 아무리 네댓 살짜리 꼬맹이였다지만 외간 남정네는 남정네!"

"상대가 네댓 살짜리였대? 우하하!"

"으아악! 다 죽어버렷!"

220

진심으로 저주한다는 듯이 성질을 부려놓곤 내실로 쏙 들어가 버리는 수지. 반면에 이를 앙다문 헤리슨은 대충 아무데나 걸터앉으며 해머를 내려놨다.

"후후. 헤리슨 씨, 막간 휴식인 겁니까?"

"시끄럽네."

"실례된 질문입니다만 몇 차전이신지……."

"시끄럽다니까!"

'쿡쿡쿡!'

약 올리듯 슬슬 놀려오는 가게 일꾼들에게도 헤리슨은 버럭버럭 소릴 질렀다. 꽤 추운 날씨임에도 불구하고 땀까지 흘리는 모양에 그들이 건네 오는 수건도 화풀이하듯 쳐냈다. 무너지다 만 벽면이 눈에 거슬렸으니까. 이마의 땀을 닦으며 느긋해할 틈이 어디 있겠는가.

흉물스럽게 변한 코앞의 벽면.

마치, 중년의 나이를 훌쩍 넘기고 있는 자신의 한심한 처지를 대변하는 것만 같았던 것이다. 쇠퇴한 분위기를 풍기는 처량하고 괴괴한 형상.

'망할 여편네!'

헤리슨은 생각할수록 괘씸하고 섭섭했다. 마누라가 밖에서 자신 몰래 남의 아이에게 정을 주고 있었다니!

이제 와서 늦둥이를 기대하기엔 수지도 나이가 꽤 들어버려서, 그래서 더욱 제 아이에 대한 아쉬움이 컸을 속내야 이해가 가지만. 그러면 그렇다고 진즉에 말을 할 것이지 왜 주변의 모두 속이고 갖은 핑계와 거짓말을 일삼아가며 밤낮으로 시청을 들락거려 왔단 말인가.

십 수 년 동안 함께 산 자신이 설마 천애 고아 한둘 쯤 거둬주지 못할 주변머리일 듯해서? 결혼한 지 이제껏 제 아이 하나 낳아 기르게 해주지 못한 남편으로서의 무능함을 일깨우는 소행이 아니고 무언가.

누구에게 하소연도 못할 민망한 일이었다. 어차피 모두들 수군수군하며 내막을 다 알아버리곤 있었지만 그 탓에 더욱 열불이 뻗쳤다.

안 되겠다. 울화를 쌓아둬서야 병만 나지! 석회 가루로 막힌 콧구멍을 후벼 판 헤리슨은 내려놨던 해머를 도로 집어 들곤 벌떡 일어났다.

쿵! 쿵!

"에그, 좀 더 쉬시지. 저희들이 하겠다니까요."

"시끄럽다고 했네!"

"당신 소리가 더 시끄러워요! 그만 좀 하라니까요!"

쾅! 쾅!

내실에서 소리쳐 오는 마누라에 대한 반발 삼아 더욱 힘차게 해머를 휘두르는 헤리슨.

진열장의 깨진 유리 조각을 치우던 가게의 신참 일꾼들은 먼지와 파편을 피해 물러나는 척하며 웃음소릴 눌렀다. 그들

도 출근하던 참에 이미 이웃 상인들에게서 전후 사정을 들어 알고 있었던 것이다.

그렇게 간간히 휴식시간까지 가져가며 아웅다웅하는 부부를 구경하거나 응원하는 사람들로 가게 주위는 별난 기복이 생겨났다. 점점 붐비다가, 어느 순간 썰물 빠지듯 한산해지는 현상이 반복됐던 것이다.

그러다 어느 시점에선가 무언가를 기다리듯 재량껏 자리를 고수하는 한두 명의 구경꾼들도 생기고 있었으니. 먼저, 대부분이 키 큰 어른들인 것에 반해, 열 살 남짓으로밖엔 안 보이는 꾀죄죄한 남자 아이.

프라이어 가의 소란에 정신이 팔린 다른 야채 가게들의 주위를 얼쩡거리고 있는 행색으로 보아, 집 없는 좀도둑 아이였다. 가게 주인들의 눈을 피해 슬쩍슬쩍 훔친 것들로 요깃거리를 대신하고 있었던 것이다.

와작, 우물우물.

땟국이 줄줄 흐르는 손으로 한입 가득 사과를 베어 물곤 불평하듯 혼잣말을 뇌까린다.

"무슨 부부싸움을 저리 생산적으로 한담. 어쨌든 빨리 좀 오지! 오늘은 가게에 안 나오는 걸까?"

그런데 그때.

"더키, 누굴 기다리냐?"

"엇……? 앗!"

"이놈, 어딜 도망가! 네 녀석이 우적거리고 있는 그거, 슬쩍한 거지? 현행범으로 체포해 주마."

"참말로 재수없어서! 왜 여기까지 쫓아와서 난리인 거에요? 할 일이 그렇게 없어요?"

어느 순간부터 슬그머니 구경꾼들 틈에 섞여 있다가 덜컥 뒷덜미를 잡아온 사십대의 관료. 프라이어 가문이 운영하는 예의 상점만이 아니라 좀도둑 꼬마의 행각까지 주시하고 있던 시(市)의 조사관이었다.

"할 일이 없긴? 일 때문에 나온 것인데. 겸사겸사 네 녀석의 꼬리를 또 잡았고 말이다. 그런데 넌 어째 수년 째 키가 그대로냐. 난쟁이 조상을 뒀었냐?"

"얼어 죽을! 하도 못 먹고 살아서 그렇수다! 뭐 보태준 거라도 있소이까? 아깐 반대편 시내 쪽에 있더구만. 불구경하는 사람들 틈에서 분명히 아저씨를 봤다고요! 그런데 이쪽 거리에서도 일이 생긴 거라고요?"

"그땐 출근을 하던 길이었을 뿐이야. 네 녀석의 꽁무니를 쫓아온 줄 아냐?"

"젠장, 그렇다면 봐요. 사과 값 물어주면 되잖아요. 도망 안 갈 테니 놓으라니까요, 레너드 씨!"

그렇다. '더키' 라고 불린 남자 아이가 호칭하듯 그는 레너드, 레너드 코헨이었다. 서로의 이름까지 알고 있는 것을 보면 역시 초면의 사이는 아닌 모양.

꼬마의 신경질적인 간청에 못미덥고 께름칙한 눈빛을 띄던 레너드, 어림도 없다는 듯이 어깨를 붙든 손에 힘을 주다 협박성 속삭임을 잇는다.

"다행히 오늘은 네 녀석 같은 조무래기를 잡으러 행차한 것이 아니긴 하다. 하지만, 저번처럼 또 냅다 도망치면 내 필히 오늘의 일과를 조정해 보겠다. 네 녀석을 집중 검거하는 업무로 말이야. 알아들었냐?"

"넵넵, 알아들었쑤다."

"쯧, 말하는 꼬락서니하고는."

혀를 끌끌 차긴 했어도 그나마 상대방이 그나마 놓아주자 더키는 먹던 사과를 내려다보며 머뭇거렸다.

"그냥 먹어라. 오늘은 눈감아줄 테니."

"헤에, 정말로 다른 볼일 때문에 나오셨나 보네. 어떻게 된 거에요? 사무직으로 승진한 게 아니었어요? 작년 이후 처음으로 마주친 듯한데."

"왜? 그새 다시 좌천이라도 했을까 봐서? 별걱정을 다 한다. 그런데 넌 왜 여기에 또 와 있냐."

"그야…… 와작."

사과를 마저 우적거리던 더키는 칙칙한 자신의 갈색 머리를 긁적이며 턱짓을 했다. 여전히 쿵쿵거리는 소음으로 시끄러운 예의 야채 상점을 향해.

"달밤의 불구경과 머리끄덩이 잡고 싸우는 쌈질이 제일 볼

만하다고 하잖아요. 비록 머리끄덩이를 잡거나 몽둥이찜질이 오가는 장면은 아직 없었지만."

"저 가게의 누군가를 기다리는 눈치였는데?"

"그러는 아저씨는요?"

"일 보러 나왔다가 지나치는 길이었다니까."

"흐음. 반대편 시내 인근을 밤새도록 들썩이게 했던 화재 사건과 관련된 업무는 아니고요?"

"……너, 뭔가 알고 있는 거냐?"

"글쎄요."

더키는 버릇처럼 애매하게 대꾸했다. 누굴 상대로든 재롱이든 노동력이든 의문 해소든, 어떤 것도 공짜론 제공하지 않는 것이 철칙이었던지라 그런 것인데.

턱!

상대 어른이 포획하듯 다시 어깨에 손을 올려 온다. 핵심을 피한, 딴전 부리는 듯한 해명과 함께.

"더키, 시청 반대편 주택가에 불이 난 것은 그쪽 사람들의 경우 웬만하면 다 안다. 시내까지 연기가 자욱했잖아. 하지만 이쪽 거리의 약간 색다른 부부 싸움도 구경할 만하네. 헤리슨 씨와 안면만 없었다면 재미로 부추기는 다른 사람들처럼 나도 휘파람쯤은 불어주었을 법해."

"안면이 있었어요? 그럼 가서 진정하라고 말려 보시든지. 사실 주인 마님은 따로 있는 가게이니, 그 귀족 아줌마가 출근을 해야 저 소동이 가라앉을…….”

“그래서? 네가 기다리고 있던 사람이 남작부인이었다고?”

“아니, 그건 아니고…….”

“바른대로 불지 못해?”

하필이면 그는 온갖 사건들과 범죄자들을 다루고 뒤쫓는, 조사 계통에 몸담고 있는 시의 관료. 무시해 버릴 수 없는 그의 직업만 아니었더라도! 사과 씨를 뱉던 주둥이로 조금 실룩거린 더키는 순순히 고했다.

“저 가게의 장남이랑 조금 알거든요. 아저씨처럼 길거리에서 잠깐 통성명(?)한 정도지만 정보 제공 삼아 반대편 주택가의 화재에 대해 알려줄까 하고.”

“네가 나서지 않아도 알게 될 텐데 일부러 뭣 때문에? 혹시 제논 군이 지시한 종류의 일이냐?”

“그건 아니고, 품삯 삼아 배달료를 챙겨도 된다고 그가 내게 발드로 지주에게 스위티 통을 배달시켰었거든요. 집안끼리 알고 지내는 듯했으니 어쩌면 궁금해 할 것 같아서. 처음 듣는 소식이라면 동전 몇 개쯤은 뜯어낼 수 있…… 아니, 약간의 심부름 값쯤은 또 줄 것 같아서.”

“싸가지없고 뻔뻔한 놈.”

“킁! 말이 나왔으니 말이지, 발드로 지주는 거리의 대가리들 중에 하나였잖아요. 아저씨도 알고 있지요? 제일 악질적인 대가리였는데. 그의 앵벌이들을 감독하던 수하들도 더했으면 더했지 못하지는 않았고."

"……제논 군도 알고 있을 거다."

"그래요? 모르고 있을 것 같아 그 이야기도 가르쳐 주려 했었는데. 암튼, 오늘은 가게에 안 나오려나 보네요. 뭐, 매일 빠짐없이 가게 일을 도우러 나오는 것은 아닌 듯했지만. 웬일인지 그의 모친도 출근이 늦고."

"……."

레너드 코헨은 잠시 생각에 잠겼다. 더키에게 얼렁뚱땅 대답하던 것과는 달리, 그가 이 자리에 있는 것은 사실 복잡한 사정들이 얽힌 결과였다.

출근하던 길에 목격한 발드로 모레이 가(家)의 화재 사실. 그런가 보다 하고 그냥 넘길 일이 아니었던 것이다.

뭣 모르는 민간인들이나 주변인들이야, 잘 나가던 구두쇠 양반네에 불이 났구나, 먹이고 재워준다는 구실로 돈벌이를 시키고 괄시하던 고아들의 앙심을 얻어 끝내 타죽어 버렸구나, 하는 정도로 그치겠지만 레너드는 직업상으로도 그렇게만 받아들일 수는 없었으니까.

더구나, 지난달에 있었던 메를린 부인의 생일파티 때, 행여 발드로 측과 사업적으로 연계되어 버릴까 싶어 놈의 뒤 구린 치적들에 관해 귀띔해 주지 않았던가.

조금 전 시청을 나오다 확인한 바론, 민원실을 통해 민원 접수 처리를 받은 시민들 중에 제논 프라이어의 이름이 틀림없이 있었다. 시청에 들르긴 들렀던 것이다. 문제의 문서 보관실에도 들렀던 것이 분명했다.

그곳의 관리를 담당한 직원들에게 지나치는 투로 물어본 결과, '프라이어'라는 이름을 가진 누군가가 출입한 적이 있긴 있다고 했으니까.

그렇다면 그때 자신이 쥐어줬던 쪽지가 방향을 잃고 어디론가 사라져 버린 것은 아니었을 터.

'얽혀서 좋을 것 없는 자이니 경계하라는 뜻이었는데, 설마 내 쪽지로 인한 최종 결과인 것은……?'

그렇다고도, 아니라고도 치부할 수 없는 것이 영 찜찜했다. 그저 직업병으로 인한 노파심일 수도 있지만 발드로 모레이가 하룻밤 사이에 쫄딱 망해 버리지 않는가.

게다가 우연찮게도 레너드가 최근 처리하고 있던 업무들 중의 하나가 바로 민원실 측에서 올라온 잡다한 요청에 답해 주는 것이었다.

아이들을 입양하겠다고 나선 시민들의 신상과 의도를 저울질해 조언하는, 간단한 뒷조사 같은 거였다. 사회적 선행이자 아이 없는 부부들의 개별적인 희망을 토대로 한 정당한 시도인지, 행여 오갈 데 없는 고아들을 범법 행위에 동원하기 위한 꼼수는 아닌지, 입양 희망자들의 납세 현황과 신원 등을 정리해 문서화해 주는 것.

그런데 입양 희망자들의 명단에 프라이어 가문의 일원이

섞여 있었다. 지금 벙어리 냉가슴 앓듯 해머로 분풀이를 하고 있는 저 헤리슨의 안사람 수지.

와서 보니, 남편에게마저 일언반구없이 혼자 결정한 단독 신청이었던 듯하다. 그렇다고 입양여부를 기각할 대상은 아니었지만 문제는 다른 데 있었다.

애초에 레너드가 이렇게 직접 거리로 나와 입양 희망자들을 염탐하듯 둘러보러 다닐 필요까진 없었으나, 발드로 네의 때 아닌 화재를 목격한 후 출근해 갔던 근무지에서 혹시나 하는 육감이 가중되어 버린 탓.

시청의 임시 숙소를 더욱 비좁게 만들어 버린 새로운 고아들의 유입을 발견했던 것이다. 발드로 모레이의 앵벌이였던 꼬마들이었다.

그쯤되니 도저히 사무실에 가만히 눌러앉아 있을 수가 없었다. 돌아가는 상황과 정황들에 우발적인 요소가 너무 자주 겹치는 경우, 그저 우연만은 아니고 결코 우연일리 없다는 것이 레너드의 지론이었으니까.

혹여, 발드로 놈의 사망과 몰락이 '조작'된 인과응보라면? 혹시 그렇다면 가해자 측이 있다는 뜻인데, 행여 자신이 제논 프라이어를 통해 그의 모친에게 전달케 했던 예의 쪽지가 관련되어 있는 것은 아닌지?

만에 하나 그렇다면 남작가의 누군가가, 혹은 가문의 실질적인 책임자인 메블린 부인의 지시로 집안의 다수가 합심하

여, 도시의 거머리 같은 발드로 놈을 처단하고자 분연(奮然)
히 일어섰다는 추론이 나오는데.

'설마? 아무래도 지나친 추측 같아.'

그도 그럴 것이지.

쾅! 쾅!

"헤리슨 씨? 확장 공사를 시작한 것인가요?"

"아……."

"앗, 마님이다. 메를린 마님!"

"늦어서 미안하네. 공장부지 계약 건으로 산업단지 쪽에
들렀다 왔거든. 그런데 자네들은 왜 거들지 않고…… 수지?
뭐야. 울기라도 했어? 눈이 퉁퉁 부었……."

"마니임! 흑흑흑!"

"뭐야, 대체 무슨 일이야?"

마차에서 막 내리고 있는 '메를린 남작부인'과, 반색하며
마중하는 가게의 일꾼들, 그리고 매달리듯 그녀에게 달려가
서럽게 통곡하는 시늉을 하는 '수지'와 맥 빠진 동작으로 해
머를 내려놓는 '헤리슨'.

레너드 자신이 쥐어줬던 쪽지의 정보를 심사숙고하여 정
의로운 사회구현을 위해(?) 남작가의 누군가가 봉기했다면,
저들 세 사람이 가장 유력했다.

하지만 말도 안 되는 의심이 아닌가. 게다가 그들은 모두
알리바이가 충분했다. 시청 반대편 쪽에 있는 주택가에 화재

가 발생하던 시각에 그들은 모두 가업과 관련된 일로 이쪽에서 머릴 맞대고 있었던 것이다.

한쪽 벽이 거의 무너진 저 옆 가게의 인수문제로 어젠 다른 일꾼들도 늦게 퇴근한 모양이었으니까. 그 후엔 시청을 찾아가던 수지를 미행한 헤리슨으로 인해 날이 바뀐 지금껏 부부 갈등이 이어지고 있었고.

'그만두자. 기분만으로 무작정 의심할 순 없고, 설령 사실이라 해도 꼬투리 잡을 일은 아닌⋯⋯.'

그런데 그 순간 문득 치민 생각.

"쳇! 제논 프라이어라는 귀족 형씨는 역시 안 오려나 보네. 괜한 걸음으로 시간만 낭비했잖아."

곁에서 프라이어 가(家)의 상점에 새롭게 가세된 소란(메를린의 도착)을 지켜보던 더키의 뇌까림.

그것이 원인이었다.

그러고 보니, 구경꾼들이 많다지만 왜 자신을 알아보지 못하는 것일까. 왜 아는 척해 오지 않는 것일까. 헤리슨이든 그의 안사람이든, 한두 번 정도는 분명 자신이 있던 쪽을 흘끗해 오긴 했는데. 물론 안사람 쪽은 자신을 잘 모르고, 헤리슨도 주변의 누구누구가 와자지껄 떠들고 있는지 눈여겨 볼 마음의 여유는 없었겠지만.

심지어 헤리슨의 아내를 달래는 메를린 부인조차 구경꾼들 틈의 자신을 구별해내지 못하고 있다.

'이거 혹시······.'

제논 프라이어, 프라이어 가의 장자. 자신이 쥐어줬던 쪽지를 모친께 전달하긴 했던 것인가?

'설마 그럼 제논 군이 혼자······?'

잠시 잠깐 그런 생각이 들긴 했으나 레너드는 곧 고갤 저었다. 메를린 부인이나 헤리슨 부부에게 두었던 의심 못지않게 아귀가 맞지 않는 추측이 아닌가.

"레너드 아저씨, 난 이만 가봐야 할 듯한데, 아저씨는 볼일 보러 안 가세요? 어, 안 가요?"

혼자만의 도리질을 잘못 알아보고 의아해하는 더키. 곧 열다섯이 되는 나이에 비해 턱없이 안 자란 녀석과 겨우 한살 차이인 프라이어 가문의 장남.

비록 거리에서 자란 더키와는 달리 성인 못지않게 신체 건강한 귀족이었으나 그래봐야 '소년' 인 제논 군을 상대로 가질만한 의심은 아니지 않은가.

그렇든 저렇든 잿더미가 된 발드로 네를 위하는 격이 될 텐데 놈의 청천벽력에 관한 사항을 파헤쳐 줄 이유라곤 없고, 그럴만한 처지도 아니다.

이번 일(고아 입양 희망자들의 의도와 신원파악)과 몇 가지 다른 잡무만 마무리 지으면 곧 업무를 인계하고 토레노를 떠나야할 입장이었으니까.

해마다 새롭게 차고 들어오는 쟁쟁한 출신의 후배들에게

이제쯤은 자신도 꽤 긴 기간 꿰차고 있던 감투를 내주어야 할 형편이었던 것이다.

"아저씨, 갑자기 꿀 먹은 벙어리가 되기라도 한……?"

"더키, 오늘은 거리 영업 안 뛰냐?"

"으음, 뛰어도 되요?"

질문에 질문으로 답하며 얼룩덜룩한 낯짝을 긁적이는 거리의 아이. 아니, 아이로 보이는 소년.

"물론 좀도둑질이나 행인들의 주머니 갈취는 안 되지."

"쳇! 먹고살 구멍을 마련해 주든지."

"……마련해 주마."

"네?"

"1년 내내 무덥도록 따뜻한 날씨에 새로운 도전이 기다리고 있을 것이 분명한 새로운 터전! 뒷골목에서 얼어 죽을 걱정 따윈 하지 않아도 되는 곳이지."

"뭐에요. 남방 지역으로 전근이라도 가요?"

"맞췄다. 따라와라. 내 종자로 삼아줄 테니."

"에? 마, 만수무강하세요! 앗……!"

무슨 제안인지 깨닫자마자 냅다 토끼려던 더키는 대뜸 도로 붙들렸다. 귓바퀴를 잡혔던 것이다.

"으아앗! 아파요!"

씩 웃은 레너드는 녀석의 귀를 당기며 또다시 웅성웅성 모여들고 있던 구경꾼들의 틈바구니를 벗어났다. 부양가족들과 함께 가는 전근이니 녀석을 진짜 종자로는 못 삼겠지만, 새로운 근무지에서의 척후병(정보원)삼아 그런대로 요긴하게 써먹을 수는 있을 것이다.

"놔요! 어딜 데려간다는 거예요?"

"더키, 여기 있어 봐야 너도 곧 잡혀 들어 갈 거다. 구걸만이 아니라 좀도둑질도 겸하는 네 녀석이 이 치안 좋은 도시에서 버티면 얼마나 더 버티겠냐."

"그렇다고 생면부지의 타 지역으로 이사를 가라고요? 안 가요! 차라리 감옥에 가고 말지."

"널 잡아넣을 곳이 감옥뿐이겠냐? 상인 조합의 기부금으로 새로 짓고 있는 고아원들도 있다. 내가 필히 네 녀석 파의 애들에게도 불똥이 튀게끔 조치해 둘 것이야. 설마하니 고아원 행(行)이 되고 싶지는 않겠지?"

"미쳤소이까? 합법적으로 애들을 옥살이시키는 그 잘난 고아원이란 곳에 말이쇼?"

"질색할 줄 알았다니까. 최우선 순위로 등록시켜 주마. 고맙지? 당분간은 시청에서 체류해야겠지만."

"말도 안 돼! 이제까진 뒷골목의 우릴 알면서도 모른 척, 보고도 못 본 척, 얼어 죽고 굶어 죽고 맞아 죽어도 그래도 싸다는 식이었으면서!"

"그러니까 그게 싫으면 나랑 남방으로 떠나면 되지. 이것도 일종의 스카우트 제의란다. 어떠냐?"

"내가 미쳐. 왜 나만 갖고 이러는 거예요!"

"그러게 왜 내 눈에 띄고 그래?"

그렇게 더키는 불시순찰(?)을 나온 시의 관료에게 끌려갔다. 아등바등 저항해 봤지만 부질없는 짓.

기회 봐서 도망치면 되겠거니 했건만 더키는 결국 도주에 성공하지 못했다. 대도시의 행정 관료로 시작한 레너드 코헨은 온갖 범죄와 범인 색출과 각종 분쟁에 관한 조사원으로 잔뼈가 굵은 사십대 아저씨였으니.

거리에서의 생존에 도가 튼 더키로서도 작정한 그를 따돌리기란 불가능했던 것이다.

＊　　　　＊　　　　＊

"뭐? 전원 사망했다고?"

"그렇다지 뭡니까. 발드로 모레이 경과 그의 직계혈족만이 아니라 저택의 하인 하녀들까지 모두. 단 한 사람도 불길을 뚫고 빠져나오지 못한 모양이었습니다."

"……."

그날그날 채택된 업무들을 브리핑하며 하루의 스케줄을 짜는 서재에서의 아침 일과.

시간이 다 지나도록 엘다의 까다롭고 상대하기 힘든 보좌관이 자리해 오지 않자 화제 전환 삼아 그녀의 부관들이 꺼낸

이야기였다.

그들은 메를린 부인의 생일파티에 호위로 동행했던 하관들이기도 했는데 엘다가 관심을 가질 만한 일에 있어 자발적인 보고를 결코 삼갈 이들이 아니었다.

한 달간 행방불명되다시피 하였다가 업무에 복귀해 왔던 지난달부터 그녀가 발드로 모레이에 대해 틈틈이 조사하고 있음을 알고 있었던 것이다. 때론 자신들 역시 그 조사 과정에 동참하기도 했었으니.

'전부 죽었다고?'

아무튼, 매우 뜻밖의 소식에 엘다 바워버드는 공적인 업무에 대한 진행을 뒷전으로 밀쳤다.

프라이어 가문을 위한, 좀 더 정확하게는 부친을 잃은 프라이어 가 아이들을 위한 진실 규명 차원에서 발드로 모레이와 그의 직계가족들을 조사하던 차였다.

실로 기다렸다는 듯이 쏟아지던 온갖 지저분한 혐의들, 그를 증명할 증거들도 착착 수집하여 수사의 끝을 바라보던 참인데 난데없이 전(全)가족 사망이라니?

"어쩌다 화재가 났는지는 들었나?"

출장 중인 이곳 토레노에서만큼은 전속부관(專屬副官)의 위치인 이십대 후반의 하관(下官)들. 검은머리 미녀 상관의 관심 표명에 충실히 답변한다.

"모레이 경이 표면적으로나마 '자선사업'을 과시하고자

운영하고 있던 인근의 고아원 말입니다. 그곳에서 숙식하던 꼬마 아이의 소행인 듯하더군요. 불을 지르고 도망치다 숨진 모양으로 뒤뜰에 넘어져 있었답니다."

"넘어져서 숨졌다고?"

"물론 그건 아니죠. 몸 곳곳에 구타당한 흔적이 있었는데 머리도 맞아서인지 정신이 나갔었던 모양입니다. 다른 날처럼 거리로 돈벌이를 나갔던 덕에 다른 꼬마들은 모두 무사했는데, 그 꼬마들의 얘기론 감독관 중의 하나가 상납금을 못 맞췄다고 마구 팼다더군요."

"그 감독관들도 죽었습니다. 전후 사정은 알 수 없지만, 네 명 중에 세 명은 다른 피해자들과 마찬가지로 불쏘시개처럼 타다가 건물 잔해에 깔려서 아예 산산조각이 났고, 나머지 한 명은 고아원으로 쓰이던 관사에 남아 있다가 실로 재수없게 세상을 하직했죠."

"어떻게 재수가 없었기에?"

"그야말로 '넘어져서 죽은' 케이스거든요. 관사를 달려 나가다 문턱에 걸려 넘어진 모양새였는데 하필이면 바닥에 넘어져 있던 곡괭이 위로 넘어져서 커다란 포크에 찍힌 것처럼 가슴팍이 찔려 있었다고 합니다."

"고용주의 저택에 불이 난 것을 보고 급히 뛰어나가다 사고를 당한 것으로 밝혀졌지만."

그쯤 설명을 듣다보니 왠지 기묘한 느낌이 든다. 누군가 작정하고 관계자 전원을 몰살시킨 것처럼 인위적인 냄새가 풍기는 화재 정황이지 않은가.

"너무…… 우발적이군."

"네, 저희도 그렇게 느꼈죠. 하지만 뭔가 조작된 흔적은 없었습니다. 설사 있었더라도 죄다 불에 타버렸겠죠. 그래서 저흰 그런 농담까지 했죠. '냄새가 나!' 혹시 차스키 보좌관님이 스트레스 해소 삼아……."

달칵.

"우발적이다 말씀하시는 것을 보니, 공주님이 획책하신 일가족 몰살 사건은 아닌 모양이군요."

일부러 인기척을 내며 입실해 오는 정장 차림의 웬 남자. 불혹(不惑)의 나이로 어림되는 외형인데다가 한 손에 차 주전자를 올린 쟁반까지 들고 있어서 완벽하게 저택의 집사쯤으로 보인다. 그러나 그가 바로 엘다의 부관들이 막 입에 올리고 있던 사람에 해당했다.

"아니, 보좌관님! 무슨 그런 엉뚱한 말씀을……!"

"그리고 변명 같지만 나 역시 아니네. 내가 획책해야 할 하등의 이유라곤 없는 화재였거든."

대단히 기복없는 무미건조한 어조의 부정(否定). 농담에 농담으로 응대해 오는 것으로 이해한 부관들은 웃음으로 대충 얼버무리려 했다.

"하하, 꼭 보좌관님의 소행이라고는……."

또르륵!

그러나 쓸데없는 잡담은 그만두라는 듯이, 말을 가로막듯 찻잔에 차를 따르는 보좌관의 행동.

부관들은 입을 다물 수밖에 없었다. 자신들은 군 복무지에서 엘다 바워버드를 따라온 '임시' 부관들일 뿐이나 차스키는 바워버드 가문 측의 인재로 엘다의 이곳 토레노 유학시절부터의 보좌관이었으니까.

아니 실은 직책상의 높낮이를 떠나 그의 앞에선 도무지 기를 펴지 못하기에 그런 것이기도 했다. 뱀 앞의 쥐처럼 이성(理性)의 어느 한 부분이 딱 굳어버리는 것이다.

불행 중 다행이라면 그 난감한 현상이 자신들에게만 적용되는 일은 아니라는 점.

그림자처럼 엘다 바워버드를 보필하는 차스키를 대하다 보면 관련 계통의 누구든 때때로, 분명 같은 아군의 위치임에도 그 사실을 스스로 돌이켜 되새김질해야 하는 묘한 기분과 분위기를 체험하고는 하는 것이다.

'…….'

그렇듯 보좌관의 별 의미 없는 행동에도 민감하게 반응하는 부관들의 태도를 묵묵히 바라보던 엘다.

끼익.

앉아 있던 의자의 방향을 틀어 시야의 각도를 바꾼다. 그러자 등 돌리고 있던 서재의 창문이 곁눈으로 들어온다.

유리 산업의 본고장답게 풍부하게 공급되는 유리로 전면을 처리한 창가였다. 그 탓에 오전의 겨울 햇살이 눈부시도록 고스란히 비쳐 들고 있다.

  달력상으로는 완연한 겨울임을 웅변하는 12월이었으나 북방 출신인 엘다에겐 그래 봐야 초겨울로나 쳐줄까 말까 할 만큼 따뜻한 날씨였다.

  사시사철 푸른 침엽수림이 깊은 산중처럼 펼쳐져 있는 시내외곽에 자리한 가문의 별장.

  가문의 별장이라지만 아카데미 유학시절부터 그녀가 독차지해 왔던 그녀의 것이나 다름없는 저택이었고, 시내 외곽이라지만 토레노의 지도를 놓고 봤을 때 그렇다는 것이지 군사 아카데미 근처에 위치한 그곳 저택도 절대 외진 지역에 자리해 있는 것은 아니었다.

  어쨌든, 그곳 늘 푸르른 정원이 내다보이는 저택의 2층에서 엘다는 생각에 잠겼다.

  "엘다 경……?"

  "조용하게, 고심하고 계시지 않나."

  "네? 무엇을……."

  그러나 잠시 침묵을 깼던 부관들은 보좌관의 말없는 주의 경고에 다시 얌전해졌다. 그러다 곧 혼란스런, 그러면서도 흥미로운 눈빛이 됐다. 엘다와 그녀의 속모를 보좌관과의 대화가 시작되었던 것이다.

"차스키, 내가 모르는 더 들어야 하는 정보가 있나?"

"어떤 대상으로 말씀이십니까."

"먼저 발드로 모레이."

"이제껏 수집하신 그와 그의 친족들과 수족들의 범법 목록은 피해자들의 증언과 증거 자료들과 더불어 불필요해졌습니다. 원한을 가진 사람들은 수두룩한데 당사자들은 사망해 버렸으니. 모레이 자작가문에서도 그의 사후체면에 관여치 않기로 결정한 것으로 압니다."

"그자와 연루된 비리 관료들과 거리의 협력자들은?"

"털어서 먼지 안 나는 사람은 없지요. 파헤치면 쇠고랑 채워줄 위인들이야 여럿이지만 현재로선 역시 불필요한 노고가 되리라 봅니다. 훗날의 만약을 대비해 출신 성명 정도만 기억해 두는 선에서 그치십시오."

"그자의 수족들과 그의 사망으로 고삐가 풀리게 된, 혹은 진짜로 오갈 데 없어진 측은?"

"이미 세상 때에 찌들어 버린 소년 소녀들이나 성인의 나이가 되어버린 남녀들은 어쩔 수 없습니다. 열 살 안팎의 아이들은 도시의 책임이 된 것으로 압니다."

거기서 다시 침묵.

그러나 근처의 책상을 턱짓하며 말문을 연 엘다의 행동으로 대화는 곧 재개됐다.

"발드로 모레이에 관한 미주알고주알 서류들, 두 번째 서

랍에 있어. 혹시 시청이나 관공서 측의 인물 중에 놈을 까발
리는 일을 환대할 법하거나, 따로 뒤를 캐오던 관료가 있다면
무상으로 넘겨주고, 아니면 차스키가 처분해. '훗날의 만약'
을 대비해 보관해 두든지."

"알겠습니다."

"그럼 다음 대상에 관한 소식."

다음 대상? 어떤 대상에 관한 소식을? 이해를 돕기 위한 앞
뒤 설명이 거의 무시된 질문들임에도 보좌관의 답변엔 한 치
의 망설임도 없다.

"프라이어 가의 가세는 회복되고 있습니다. 그렇든 아니든
과한 호의라 사료되옵니다만 곧 전역하실 군(軍)과의 다리 역
할을 자청하시려거든 신상품들의 물량 확보와 유통 문제가
확립된 후에나 생각해 보십시오."

그런데 이번엔…… 오호!

꿔다 논 보릿자루처럼 뒷전이 되어 잠자코 듣기만 하던 젊
은 부관들은 조금 고소한 기분이 됐다. 이번엔 보좌관이 좀
넘겨짚은 듯했으니까.

"그야 물론 당연히 그러려고 했어. 그런데 그건 내가 모르
는, 듣고자 한 정보가 아닌데? 키라에게 내 안부 편지를 전하
러 갔다 온 거 아니야?"

어쩐지 아침 브리핑 자리에 말도 없이 불참을 하더라니! 레
이디 엘다의 집사로 현재 화제가 되고 있는 해당 남작가문에

찾아갔었던 모양. 그렇다면 물론, 그녀의 철저하기 짝이 없는 저 보좌관 양반이라면 물론!

"물론 다녀왔죠. 짐작하다시피 그쪽 집안의 동태도 대충 살피고는 왔습니다만, 워낙 간지럽도록 사소해서."

"간지럽든 사소하든 보고해."

"저택 안팎의 일꾼들은 생략하겠습니다. 키라 프라이어 양과 폴 프라이어 군은 메를린 프라이어 부인에게 출근…… 뽀뽀와 포옹을 하고 있더군요."

"응? 차스키가 갔을 때까지 부인이 출근을 하지 않고 계셨단 말이야? 그 시각이면……."

"그렇지 않아도, 바쁘실 텐데 출근 시간을 일부러 늦춰 주셔서 고맙습니다, 어머닐 배웅하게 해줘서 고맙습니다, 라고 거의 울먹이며 인사하고 있더군요."

"후후. 역시 착한 아이들이라니까. 귀여웠지?"

"가려웠습니다만?"

"그럼 긁어. 마리와 제논은?"

지켜보던 부관들은 웃음이 나올 것만 같아 얼굴 근육에 힘을 줬다. 미소 짓는 미녀 상관에게 고문을 당하듯 보고를 잇는 저 깐깐한 보좌관의 표정이라니.

"마리 프라이어 양은 착실하게도 대부분의 학생들이 학교를 쉬는 이 시기까지, 최대한 마지막까지 등교하는 학생이 되어야 한다며 학교에 갔다고 했고."

"그리고?"

"제논 프라이어 군은 외출하고 없더군요. 집 주변의 산지를 측량하러 갔다던가? 다른 가족들과 크게 다르진 않겠지만, 어떤 소년인지 확인하진 못했습니다."

"다른 가족들이 어떻기에? 간지럽고 사소하기만 했나?"

"크게 비범하진 않았죠."

"……가렵도록 심장이 간지럽고 공기처럼 물처럼 당연하고 사소한 것이 비범한 거야. 안 그러나?"

"그렇죠! 가족애가 남다른 집안이었음은 분명합니다. 저희도 저번 파티에서 그 점만큼은 느꼈죠."

동의를 구해오는 상위 여기사에게 날렵하게 답변하던 부관들. 당최 가늠할 수 없는 무표정으로 흘끔해 오는 보좌관의 시선에 도로 주눅이 들었는지 재깍 입을 다문다. 하지만 엘다는 아니었다.

"그 밖에는?"

"공주님의 안부 편지를 제가 직접 전달하러 갔던 것은 사실, 앞서 거론된 일가족 사망 사건을 의식한 행동이었습니다. 행여 그쪽 집안의 누군가가……."

"그런대로 타당한 의심이지만, 우리 기준이야. 프라이어가는 발드로가 전대 가주를 해친 원흉임을 확신하지 못하고 있었어. 설령 알았더라도 그런 획책을 꾸밀 만한 사람도 없고. 차스키도 직접 봤으니 알 것 아냐."

"네…… 그렇긴 하더군요. 제논 프라이어 군은 만나지 못해서 단언할 수 없겠습니다만."

실은 엘다도 자신하진 못했다. 부관들이 다수의 사상자를 낸 예의 화재에 대한 이야기를 꺼냈을 때부터, 머릿속 한 구석에서 속삭이던 소리가 있었던 것이다.

만약 발드로 모레이의 영원한 몰락에 프라이어 가문의 누군가가 연루된 것이라면, 만에 하나 정말로 그렇다면 가장 가능성 있는 인물은 바로 제논이라고.

'하지만……'

한 달이나 그 집안에 머무르며 지켜봤던 덕에 레너드 코헨과는 약간 구별되는 추측을 하는 그녀였으나. 레너드가 발드로 모레이의 지저분한 과거 행적과 하이에나와 같은 인간성에 초점을 맞춘 반면, 전대 프라이어 남작의 사망 의혹에 더 비중을 두어 추측해 낸 그녀였으나. 최종적으론 레너드 코헨과 공통된 결론을 내린다.

가문의 장자로서 마땅히 청산해야 하는 선대의 원한이긴 하나 제논은 이제 겨우 16세가 되는 소년. 설사 그의 신체수련도가 연령에 걸맞지 않도록 높은 것이었다 할지라도 그걸 가지고 의심하기는 뭐하지 않은가. 보통의 음모도 아니고 일가족 몰살 혐의를 두는 것이 되는데.

게다가 머릿속 생각에 이어진 가슴의 지시는 레너드가 그랬던 듯이, 그의 경우와 마찬가지로, 굳이 파고들 필요 없으니 무시하라 이르고 있었다.

레너드 코헨이 비슷한 심리 변화를 겪었던 어제 아침의 일을 전혀 모르는 엘다였지만, 그녀의 개인적인 소견으로도 발드로 모레이는 죽어 마땅한 자였고, 그의 혈족들을 비롯해 대리인이나 하인의 위치에서 손발이 되어주고 있던 측근들 역시 별 가치 없는 치들이었다.

그러니 그런 자들의 사인(死因)에 설사 제논이 연루되었다고 한들 그것을 군이 증명해서 뭐하겠는가 말이다. 제논만이 아니라 프라이어 가문 전체에 피해가 갈 일이 될 테고 행여 존재할지도 모를 그의 조력자들에게도 바람직하지 않은 진실 규명 시도가 될 것인데.

그래서 엘다는 무심한 어조로 말했다.

"제논도 아닐 거야. 그밖에는?"

"……답장을 쓰겠으니 기다려 달라는 키라 프라이어 양의 부탁을 받곤 문법 조언을 해야 했죠."

"그걸 왜 이제야 말하나? 어서 주게."

"……여기."

명이 떨어졌으니 즉시 따라야 하건만 내키지 않는 모양이다. 늦장으로 보이도록 차분한 태도로 품에서 답장을 꺼내더니 초고속으로 건네주곤 휙 돌아서는 보좌관. 시작과 달리 너무 빠르게 끝나 버린 동작이었던지라 부관들은 그 이유를 그가 퇴실한 후에야 알게 됐다.

"어, 꽃 그림 편지봉투네요?"

"편지지엔 나비도 그려져 있군. 문법 조언을 했다더니 꽃무늬 그림을 그리는 것도 도왔나 봐. 그림체가 다른 것이 몇 개 섞여 있거든. 금방 눈에 띄네."

"아, 그래서 보좌관님이……."

대답 삼아 엘다는 쿡쿡 웃음소릴 냈다. 알록달록한 서신의 증거에 의거, 금발머리 꼬마 숙녀의 천진한 하늘색 눈길을 피해 우거지상을 참아가며 함께 편지지를 꾸미는 보좌관의 모습이 상상되어 버렸던 것이다.

워낙 간지럽고 사소했다는 그곳에서 한시라도 빨리 탈출해 오려면 키라의 도움 요청에 응해주는 편이 낫다는 판단을 했으리라. 틀림없이 그랬던 것이리라.

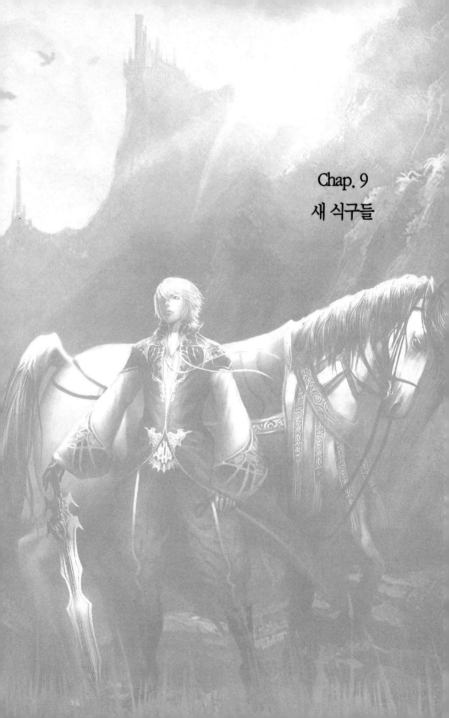

Chap. 9
새 식구들

새 식구들

땅! 땅! 땅…… 콱!

"됐다."

마지막 표지판을 박아 넣은 제논은 뻐근한 어깨를 휘돌려 뭉친 근육을 풀었다. 이삼일 간 저택 주변의 산지를 돌아다니며 측량을 했고, 그 후 다시 또 며칠 간 표시해 뒀던 지점들에 경고성 표지판을 박았다.

별것 아닌 일로 여겼건만 '산지'가 기준이 된 덕에 해당 범위가 꽤 넓어서 생각보다 여러 날이 소요됐고, 산림욕을 겸한 산책 삼아 걷기 운동도 쏠쏠히 됐다.

운동은 그렇다 치고 갑자기 웬 산림욕이냐면, 경솔하게도

다 끝난 것으로 치부했던 수일 전의 비밀스런 밤 외출 때문인지 순간순간 꿈자리가 불편해진 데다, 숨을 쉴 때마다 간혹 저쪽 세계에서의 과거와 악몽을 되살리게 하는 반갑지 않은 냄새가 맡아지는 듯해서였다.

쉽게 말하면, 폐부에 깃든 피비린내를 깨끗이 몰아내기 위한 방편으로 산림욕을 꾀했던 것이다. 물론 아침저녁 수련시간을 통한 마나수련법의 훈련과 과학적인 트레이닝을 토대로 한 신체단련의 집중도 높이고는 있었다. 그러나 한자리에 머물러서 취하는 수련 방식을 약간 조정해 보고자 하는 의도도 있었던 것이다.

가능하다면, 명상하는 자세를 떠나 일상적인 움직임 속에서도 마나수련법의 숙련도를 의도할 수 있다면 더욱 효율적인 성취가 되지 않겠는가.

도허에게서 배웠던 호흡법도 있으니 가능할 것도 같았다. 그 호흡법의 원리가 바로 그것이었으니까. 가부좌 자세로 명상을 통해 임하는 단전호흡과 달리 움직임과 호흡을 일체화시킨 일종의 동공(動功) 말이다.

그래서 이왕 하게 된 산지 측정을 기회로 마나도 운용해 보기로 마음먹었다. 맑고 청결한 공기를 폐부의 이산화탄소와 교체하는 방식인 '산림욕'을 의식한 채로 마나를 다스리고 활성화시켜 보기로 했던 것이다.

하지만 마나수련법은 고도의 집중력과 정신력을 필요로

하는 기술이기에 결코 쉬운 시도는 아니었다. 더더군다나 이제까지처럼 교본대로의 연습 방법을 답습할 수도 없었기에 계속된 실패를 겪어야했다.

그래도 괜한 시도였다고 후회할 일은 아니었다. 그도 그럴 것이. 정신력이 바닥나서 산길에 홀로 엎어져 혼절해 버릴 때까지 몸을 혹사시켜 보자, 하는 생각으로 임했는데, 나가떨어지질 않았던 것이다.

그렇다고 기운이 펄펄 나거나 신체에 뭔가 획기적인 효험이 생긴 것은 아니지만 적어도, 정신적으로든 육체적으로든 못 견딜 정도의 피곤이 쌓이지는 않았다.

'왜 그런 걸까.'

제집 앞마당을 산책하는 퇴역한 노병(老兵)처럼 씀벅씀벅 산길을 걷던 현진은 스스로가 취한 시도들을 되짚어가며 분석에 나섰다. 다각도의 방법들을 동원해 시도하긴 했지만 어차피 줄기는 하나였기에 그 연유를 깨닫는 데까진 오래 걸리지 않았다.

일단, 처음 이 새로운 방식의 수련을 시작할 땐 기존의 방식대로 손에 자석을 들고 정좌를 했다.

뒤이어 단전 어림에 마나를 형성하면 천천히 폐 쪽으로 유도하면서 자리에서 일어났다. 맨 처음의 시도 땐 정좌를 푸는 즉시 마나의 흐름이 방향을 잃고 요동치다 흐지부지 되어버렸다. 집중에 집중을 거듭하고 재차 시도했을 때는 마나의 경로를 어느 정도 유지하긴 했으나 걸음을 떼자마자 또 비슷한 현상을 느껴야 했다.

다시 시도했다.

그런 식으로 수차례의 실패를 겪은 후에야 현진은 결국 정좌를 풀고 일어나 느릿느릿 걸음을 내딛을 수 있게 되었다. 마나홀에 형성한 마나를 폐로 옮겨가 그 흐름을 최대한 유지하는 것에도 성공했다.

원래는 마나홀의 마나에 의지로 회전력을 가미하여 소용돌이 모양으로 나선 운동을 시키고, 그것을 목적한 회로에 따라 운행시키면서 새로운 길을 차차 개척해 가는 것이 기본적인 요령이자 수련법이다.

그러나 최대한 조금씩 목적지로 마나를 유도하다가 그곳 '폐'의 기능에 맞춰 마나로 '숨'을 쉬는 식의 시도에만 초점을 맞췄다. 마나드릴의 두께나 회전 간격을 배제하고 오로지 걸음을 떼는 움직임에 신경 쓰면서.

그렇게 마나를 운용하고 있는 상태로 어찌어찌 일어나 걷게 되기까지는 하였으나 눈감고 걷는 모양새일 뿐이었고, 딱히 뭔가의 효과도 없었다.

게다가 마나의 손실률이 거의 99%에 육박했다. 목뒤를 타고 양손까지 보냈다가 마나홀로 다시 되돌아오게끔 마나를 운전한 것이 아니라, 도착한 폐부에서 조금 맴돌다 그냥 밖으로 내뿜어버리기 때문이다.

하지만 사람은 들숨과 날숨을 쉰다. 고생해서 폐로 유도한 마나가 그저 숨 몇 번에 죄다 소진되는 것은 너무 아까웠기에 내쉬자마자 다시 깊게 들이마셨고 짧게 또 내쉬었다가 들이마시는 과정을 열심히 반복했다. 체화(體化)되어 있던 도허의 호흡법을 유념하면서.

'그거다! 거기서 효험이 생긴 거야.'

본래보단 훨씬 미약하나 도로 흡입된 마나는 바로 다시 밖으로 배출되는 것이 아니라 외부로부터 새롭게 들어온 산소에 기대어 전신으로 퍼져 갔다. 그 부분에서 인체에 이로움을 주는 '마나'의 효능이 발휘됐던 것이다.

주변 공기와 딱 알맞게 뒤섞일 만큼의 밀도와 농도였던지라 그것이 가능했던 것일까?

알다시피, 생명유지에 없어서는 안 될 '산소'라는 것은 온몸을 도는 와중에 이산화탄소로 바뀌어 다시 밖으로 배출되는, 절대 공급이 끊겨서는 안 되는 필수불가결한 영양분에 속한다.

그런데 외부에서 유입된 산소가 '마나의 성향'에 동화되고 있었던 것이다. 잠시나마 숨결을 타고 동승하게 된 마나와, 뒤이어 폐부를 방으로 삼아 잠시 잠깐 동락하게 된 마나와, 흔적없이 사라질 때까지 전신을 함께 여행하게 된 미미한 양의 마나에 말이다.

매우 질 좋고 진한 영양분으로 탈바꿈하여 발끝, 손끝, 머리끝 등, 최선으로 깊숙이 전달되다 되돌아오는 듯했다. 그와 더불어 구석구석 숨어 있는 몸속의 노폐물을 애초보다 훨씬 꼼꼼하게 끌어내어 재깍재깍 배출하기에 체내의 정화(淨化) 기능을 높이는 작용도 했다.

걸으면서 마나를 운용했기 때문이 아니라 그저 그냥 숨만 쉬어도 저절로 머리가 맑아지고 상쾌해지는 숲의 공기(산림욕) 때문일 수도 있으리라.

하지만 불과 몇 십 분 사이에 여러 차례 일어났다 앉았다하면서 그때마다 마나홀에 마나를 형성시키고 익숙지 않은 경로로 끌어올려 최대한 유지하는 작업을 반복했지 않았던가. 들숨과 날숨을 통해 폐부를 들락거리던 마나가 완전히 소진되면 그대로 바닥에 주저앉아 처음부터 다시 시도했고, 또 시도했고, 또 시도했다.

탈진하여 쓰러지도록 해보자 하는 생각이 바탕이 된 무식한 접근법이었음에도 예상보단 몸에 무리가 따르지 않았으니 뭔가 있긴 분명히 있었다.

더구나 원점이 되는 간격이 조금씩 벌어지고 있음을 어림하고 있기도 했다. 그러한 시도를 수일간 해온 끄트머리에는 간과할 수 없는 변화 하나를 느끼기도 했다.

내쉬고 들이쉬는 반복을 거쳐 산소와 함께 전신으로 퍼져갔다가 온데간데없이 소진되었던 그 얕고 옅은 마나. 실로 뜻밖에도 어느 순간 그것이 도로 감지되었다. 운동 중도 아니고

주방에서 야참거리를 찾다 느낀 아주 생소한 변화였으니 착
각한 것은 절대 아니었다.

있으나마나 할 만큼 매우 미약한 양이었지만 분명 '돌아오
고' 있었다. 제 근원인 단전 어림의 마나홀 쪽으로 말이다.
느끼자마자 금세 흐지부지되긴 했지만 사라졌던 것이 무의식
중에 다시 나났났음은 괄목할 만한 일이었다. 가문에 전승되
고 있는 마나수련법을 샅샅이 뒤져 봤지만 그런 경우에 관한
설명은 전혀 없었다.

그러니 어쩌면, 전례가 없던 새로운 수련법을 개발해 버린
것인지도 모르겠다고 생각하는 현진이었다. 반대로 그저 우
연이거나, 결과적으론 그 이상의 뭔가는 기대할 수 없는 짝퉁
성과로 판독될 수도 있었다. 하지만 설사 간에 기별도 가지
않을 허술하고 무의미한 접근법의 수련이라 해도 손해는 아
니었다.

시청 직인이 찍힌, 경고성 그림과 문구가 새겨진 표지판 일
이십 개에, 금속 가시가 박힌 붉고 가는 줄도 한 아름의 부피
로 서너 뭉치나 되었던 소품들.

성과가 있을 듯하다가 결국은 도로 원점이 되어버림을 확
인하게 될지라도, 잡다한 그것들을 처리하며 산림욕 비슷한
산책은 충분히 누렸지 않은가.

겸사겸사 건설업자 시늉도 내보았으니 본전은 되고도 남
았다. 예의 입산금지용 소품들로 사유지 전체를 두르기엔 턱

도 없었기에 우연이든 고의이든 외부인의 출입이 특히 잦을 만한 지점을 손꼽아야 했던 것이다.

소품들의 수효와 길이를 정확히 계산해 눈에 잘 띄는 곳에 표지판을 세우고, 먼젓번 경고문을 향한 연결 고리처럼 가시 돋친 붉은 줄도 쳤다.

어쨌든, 그러한 와중에 꺼림칙한 기미를 보이던 컨디션도 완전히 회복되어 있었다. 덕택에 한결 여유로워진 제논, 소리 내어 너스레까지 떤다.

"에고고! 내가 한 거지만 어설프시오~."

이왕 수수료 물고 발급받아 온 소품들이니 궁여지책삼아 이렇게라도 써먹긴 써먹지만, 저쪽 세계의 21세기를 살다온 시각으론 양에 찰리가 없었으니.

고압전류까지는 흘려 넣지 못하더라도 2~3미터 높이의 철 조망 형식은 되어야 타인의 침입을 저지하는데 그나마 쓸모 가 있을게 아닌가.

'집안에 마법사가 있었다면 모르지만.'

알짜배기 마법이라면 어떻게 용도를 강화할 수 있을지도 모르지만 이 상태론 마치 개구쟁이들끼리의 땅따먹기나 구역 싸움 할 때나 유용할 경계선이니. 잘못하면 호기심 많은 행인 들을 도리어 불러들이는 꼴이 될 듯하다.

하지만 어쩌겠는가.

지금으로선 그저 시청에서 자체적으로 제작된 저 엄포만

은 아닌 문구들에 의지해 보는 수밖에.

경고!

황실직할령 토레노의 시청에서 알린다. 해당 소유주의 외부인 금지 조치 신청을 받아들여 이곳부터는 입산이 통제된다. 진입이 금지된다. 출입이 금지된다.

입산금지! 금지! 금지!

이를 어기다 적발 시엔, 그 목적과 법칙 정도에 따라 벌금형과 구류, 또한 10년 안팎의 형이나 최고형까지도 부과될 수 있으니 유념하라.

시(市)차원의 형벌 부과 이전에, 해당소유자의 임의대로 처분할 수 있는 권한도 있다.

이상, 시청 백.

'입산금지, 금지, 금지라. 쿡!'

시청의 공무원들, 문구 작성하는데 업무 스트레스를 푼 기색이 완연하다. 바탕을 이루고 있는, 헛바닥 날름거리는 무시무시한 해골바가지 그림도 우스웠다.

'어쨌든 효과가 있긴 하겠지.'

시끌 시끌.

문득 고개를 든 제논은 연장을 챙겨 들었다. 저녁 시간까진 한참이 남았고 급하게 돌아갈 필요는 없었다. 하지만 가봐야

할 듯하다.

　차가운 겨울바람을 타고 저택 쪽에서 들려오는 미미한 잡음이 점점 수선스러워지고 있었으니까. 새 식구가 될 고아들이 오기로 한 날이었던 것이다.

　그 아이들이 과연 수지의 기대처럼 가족이 될지, 아니면 단순한 식솔에서 그칠지, 부작용으로 저장고만 축내다 뒤통수치고 떠나갈 빈대들이 될지는 두고 봐야 하리라.

　제논 자신을 포함해 가문의 일원들이 어떻게 대하느냐에 따른 문제겠지만.

　일의 발단은 며칠 전 저녁 식탁에서였다.

　저번처럼 가게에서만이 아니라 퇴근 후엔 집에서도 간혹 다투는 모습을 보여 부부사이의 냉전이 도를 넘어서고 있음을 비추던 헤리슨과 수지.

　가게에 출근하여 바깥일을 하는 시간을 조금씩 줄여 보겠다 약속했던 메를린이 그날은 둘을 데리고 귀가도 일찍 하여 모처럼 모두가 한자리에 모였었다.

　둘을 화해시키기 위해서 이겠거니 했다. 그랬던 어머니가 뜻 모를 웃음을 비실비실 비추다가 끝내 요절복통하며 폭로해 준 스캔들을 듣게 되었었다.

　수지가 헤리슨 몰래 밖에서 만들어온(?) 천애 고아들에 대한 이야기였다.

*　　　　*　　　　*

　　며칠 전 저녁 식사 자리.

　　달각 달그락.

　　식사 예절에 전혀 문제가 없는 이들이 한자리에 모인 만찬
이었건만, 분위기가 어째 요상하게 흐르고 있다. 푸짐하게 식
탁에 올라온 닭다리를 먹성 좋게 우적거리던 제논은 원인을
파악하고자 눈을 굴렸다.

　　키라와 폴은 겨우 겨우 의젓함을 지키고는 있었으나 마냥
좋아서 들떠 있는 상태였다. 엄마만이 아니라 보모이기도 한
수지와, 삼촌이나 다름없는 헤리슨까지 간만에 모두 함께 모
여 식사를 하는 자리였으니.

　　쌍둥이보다는 눈치가 발달된 마리도 간간이 동생들의 식
사를 도와주며 갸웃거리는 참이다.

　　부부갈등으로 달(月)이 바뀌도록 냉전 중인 수지와 헤리슨
은 그렇다 치고, 문제는 메를린에게 더 있었다. 둘의 불화를
재미있어 하고 있지 않은가.

　　"마님, 후추 필요하세요? 여기……!"

　　"수지, 이쪽에도 양념통 있잖아. 일어날 것 없어."

　　"어, 네. 여보, 당신은요? 더 드실래요?"

　　"속 보이는 짓 하지 말고 밥이나 퍼먹어."

　　"쿡!"

식탁 위의 이상 기류를 날려 보고자 애써 신경 써주는 아내의 마음 씀씀이에 씹어뱉듯 대꾸하는 헤리슨. 제논을 포함한 아이들은 모두 눈을 끔벅였다. 메릴린의 경우엔 더는 못 참겠다는 듯이 웃음소리까지 낸다.

"마님, 절대 웃지 않기로 하셔놓곤."

"으음, 미안, 수지. 흠⋯⋯!"

"어머니, 요즘 가게에 무슨 일이 있나요? 이틀 연속 헤리슨 아저씨나 수지 아줌마도 없이 혼자 출근하셨는데 오늘은 초저녁에 갑자기 세 분이 모두 귀가해 오시기까지 하고. 가게 일이 끝난 것은 아니라면서요."

"으음, 그게 말이다, 마리."

웃음을 누르느라 끙끙거리는 투로 답하는 메릴린. 한마디씩 설명이 이어질 때마다 수지의 고개가 점점 숙여진다. 발그레해지는 얼굴을 감추기 위함이었다.

"요즘 수지가 간혹 가게에서 자고 왔었지 않니. 그저껜 헤리슨 씨도 같이 가게에 남았었고(실은 되돌아갔던 것이지만). 공장부지 계약 건을 끝내고 어제 출근할 때만 해도 나 역시 무슨 일인지 몰랐단다. 그런데 가서 보니, 도저히 가게 운영이 안 되는 상황이더구나."

"왜요? 무슨 큰일이 생긴 거예요?"

"큰일이긴 큰일이지. 열성적이게도 헤리슨 씨 혼자 시작해 버린 확장 공사로 가게가 초토화되다시피 했으니. 무한한 동정심과 모성(母性)에 저버린 수지가 그만 몰래 사고를 쳐버렸거든. 둘의 갈등을 매듭짓기 전엔 일이 안되겠다 싶어서 오늘은 일찍 귀가한 거란다."

"사고? 수지 아줌마! 사고 쳤어요? 나도 오늘 사고 하나 쳤는데! 엘다 누나네 집사 아저씨가 돌아간 후에 키라가 편지쓰기 연습을 도와달라고 했거든요. 작문은 내가 더 잘하니까! 그런데 그만 잉크를 엎질러서……."

"어휴! 조용히 해봐, 폴."

"답답하잖아요, 어머니! 그만 웃으시고 무슨 영문인지 제대로 알려주세요. 우리들도 알아야 하는 일 같은데."

"으음."

고개를 숙이고 있거나 그런 상대를 매섭게 곁눈질하는 수지와 헤리슨 부부. 그런 그들을 훔쳐보며 실실거리던 메를린은 이내 실토하기에 이르렀다.

약간 긴 서두를 시작으로.

"기억나니? 올핸 여름의 장마 말고도 기습적인 폭우가 자주 내렸잖니. 도시 밖 지역들엔 피해가 컸단다. 그래서 이재민들이 많이 생겼고, 부모친지 잃은 고아들도 많이 생겼어. 그 문제로 시(市)의 운영상……."

"아! 그 이야기 우리도 알아요. 해 년마다 부모랑 집을 잃는 고아들이 엄청 생긴댔어요! 그리고 그 애들의 대부분은 시내에서 구걸을 한대요."

"아니, 키라. 그런 소린 누가 해주든?"

"저번에 엘다 언니가요. 그래서 제논 오빠는, 폴과 저는 아주 운이 좋은 거랬어요!"

메를린의 생일 파티에서의 일이다. 관련 사항들을 떠올린 제논은 은연중 태도가 조심스러워졌다.

어머니께 전하라 했던 레너드 코헨의 쪽지를 꿀꺽해 버렸지 않았던가. 헤리슨 부부 덕분에 집안이 뒤숭숭해서인지 발드로 모레이에게 생긴 일은 관심 밖이 되고 있었지만 이를 계기로 화제가 될 법도 한?

게다가 시청을 들락거리던 때에 알게 된 바론, 레너드 코헨의 전근 시기가 바로 이즈음이었다. 관련 계통의 사무실이 늘어서 있던 복도의 게시판에서 이런 식으로 쓰여 있는 메모를 몇 개 봤던 것이다.

어이, 레너드! 이사 간다며? 송별회 안 하나?

코헨 선배님! 전근 가시기 전에 한 턱 쏴야 합니다! 그냥 내빼시면 쫓아갈 테야요!

그러니 작별 인사차 가게에 들렀을 수도 있을 텐데 만약 그랬다면 예의 '쪽지'에 관한 얘기가 오고 갔을 수도……?

그러나 다행히 키라의 발언은 그 정도에서 그쳤고 제논의 우려는 기우가 됐다.

고개를 끄덕인 메를린이 그냥 설명을 이었던 것이다. 한순간 싹 거뒀던 말투의 웃음기를 도로 회복하더니 종국에는 결국 폭소로 처리하면서.

"그럼, 키라! 너흰 운이 좋고말고. 여하튼 말이다. 일거리
가 아주 많아졌던 지난달부터 수지가 내 대신 상인들의 모임
에 나가곤 했었단다. 그런데 거기서 있지. 거기서 그만……
애를 만들어 버렸다지 않겠니?"

"네?"

"애들이 생겼다니까! 밖에서 애들을 만들어오는 식의 집안
풍파는 소갈머리없는 남자들의 전유물인 줄 알았는데. 수지
가 그래 버렸다지 뭐니! 푸하하하!"

'아, 그래서…….'

"애들을 만들어왔다고요?"

"저기요, 그게요…….."

재깍 알아들은 제논과 달리 어리둥절해 하는 마리와 쌍둥
이. 그러나 동생들도 곧 무슨 소린지 이해해 갔다. 자기 변호
하듯 주절주절 해명하는 수지의 변명으로.

"그렇게 된 거예요. 그래서…….."

"와, 좋은 일 하셨네요! 수지 아줌마는 애들이 생겼고 그 아
이들도 의지할 수 있는 엄마랑 아빠가 생겼고. 맞죠? 제가 정
확하게 이해한 거죠?"

"그러게요, 마리 아가씨. 맞게 이해하신 건데…… 헤리슨,
인정머리없는 이이가 자꾸…….."

"와아! 그럼 우리에게도 동생들이 생기는 거네요? 맞죠, 수

지 아줌마? 우리보다 어리죠?"

책임 전가하듯 스리슬쩍 헤리슨을 비난하던 수지, 반색하는 쌍둥이에게 더욱 반색하며 대답한다.

"그럼요, 두 분보다 어리고 말고요! 아주 어린 갓난아이들이나 서너 살 배기의 애들은 그나마 시의 주선으로 입양이 되기도 해요. 근데 예닐곱 살 먹은 애들이 제일 많았거든요. 제가 맡기로 한 아이들은 모두 착하고 말귀도 잘 알아듣는 그쯤의 나이랍니다."

제가 맡기로 한 '아이들'은 모두 착하고 말귀도 잘 알아듣는? 대체 몇 명을 거두기로 했기에?

제논의 궁금증에 아랑곳없이 동조해 주는 아이들의 반응에 수지는 점점 기가 살았다.

그런 그녀의 분홍빛 희망에 찬물을 끼얹고 싶지는 않았기에 묵묵히 혼자 생각을 잇는데, 시종 말이 없는 태도가 걸렸는지 수지가 결국 우려해 온다.

"그런데 저, 제논 도련님은 별로 달갑지 않은가 봐요."

"아니, 난……."

"멋대로 일을 벌여서 죄송해요. 하지만 도련님들이나 아가씨들을 성가시게 하는 일은 절대 없을 거예요. 저야 가게 일을 보러 오후엔 외출해 있겠지만, 네 명의 아이들 중에 한 명이 누나와 언니 노릇을 톡톡히 하거든요."

"네 명? 네 명이었어요?"

"아, 그게······."

"어제까진 세 명, 그제까진 두 명이었잖아. 날마다 머릿수가 늘어나는 것은 무슨 수작이야?"

꼬투리 잡듯 불쑥 뇌까리는 헤리슨. 그러나 그런 남편을 싹 무시한 수지가 대답해 온다.

"네, 도련님. 네 명이 될 듯해요. 처음엔 네댓 살짜리 남자아이 하나였는데 그 아이, 토르를 몇 번(?) 만나다 보니 자꾸 눈에 밟히는 애들이 늘어나서······ 하지만 걱정 안 하셔도 돼요! 다른 애들을 돌보기로 약속한 그 여자 아인 귀엽고 착하고 정말 아주 영특하거든요!"

네 명이라. 어머니 메를린 못지않게 통이 큰 여인네로군. 설핏 웃은 제논은 우물우물 대꾸했다.

"반대해서 그러는 거 아닌데."

"그, 그래요? 감사합니다, 도련님!"

쐐기 박듯 돌아오는 답례.

확실히 반대해서 머뭇거린 것은 아니었지만 수지는 재깍 허락의 뜻으로 받아들였다. 그렇게 얼렁뚱땅 모두의 동의를 받아낸 수지. 눈총주는 헤리슨을 모른 체하며 기운차게 일어난다. 후식을 가져오겠다면서.

그리고 식사 후엔 불만스럽게 입을 다물고 있는 헤리슨을 팽개쳐 두고 시내로 다시 나갔다. 그동안 남편과 다투고 신경전을 벌이느라 소홀히해 온 가게 일도 일이지만 제 아이들이 될 고아들에게 주인집의 허락을 받았음을 알리러 가는 것이 었으리라.

그런 우여곡절 끝에 드디어 오늘. 입산 금지용 표지판의 설치를 끝내고 돌아온 제논은 앞마당에서 어색하게 서성이고 있는 네 명의 고아들을 발견했다.

'어? 어디선가 본 듯……?'

네댓 살짜리 남자애(수지가 얘기했던 '토르'이리라) 하나와 예닐곱 살짜리 남자애와 여자애, 그리고 아홉 살쯤의 여자애 한 명이었다. 그런데 가장 나이가 많아 보이는 그 아홉 살 안 팎의 여자애가 낯익었던 것이다.

'아! 발드로의…….'

"제논 오빠! 이제 오세요?"

어린애들이라 해도 자기 보호 본능이 작용한 듯 장승처럼 동행해 온 헤리슨의 눈치를 보면서 수지의 소개로 쌍둥이와 인사치례를 하고 있던 고아들. 그런 그들을 재미있다는 듯이 지켜보던 마리가 뛰어와 속삭인다.

"저거 봐, 오빠. 헤리슨 아저씨는 아직도 화가 안 풀렸나 봐. 것도 모르고 키라랑 폴은 동생들이 생겼다고 제 세상 만 난 것처럼 굴고. 쿡쿡!"

"……."

뭐라고 맞장구치는 대신 예의 여자 아일 눈여겨 살펴봤다.

268 제논 프라이어

수지의 호언대로 매우 영특하게 말하고 있다.

"반갑습니다, 키라 아가씨, 폴 도련님. 저는 '아일린'이라고 해요. 여기 함께 온 동생들보단 많지만 저도 두 분보단 나이가 적어요. 그러니 편하게 대하시고 시키실 일이 있으면 언제든지 부르세요."

"와아, 얘는 키라보다 더 이쁘고 똑똑한 것 같아!"

"엑? 폴! 까불래?"

아니었다. 아일린이라고 통성명한 그 전직 앵벌이 여자 아인 쌍둥이보다 연하가 아니라 비슷한 나이였다. 제논은 분명 그렇게 알고 있었다. 그런데 제 선에서 미리 스스로를 하대할 수 있는 여건을 만들어놓고 있지 않는가.

세상물정만이 아니라 인간관계에 있어서의 상하 개념마저 깨우치고 있다는 뜻이다. 문제는 그런 처신에 깔린 저의(底意)의 여부와 그 성격.

"키라 아가씨, 행여 기분 나빠하진 마세요. 아일린은요. 부모형제를 잃고 토레노로 온 지 벌써 1년이 넘었대요. 그동안 고향 친구들과 서로 의지하며 근근이 지냈는데 얼마 전엔 그나마 잠자리 삼던 곳까지 잃게 되었대요. 고아원엔 자리가 없어서 시청에 있다가……"

저 변명 같은 설명처럼 그냥 시청에 있던 것은 아니고, 시청으로 '붙들려가' 다른 고아들 틈에 섞여 있다가 수지의 눈에 들었던 것이겠지. 제논은 잠시 아일린이 속해 있던 발드로 모레이의 사후 상황을 떠올렸다.

활활 불탄 놈의 집이 폭삭 무너진 후.

열기가 좀 수그러들자 불구경과는 다른 목적을 가진 사람들로 발드로의 집터는 북적이기 시작했었다.

동업 자금을 회수해야 한다거나(사무실의 어깨들이었다) 빌려준 돈이 있다거나 외상값이 많다는 시내의 빚쟁이들은 물론이거니와, 화재 조사를 겸해 유골을 발굴하러 왔다는 몇몇 관공서의 사람들(발드로와 모종의 유착 관계를 형성하고 있던 자들이 틀림없으리라)로.

그들은 모두 눈에 불을 켜고 잿더미가 된 저택을 뒤지고 파헤쳤다. 체면치레하느라 처음엔 하인이나 종자들에게 삽질을 시키던 관료들도 선수를 당할 새라 팔을 걷어붙이고 직접 보물찾기에 뛰어들었다.

녹거나 그을린 금붙이나 보석 장신구들이 얼마간 발견되긴 했지만 발드로의 처나 아들딸을 비롯한 식솔들의 소지품으로 추정되었고, 그 탓에 저택부지의 수난은 더욱 심해졌다. 발드로 모레이가 집안 어딘가에 숨겨두었을 법한 은닉 재산이 목적이었으니까.

그러나 불탄 집터만이 아니라 관사인 뒷집 마당까지 죄다 파헤쳐도 별다른 소득이 없었다. 지금껏 미련을 못 버린 몇몇은 틈만 나면 놈의 저택부지에서 삽질을 하고 있지만, 양식(良識)깨나 있다는 치들은 붙잡아뒀던 앵벌이들을 추궁하는 쪽으로 신경을 돌렸다.

하지만 매질을 피하고자 하루하루 구걸로 연명해 왔던 꼬마들에게서 나올 것이 있을 리가 만무했으니. 더구나 불을 지른 것으로 추정된 꼬맹이는 죽어버렸고, 관사에서 발견된 시체도 화재 발생을 깨닫고 급히 뛰어나가다 사고를 당한 것으로 판명되었던 차.

발드로의 애꿎은 앵벌이들을 족칠 건수가 더 이상 없어지자 아이들의 처벌이나 후속조치 문제는 흐지부지됐다. 발드로와의 인맥으로 불탄 폐가에 괜한 열정을 발휘했다가 얻은 것 없이 손 털게 된 해당 관료들에 의해서.

덕택에 아일린은 난민수용소처럼 되어가던 시청부지에 섞여들 수 있었던 것이리라. 덕택에 저렇게 어찌어찌하여 수지의 입양아가 될 수 있었던 것이고.

"그러니 키라 아가씨. 혹여 폴 도련님의 말씀에 서운해 하지 마시고 불쌍히 여겨 주세요."

"수지 아줌마, 저 화 안 났어요. 음, 암튼 아일린, 우리도 반가워. 앞으로 친하게 지내자! 근데 너 글은 아니? 시간나면 내가 공부도 가르쳐 줄게."

"글을요? 정말요? 감사합니다, 키라 아가씨……!"

"헤리슨!"

웁스! 안되지. 키라나 폴처럼 순진무구한 아이들은 결코,

혹은 '아직' 감당하지 못할 또래다. 자칫했다간 도리어 잡아 먹히기(?) 십상이지. 그래서 제논은 재빨리 헤리슨을 호명하며 다가갔다.

"네, 제논 도련님."

"이 아이들이 수지와 헤리슨의……?"

"그렇다네요. 저도 이제 어떻게 해야 할지 모르겠습니다. 여편네가 바람을 펴 사고를 쳐도 유분수지."

"헤리슨! 말을 또 그렇게 하면 어떻게 해요? 그것도 애들 앞에서! 자기도 찬성한다했으면서!"

"아니, 역시 반대한다는 뜻이 아니고요."

행여 도로 돌려보내야 할까 싶어 애들을 한 팔에 몰아 안고 방어적으로 나오던 수지. 눈을 동그랗게 뜨고 반문한다.

"도련님, 그럼……?"

"그전에 먼저, 기부금 문제는 해결된 건가요?"

"네? 아, 그 문제는 최대한 미뤄놨어요. 아이들의 입양이 확실해 지는 대로 금액을 책정하기로 해서요. 양육비도 참작 시켜야 하잖아요."

"그럼 애들을 더 데려오는 것은 어때요? 생판 남도 아니고 이제부턴 수지와 헤리슨의 아이들이잖아요. 말썽없이 잘 키우는 문제와는 별도로, 공부도 시켜야 할 텐데."

"저희 처지로서는 공부는 그저……."

제논은 기꺼이 제안을 이었다. 자신없어 하는 예비엄마 수지의 귀가 번쩍 뜨이도록.

"먹이고 입히는 문제야 주방을 통하면 될 일이지만 애들 교육만큼은 내가 전담해 줄 게요. 그러니 눈에 밟히는 고아들이 있었다면 더 데려와도 돼요. 이왕 가르칠 거, 몇 명 더 늘어난다 해도 별 차이는 없을 테니까요."

"그, 그래도 될까요?"

"헤리슨, 어떻게 생각하세요? 수지가 못 미더우면 이번엔 헤리슨이 직접 아이들을 '뽑아' 오면 되죠. 착하고 순진하더라도 '비슷비슷한 또래의 애들'이 한꺼번에 여럿 생기면 차라리 '온실' 쪽에라도 새 숙소를 지어 그쪽에서 지내게 하는 것도 좋을 것이고."

"……그것도 괜찮겠네요."

궁리하듯 생각하던 헤리슨은 곧 긍정해 왔다. 제논의 의도를 알아챈 덕이었다. 이왕 먹이고 입히고 가르쳐야 할 아이들이라면 온실을 경비하게 하면서 후일을 기대할 만한 재목들로 키우는 것이 낫지 않겠는가.

헤리슨 자신의 노후를 떠나 가문의 후계인 제논의 수족으로 성장시킬 수 있다면 금상첨화고. 겸사겸사 몇 명의 고아들 정도는 더 구제해 줄 수 있을 테고.

결론이 나자 헤리슨은 이내 마차에 올랐다. 함께 가겠다는 수지에게 자신도 밖에서 '애 만들러 가는 것'이니, 이미 만들어 온 애들이나 챙기고 있으라고 해놓고.

그렇게 하여 프라이어 남작가엔 새 식구들이 생겨났다. 아일린을 포함해 4명의 여자 아이와 8명의 남자 아이로 구성된 총 12명의 새 식구들이었다.

집으로 데려온 뒤, 당분간은 쌍둥이와 어울리게끔 허락해 줬으나 곧 거처를 옮길 것이다. 더 추워지기 전에 완성해야 한다는 헤리슨의 계산으로 가게의 일꾼들도 틈틈이 동원되어 대단히 빠르게 작업이 이뤄졌으니까.

아이들의 합숙소에 필요한 침대나 서랍장 같은 가구를 마련하는 일을 거드느라 제논 역시 뚝딱뚝딱 바빠졌다.

Chap. 10
합격자 발표

합격자 발표

'에구, 삭신이야. 눈이 오려나?'

창밖으로 시선을 옮기는 수지의 눈매가 가늘어진다. 그래
봐야 어두컴컴한 하늘빛만 분간되었지만, 여하튼 아무리 팔
팔하게 굴어도 나이는 속이지 못하는 모양.

오늘, 새벽같이 일어나 하루를 열고 식구들의 뒷바라지를
겸해 가게에서 일을 하고 돌아왔다.

지금은 하루를 마감하는 자리에 앉아 휴식 같은 만찬 시간
을 누리고 있었지만 밥을 먹은 후에도 설거지를 포함해 할일
이 산더미처럼 산재해 있다. 특히, 벌써 며칠 후로 성큼 다가
온 제국의 신년 명절.

'명절 준비도 해야겠네.'

달각달각.

"토르, 천천히 꼭꼭 씹어 먹어야지."

"우움."

잠시 딴생각을 하던 수지는 식탁에서 오가는 말소리에 고개를 바로 했다. 두 볼이 빵빵하도록 음식을 물고 우물거리다가, 짐짓 의젓한 형처럼 말해 오는 폴에게 역시 우물거리는 어조로 대답하는 막내둥이 양아들.

깨물어주고 싶을 만큼 귀엽다. 식탁에 함께 앉아 식사를 하던 메를린도 두 꼬마의 하는 양을 지켜보다 귀엽다는 듯이 뇌까린다.

"우리 폴이 형 노릇을 톡톡히 하네?"

"토르, 대답할 땐 입 안의 음식을 다 먹고 하는 거다. 폴 도련님만이 아니라 누구에게든 그래야 해."

"우물우물, 꿀꺽. 네, 아빠!"

여주인인 메를린도 남편인 헤리슨도 실은 피곤한 안색이었다. 연말을 맞아 다시 일거리가 늘어 요 며칠 간 퇴근 시간이 많이 늦춰진 탓이리라. 그럼에도 입가에 흐뭇한 미소가 떠나지 않는 것은 여러모로 기대에 부응해 주는 아이들의 존재 때문이었다.

'귀여운 녀석.'

졸지에 12명이나 되는 아이들의 엄마가 되었지만 개중 제

278

일 어린 요 녀석만큼은 손닿는 곳에 두고 싶었다. 수지가 입양을 결심하게 된 원인 제공자이기도 했으니까. 헤리슨과 제논만이 아니라 메를린도 그러라 하였었다.

새해가 되면 겨우 다섯 살이 되는 토르. 엄마의 품을 더 누려야 할 시기였고, 합숙소에서의 생활을 시작한 형들이나 누나들에게 폐를 끼치지 않으려면 적어도 한두 해는 지나야 했던 것이다.

"그런데 저…… 어머니."

"응? 왜 그러니 키라?"

그렇듯 막내 양아들의 존재에 정신이 팔려 있는데 주인댁 소녀가 조심스레 말문을 연다.

웬일인지 모를 일이다. 그렇지 않아도 저녁나절 내내 이상한 행동을 하긴 했다. 이유없이 쭈뼛거리면서 식구들의 주위를 배회했던 것이다.

"내일도 아침 일찍 일하러 가세요?"

"그래야 할 것 같구나. 왜? 무슨 일이 있니?"

"내일은…… 오빠의 발표 날인데."

"……"

서운하다는 듯이 부루퉁 입을 내밀며 웅얼거리는 키라. 이런, 수지로선 까맣게 잊고 있던 일이다. 하지만 사실 기억하고 있었다 해도…… 아니, 아니다.

집안을 통틀어 오빠의 아카데미 합격을 유일하게 믿고 있던 아이가 아닌가. 제 오빠를 향한 철석같은 아이의 믿음을 헤피 여기지는 말자.

　그러고 보니, 메를린과 헤리슨이 출근하고 없던 아침 식탁에서도 이와 비슷한 투의 질문을 하긴 했다. 연말과 신년을 앞두고 학교를 쉬고 있던 제 언니(마리)에게, 내일 하루쯤은 공부를 쉬어도 되지 않느냐고.

　그때 마리는 미뤄도 된다고 대답했었다. 어른들이 허락할 경우를 조건으로 들어서 말이다. 행여 천우의 요행으로 합격자 명단에 제논의 이름이 올라 있을 경우엔 공부를 쉬어도 되겠지만, 그렇게 대답했던 것을 되새기면 마리의 생각도 수지랑 크게 다르지 않을 터.

　아니, 마리나 수지만이 아니라 모두의 생각도 비슷했으리라. 키라의 발언에 약간씩 경직되어선, 메를린도 헤리슨도 제논 쪽을 흘끔거렸으니까.

　그 때문에 시종 묵묵히 식사에만 몰두하고 있던 제논이 입을 연다. 손사래 치듯 태평스럽게.

　"키라, 생각해 줘서 고맙다. 근데 날씨가 춥잖니. 오빠가 얼른 보고 와서 합격했는지 아닌지 알려줄 테니……."

　"아니, 아니다, 제논."

　"네?"

　"그렇지 않아도 내일 하루쯤은 늦잠을 자볼까 했거든. 요 며칠 피곤이 쌓여서 말이다. 헤리슨 씨도 과로하지 말라고 매

번 그랬었고. 헤리슨 씨, 그렇죠?"

"어, 그럼요. 내일 하루쯤은 늦잠을…… 아니, 아예 하루를 푹 쉬십시오. 가게 일은 제가 전담할 테니까요. 나들이 삼아 아이들 데리고 외출을 하신다거나."

"하긴, 애들이랑 놀아주지 못해서 항상 미안했는데. 폴과 키라는 시내 구경도 변변히 못해 봤지? 어떠니, 엄마랑 외출할까? 시간나면 가게에도 들러 보고."

급조되는 나들이 안건. 헤리슨도 메를린도 제논의 입장을 감안해서이리라. 합격여부가 긍정적인 상황이라면 모를까, 창창한 가문의 후계에게 기를 꺾게끔 하는 결과를 일부러 의도할 필요는 없지 않은가.

메를린 딴에는 개인적으로 살짝 알아보고 마음 쓰지 않는 척 넘어가려 했을지도 모른다. 하지만 키라로 인해 모두의 앞에서 문제가 불거져 버렸으니 가족 간의 외출로 신경을 돌리려는 것이겠지. 동생들 앞에서의 큰아들 체면을 최대한 고려해 주는 측면에서 말이다.

"와아, 엄마랑 시내 구경이요? 갈래요!"

"폴, 좋겠구나. 어머니, 저도 함께 가는 거죠?"

"그럼, 마리."

아닌 게 아니라 반색하는 아이들의 반응에 이어 제논에게도 묻는다. 초점을 '시내 구경'에 맞춰서.

"제논 너도 함께 가는 거다? 아카데미엔 가다가 잠깐 들르면 될 테니까. 수지, 수지도 함께 가. 응?"

"그럼요, 마님. 함께 가고말고요."

수지는 잽싸게 대답했다. 제논이 굳이 대답하지 않아도 되게끔 잇달아 곁들이는 식의 권유였으니까.

"와아, 엄마랑 외출이다, 외출!"

"외출? 엄마 나도?"

귀가 솔깃했는지 막내둥이 양아들도 기대 어린 물음을 던져 온다. 수지는 오동통한 녀석의 볼을 꼬집으며 대꾸해 줬다. '그래, 덕분에 우리 토르도 시내 구경하겠다. 하지만 아무거나 사달라고 조르면 안 된다' 라고.

그렇게 화색이 도는 식탁에서 문제의 당사자는 말없이 밥만 축냈다. 속을 알 수 없는 찌그러진 미소를 지으면서.

*   *   *

'흐음, 저 꼬마는 역시 발이 빠르군. 저 꼬마는 체구는 작아도 손발이 크고, 저 꼬만 양손잡이고……'

건강하고 활달한 아이들에게 있어 추위를 이기는 가장 좋은 방법은 뭐니 뭐니 해도 놀이. 든든히 아침을 챙겨 먹은 아이들이 온실 주변을 뛰어다니며 신나게 놀고 있다.

수지에 이어 헤리슨의 손에 이끌려 왔던 처음엔 천애 고아가 된 처지가 어떤 것인지를 깨우치던 터라 대부분 매우 주눅

제논 프라이어

이 들어 있었다.

그러나 그동안 아이가 없어 한이 맺혔던 것처럼 마구 베푼 양어머니의 인심과, 엄하면서도 든든한 양아버지를 겪다 보니 소극적인 태도에서 빠르게 벗어나던 참.

특히 지금처럼 마음 놓고 놀아도 되는 시간엔 한 명 한 명의 개성과 개인기가 여과없이 드러나는 편이었으니.

'리더십은 저 녀석이 제일 낫군.'

그렇게 서로 서로 어울려 뛰노는 아이들을 제논은 감정하듯 하나하나 뜯어보는 중이었다. 비명에 간 선대의 원한도 풀었고, 합숙소도 완성되었으니 이제 슬슬 아이들의 교육에 눈을 돌려도 되는 시점이었던 것이다.

제논이 염두하고 있는 본격적인 교육은 아직 시작되지 않고 있었으나 헤리슨의 지도로 이미 합숙소 생활의 기본적인 체계가 대충은 잡혀가던 차.

저택으로부터 조달되어 오는 세끼 식사의 석탁 차림과 뒷정리를 맡은 것은 아일린을 비롯한 여자 아이들이었다. 그것도 앞으론 간단한 취사 정돈 합숙소의 아이들 선에서 이뤄지게 할 예정이다.

여하튼 그 일이 끝나면 온실일꾼들의 잔심부름을 하거나 저택으로부터의 호출을 받아 주방 일을 돕거나 논다.

그런 여자 아이들에 비해 두 배의 가까이나 되는(토르는 저택에서 생활하니까)남자아이들은 할일이 더 없었다. 헤리슨이 아니더라도 온실의 톰슨이나 보비가 일을 시켜보려고 하긴 했으나 아직은 방해만 되었던 것이다. 숙련 여부를 떠나 완력과 체력이 필요한 일거리들이 태반이었으니.

지금으로선 그저 서로 싸우지 않고 뭔가의 사고만 치지 않으면 되었다. 그래서 녀석들은 아침 정해진 시각에 일어나 각자 침구류 정리하고 세안한 후 늦지 않게 식탁에 앉으며, 온실 부지를 기준으로 뜻대로 놀고 난 후엔 깨끗이 씻고 다시 식탁에 앉았다가 단잠 자는 식의 기본적인 일상 교육만 이뤄지고 있었다.

하지만 이제 다르다.

새벽 운동 후 아침 식사를 하고 추가로 아침 운동까지 마친 상태인 제논, 그의 날카로운 시선이 쉴 새 없이 녀석들의 꽁무니를 쫓고 있지 않은가.

'일단 생활 계획표부터 새로 짜야겠군. 전체적인 훈련 메뉴를 작성하고 각자에게 맞을 메뉴도 생각해 두고.'

또한 녀석들의 자발적인 훈련 참여를 유도하는데 전제되어야 하는 '호감도' 와 '신뢰성' 을 갖추는 일에 있어서의 접근법도 모색해야 한다.

강제로 시켜서 하는 훈련보단 필요성을 느끼고 제 발로 찾아하는 교육이 가장 효과적인 법이니까. 어쨌든 입양아들의 단련 문제도 문제지만…….

'음, 내 숙제도 있었지.'

합격자 발표를 확인하러 가족과 함께 외출하기로 했지 않았던가. 온 가족이 나서게 된 시내 구경으로까지 번지지 않았다면, 아카데미에서 그동안 별렀던 마법과 마나수련법에 대한 상용 지식을 알아보려 했었다.

하기야, 합격자 명단에 이름이 올라 있다고 오늘 당장 관련 서적을 열람할 수는 없으리라. 그래도 앞으로 다니게 될 아카데미에 대한 운영 체계와 학과 관련 정보쯤은 어느 정도 수집할 수 있었을 텐데.

'아무튼 가긴 가야……'

이제쯤 출발 준비가 끝났으리라는 추측에 앉아 있던 자리에서 엉덩이를 떼려던 제논, 잠시 동작을 멈춘다.

"얘들아! 간식 먹게 손 씻고 와!"

"와아! 아일린 누나! 그렇지 않아도 금세 배고팠어!"

"나도, 나도! 손 씻고 올게요!"

헤리슨과 수지의 입양아들을 통틀어 최고령인 아일린이 주의를 환기시키고 있었던 것이다.

최고령이라고 해봐야 이제 열 살을 앞둔 나이라 다른 아이들과는 한두 살이나 두세 살 터울인데 그새 모두의 큰언니에 큰누나 격이 되어 있다.

'암튼 첫인상 그대로라니까.'

무모해 보이도록 당당한 성격의 아일린. 심지어 양지바른 그루터기에 걸터앉아 있는 제논에게까지 스스럼없이 물어 온다. 꼬마 숙녀처럼 사뿐사뿐 다가와선.

"저희와 함께 드시겠어요, 제논 프라이어 남작님?"

"아니, 난……."

원체 세상물정을 빨리 파악한 데다 눈치도 백단이라 이 정도면 따로 예의범절 따윈 가르칠 필요도 없을…… 잠깐! 근데 방금 뭐라고?

제논 프라이어 남작?

"양부모님들이 그러셨거든요. 선대남작께선 돌아가셨고 가문의 장자인 도련님이 정통 후계이시라고요. 그러니 현재 가문의 남작님은 도련님…… 아닌가요?"

요 조그맣고 예쁘장한 전직 앵벌이 여자애가 거리에서 어떻게 행인들의 주머니를 갈취했는지 알 듯하다. 귀엽고 천진하게 다가와 추켜세워 주는 식의 접근법을 썼으리라.

설사 아첨이고 아부임을 뻔히 알아채더라도 상대의 속셈이 동전 몇 개 정도라면 굳이 기분 나쁘게 받아들일 것까진 없었을 테니.

'어디에 던져 놔도 굶어 죽진 않을…….'

어린 여자 아이의 처세술을 짐짓 진지하게 분석하던 제논은 그런 스스로를 깨닫고 약간 머쓱해졌다. 그래서 걸터앉아 있던 나무 그루터기에서 일어나며 대꾸해 줬다. 무덤덤하면서도 격려하듯 안심시키는 어조로.

"지금껏 남작이라고 불린 것은 네게서 처음이다. 자칫 비

286 제논
프라이어

웃음 받을 소지가 있는 호칭이니 앞으론 그렇게 부르지 마라. 그냥 이름을 불러도 돼. 그리고 오늘은 시간이 없거든? 그렇지 않아도 새해가 되면 너희와 가끔씩은 함께 먹을 생각이긴 했다만, 여하튼 고맙다."

"고맙긴요. 저흴 거두도록 허락해 주셔서 저희가 더……."

"그런데 말이야, 아일린."

"예?"

"이젠 잔뜩 경계하고 긴장하며 살지 않아도 된다. 주위 눈치 보면서 언행 하나하나에 신경 쓰지 않아도 돼. 뭔가의 트집을 잡아 다시 거리로 내쫓는다거나 유흥가에 팔아버리거나 돈을 벌어오라거나 하는 일은 절대 없을 테니까. 행여 실수하는 일이 생겨도 밥을 굶긴다거나 때린다거나 하지도 않을 거야. 무슨 말인지 알겠지?"

"……예."

"그럼 가서 동생들이랑 간식 먹으렴."

치부를 들킨 것처럼 주춤거리다 기어들어 가는 투로 대답하는 헤리슨 부부의 제일 큰 양녀. 새삼 가엾게 여겨진 제논은 키라와 폴에게 하듯 아일린의 담갈색 머리꼭지를 부비부비 쓰다듬어 주곤 걸음을 옮겼다.

'……'

뒤에 남겨진 아일린은 숨소리도 내지 않고 가만히 서 있기만 했다. 그러다 동생이 된 입양아들의 의아해하는 물음에 코맹맹이 음성으로 대꾸한다.

"아일린 누나! 손 씻고 왔…… 어라? 누나, 울어?"

"아일린 누나, 왜 울어? 응?"

"누가…… 운다는 거니. 애들도 참?"

'어……? 또 그러네.'

집으로 돌아가고자 언덕을 올라 뒷동산을 넘어가던 제논
은 일상적인 움직임을 통해 꾀하기 시작했던 새로운 마나수
련법의 결과를 또다시 캐치해 냈다.

의식적으로 행한 것도 아닌데 분명 체내에 스며들듯 사라
졌던 미미한 양의 마나가 호흡과 걸음걸이에 발맞춰 슬금슬
금 다시 나타나고 있었던 것이다.

한동안 뜸했던 현상이라 어쩌면 정말로 우연이었을지도
모른다 싶었고, 그때 이후로는 그렇게 오랜 시간을 들여가며
시도해 보지도 못했다. 걷기 운동에 한나절 이상의 시간을 투
자할 만큼 여유있는 나날은 아니었으니까.

'이거 틀림없이 뭔가 있어.'

언제 꼭 기회를 만들어서 예의 그 '산림욕'을 다시 시도해
봐야겠다고 생각하는 제논이었다. 어차피 도로 없어져 버릴
거면서 감칠맛만 살짝 비추고 꼬리를 마는 행색이 왠지 모르
게 약을 올리는 것처럼 느껴진다.

"잡을 테면 잡아보라 그건가……? 흠!"

손발이 달린 남의 마나도 아닌데 웬 소리? 스스로 내뱉은 말임에도 조금 어이없게 느껴진 제논은 괜히 혼자 헛기침을 했다. 그러다 곧 끙끙거리는 눈빛이 됐다.

메를린을 위시하여 토르를 안은 수지와 동생들을 거느린 마리가 완전무장을 한 차림으로 기다리고 있었던 것이다. 출근한 헤리슨을 대신해 새로 고용한 집안의 마부에게 마차를 대령케 해놓고.

'어째 분위기가⋯⋯.'

자신의 기분 여하에 따라 여차하면 외출이고 뭐고 집어치울 듯이 조심스럽고 모호하게 경색된 분위기다. 그 때문에 오늘 가족 나들이의 원인이 된 키라도 자기가 뭘 잘못했나 싶은 표정으로 머뭇거리고 있다. 그런 어색함을 무마시킬 참인지 어머니 메를린이 밝게 말해온다.

"제논, 이제 오니? 원 애도! 하도 안와서 우리끼리 놀러가버릴까 했다. 그래, 수련은 끝났니?"

"네, 그러니 이제 출발해도 되겠네요. 타세요, 어머니."

"으응. 그래⋯⋯."

한 점 망설임 없이 권했는데도 마차에 오르는 메를린의 동작이 여전히 엉성하다. 차마 못할 짓이라도 하는 것처럼. 쓴웃음을 지은 제논은 동생들도 들여보내고 뒤따라 탔다. 토르를 안은 수지는 비좁은 실내에 끼어가기보단 바깥바람을 쐬겠다고 마부의 옆자리를 차지했다.

그렇게 엉거주춤 출발한 마차가 대문을 나설 때쯤 하늘에서 눈송이가 떨어져 내렸다.

첫눈이었다.

수험이 있던 날처럼 마차는 아카데미의 정문이 아니라 쪽문으로 향했다. 집에서 오는 방향으론 그쪽이 조금 더 가까웠던 것이다.

그리고 아담한 출입구와 통하는 그쪽 길목도 정문이나 후문보단 훨씬 한산하고 운치있는 편이었다. 정문이나 후문에 비해 뒤늦게 만들어진 탓이리라.

시내의 외곽에 위치해 있긴 하나 아카데미 생들을 겨냥해 형성된 상권들로 다른 쪽 통로들은 시내의 어느 거리 못지않게 번화했던 것이다.

그런 경향은 정문보다 오히려 후문 쪽이 심했다. 군사아카데미가 있는 방향의 출입구가 바로 후문이기 때문이다. 그런데 쪽문이라도 '교문'이 분명한 그 근경에 도착하고 보니 잘못 왔다 싶어졌다.

평소 사람들의 왕래가 적었던 점에 착안했는지 붐빌 것이 분명한 정문이나 후문보다 쪽문을 선택한 사람들이 꽤 있었던 것이다.

입시가 있던 날의 경험도 한 몫한 현상이리라. 수험생들의 행렬이 유독 정문에 집중되어 혼란이 빚어졌지 않았던가. 덕

분에 쪽문 앞 길목이 이십여 대의 마차들로 막혀서 더 이상의 진입이 불가능한 상태.

방문객들을 일차로 걸러내는 역할을 하는 수위이자 경비들도 주정차 단속 위원으로 나서고 있다.

"거기! 미안하지만 더 들어왔다간 되돌아가기 힘들 겁니다. 조금만 우회하면 정문이니 그쪽으로 가십시오!"

"아, 네."

그런데 마부의 옆자리에 앉아 있던 수지가 길이 막혀 있는 점이 의아했는지 경비의 발목을 잡는다.

"저! 발표장이 교내가 아니었든가요?"

"아니요, 부인! 각 교문들을 통해 대자보 형식을 취한지 여러 해 되었습니다. 그런데 이쪽은 상황이 이래서."

"그럼, 번거롭겠지만 잠깐 대신 확인해 줄 순 없을까요? 우리가 지금 어딜 좀 가야해서."

"자녀 분의 합격을 확신하십니까?"

"아니, 내 자녀는 아니고……."

"소속 가문과 주인 자녀분의 성명을 말씀해 보십시오."

"……프라이어 남작가의 제논 프라이어."

철컹!

소지한 무구의 소릴 일부러 내면서 돌아선다. 마땅치 않은 부탁이지만 어쩔 수 없겠다는 것처럼.

아마 현재 길목을 막고 있는 마차들도 엇비슷한 청을 하며 성가시게 했던 모양. 그런데 그와 동료인 경비병이 쑥덕이는 투로 무어라 말한다.

제논은 청각의 기능을 높여봤다.

"자네 조심하게. 그러다 미운털 박힐라. 아까처럼 꼴찌로나마 합격한 경우일 수도 있잖아."

"으음, 꼴찌로는 이제 아무도 합격 못하잖아."

'이거, 한산한 편의 출입구라서가 아니라……'

앞서의 이유들보다는 합격여부에 자신이 없어서 사람들이 굳이 이쪽 교문을 찾은 측면도 있는 것 같다. 메를린도 내심 그런 생각이 있었는지 조금 경직되다가 순진하게 입을 여는 키라에게 정색하며 대꾸한다.

"어머니, 저랑 폴이 뛰어가서 보고 올까요?"

"그건 안 된다. 복잡한 데다 눈길인데 너흴 보냈다가 다치기라도 하면 어쩌려고. 그냥 있어라."

'흐음.'

순순히 엄마 말에 따르는 착한 키라와 그다지 서두르지 않고 있는 경비들의 태도를 번갈아 쳐다보던 제논은 어찌할까 고민을 했다.

쪽문까지 가서 500명이나 되는 대자보의 명단 중에 자신의 이름을 찾아 그들이 도로 뛰어올 때까지 기다리느니, 정문으로 우회하는 것이 빠를 듯했던 것이다.

더 간단하게는 자신이 직접 갔다 오면 되겠지만 그렇게 하면 합격에 회의적인 가족들과 동행해 온 의미가 없어진다. 명단에 있더라고 말해오면 정말 있느냐고 되묻거나 아예 '직접' 확인해 보려 할 게 틀림없었고.

더구나 은근히 자신의 안색을 살피며 초조감을 떨치지 못하는 어머니 메를린.

그녀로선 합격 여부에 대한 스스로의 추측을 떠나 결과를 기다리는 시간이 마냥 쉬운 일만은 아닐 것이다. 그래서 그냥 정문으로 가자고 말하려는데…….

"저, 마님! 뒤에 마차가 또 오는데. 어떻게 할까요?"

"비…… 비켜주게. 나란히 막히게 될 테니."

"네, 그럼. 워! 워워!"

그렇게 마부가 마차의 말머리를 돌려 다른 길로 비켜나자 결심한 듯 메를린이 다시 외친다. 매를 맞아도 빨리 맞는 게 낫지 않겠냐는 식으로.

"차라리 그냥 우회하세!"

"그럽지요. 정문 쪽으로 가겠습니다."

흔쾌히 답한 마부가 채찍질을 한다. 달리는 마차에서 메를린은 숨죽여 안도했다. 아들이 실망과 좌절을 겪게 될지도 모를 순간을 조금이나마 늦출 수 있게 되었으니.

그런 어머니의 심경을 훤히 들여다보고 있던 제논은 말없이 그저 머리통만 긁적였다.

"있다……! 있어! 오빠의 이름이 있어!"

"와아, 정말…… 있다!"

토르를 팔에 안은 수지와, 인솔자처럼 동행한 마리와 더불어 정문의 대자보를 확인하러 나섰던 키라와 폴. 합격자 명단을 한참 동안 올려다보다가 입을 모은다.

"마리 언니! 수지 아줌마! 보세요! 오빠 이름이 있어요!"

"엥? 있다고요?"

"네! 저기 중간쯤에! 저기! 저기 있잖아요!"

"……!"

메를린은 마차에서 내리자마자 자꾸 아는 귀족들을 만나는 바람에 지체하고 있는 중이었다. 그녀를 에스코트해야 하는 입장인지라 제논 역시 그랬고.

그런 그들을 대신해 붐비는 사람들 틈에서 애들을 잃어버리거나 치이지 않게 보호하는 정도로 스스로의 역할을 인식하던 터라 명단을 쳐다보지도 않았던 수지. 쌍둥이들의 환성에 눈이 동그랗게 된다.

마찬가지로 설렁설렁 명단을 훑다 딴 데 눈이 팔려 있던 마리마저 입이 벌어진다.

"미, 믿을 수가 없어."

"이젠 믿어요! 분명히 있잖아요! 폴, 봐! 내 말이 맞지? 오빠가 합격했어! 아카데미에! 아카데미에!"

"합격했어! 그래! 아카데미에! 우리 형이!"

덩실덩실 춤이라도 추는 모양새로 폴짝폴짝 뛰는 금발 머리 여자 아이. 그녀에게 팔이 잡혀 덩달아 폴짝이며 좋아라하는 비슷한 외형의 남자 아이.

주변의 주목을 받기에 충분했다. 발 딛을 틈없는 무리에서 고작 몇몇 사람들을 제외하곤 죄다 풀이 죽거나 실망한 태도로 걸음을 돌리던 참이었으니까.

"세상에, 정말로 우리 도련님이……."

"저, 실례합니다만 어느 가문의 자제이신지."

"흠! 축하드립니다. 그런데 저, 어느 가문의……."

"엄마? 어어!"

"앗! 미안하다, 토르."

너무 놀라서 팔에 안은 양아들을 놓칠 뻔했다. 덕택에 부러워하는 눈길로 그치지 않고 직접 말을 걸어오는 사람들에게 대답을 돌려줄 수도 없었다. 하긴, 주변의 탐색에 답해줄 겨를이 어디 있나.

"아가씨들! 폴 도련님! 가요!"

축하를 던지며 접근해 오는 사람들에게 대충 고개만 까닥인 수지는 당장 돌아섰다. 병아리 몰 듯 가문의 아이들을 독촉해 인파에서 빠져나오자 이내 뛰기 시작한다.

"수지 아줌마, 같이 가요!"

"얼른 오세요! 얼른이요!"

먼저 출발하긴 했지만 '토르'라는 혹이 생긴 그녀는 곧 아이들에게 따라잡혔다. 그렇게 경주하듯 뛰어가 버리는 그들의 뒤에서 사람들은 입맛을 다셨다.

일부의 몇몇만 빼고.

'마리…… 아이참! 눈인사만 하고 가버리네.'

하지만 곧 다시 만날 수 있을 것이기에 불러 세우진 않았다. 학교 후배인 마리만이 아니라 이제 자신과 같은 아카데미에 다니게 된 그녀의 오라비도.

"레티샤 아가씨, 부모님께서 기다리고 계십니다."

"아, 네, 지금 가요, 집사 할아버지."

레티샤의 어머니는 북적이는 인파 때문인지 두통이 생겨서 부군인 아버지와 함께 마차로 돌아가 있었다.

그들에게로 가는 걸음을 잇던 소녀는 새삼스런 눈길로 대자보 쪽을 처다봤다. 자신의 이름을 찾다 우연찮게 발견했던 이름 하날 떠올리는 소녀의 초록색 눈빛. 반가움과 수줍은 기쁨으로 반짝거린다.

프라이어 남작가의 제논 프라이어.

'3학년 때 봤던 프리-아카데미의 시험 결과로는, 반에서 중상위 성적이었다고 들었었는데. 마리도 그리 기대하지 않는 눈치였는데. 나랑 비슷한 순위로 합격할 줄이야. 4학년 한 해 동안 엄청 공부했나 봐.'

가문의 마차가 정차되어 있는 곳에 이르자 그녀는 반대편 공터를 채우고 있는 마차들, 특히 마리가 동생들과 뛰어간 쪽을 향해 고개를 세웠다.

　　주차된 마차들로 가려져서 보이지 않는다. 하지만 오늘의 주인공일 그 소년도, 제논 프라이어도 함께 왔겠지.

　　어떻게 변했을까.

　　어떻게 성장했을까.

　　그와 처음 만났을 때도 이렇게 눈이 내렸었는데.

＊　　　　＊　　　　＊

　　"레티샤 아가씨! 날이 춥습니다. 창을 닫고 계세요."

　　"그냥 집으로 돌아가면 안 돼요?"

　　"네? 댁으로⋯⋯?"

　　"학교 가기 싫으신가요?"

　　레티샤는 의아해하는 마부 아저씨를 제치고 되물어오는 호위 아저씨에게 딱히 더 대답하지 않았다. 입학한 지 며칠 되지도 않았지만 학교에 가기가 싫긴 싫었던 것이다. 말 많은 여학교 동급생들의 시기 어린 시선과 은근히 가해져 오는 견제들이 적응되지 않아서였다.

　　하지만 등교 여부에 결정권도 없는 마부 아저씨와 반대할 것이 틀림없는 호위 아저씨에게 그런 저런 설명을 늘어놔 봐야 무엇 하겠는가.

　그나마 눈밭에 박힌 마차 바퀴를 빼고 있던 마부 아저씨는 동의해 주고 싶은 모양. 난감하다는 표정으로 동행인 호위기사의 눈치를 보며 머리를 긁적인다.

　하기야, 꽉 막힌 저 호위 아저씨의 동의를 얻어 되돌아간다 해도 집안 식구들이 잘했다고 칭찬해 주진 않을 것이다. 워낙 모범적인 가족들이었으니.

　'아⋯⋯.'

　답답한 마음에 외면하듯 아저씨 일행들에게서 시선을 거두던 레티샤, 문득 생기가 돈다.

　간밤의 폭설로 마차 운행이 힘들어지자 유모나 하인, 하녀 등의 동행과 함께 아예 걸어서 등교하는 학생들이 있었던 것이다.

　레티샤네 마차가 발이 묶인 지점은 약간 경사진 부근이었던지라 그런 식으로 곁을 지나치는 이들이 꽤 시야에 잡혔다. 각자의 마차는 학생들을 상대로 학용품 등의 장사를 하는 인근 상점들에 맡겨두고 말이다.

　레티샤도 눈을 밟고 싶었다. 춥긴 했지만 견딜 만했고 학교까지의 거리가 그리 먼 것도 아니었다. 그래서⋯⋯.

　"차라리 나도 걸어갈래요."

　"네⋯⋯? 잠깐만요, 아가씨!"

　백이면 백, 만류할 것이 분명했고 호위 아저씨는 뒤쫓아 올

것이 뻔했기에 잽싸게 마차에서 내린 레티샤는 도망치듯 종종걸음으로 멀어져 갔다.

아닌 게 아니라 곤혹스러워하는 마부에게 마차를 지키게 한 호위 아저씨가 성큼성큼 뒤따라 온다. 금세 따라잡힐 듯해지자 레티샤는 뒤돌아보며 외쳤다.

"따라오지 말아요! 아저씨들 때문에 등교할 때마다 애들이 잘난 척 한다고 수군거린단 말이에요!"

"오늘은 저밖엔 안 따라왔는데……."

"몇 명이든 무슨 차이래요? 큰오빠랑 작은오빠, 정말 미워 죽겠어! 왜 자꾸 호위 아저씨들을 붙여 주는지. 호위기사랑 등교하는 애들은 거의 없대도……!"

"아가씨! 조심……!"

그러나 늦었다. 급하게 눈길을 오르며 종알거리다 보니 미끄러진 것은 어쩌면 당연한 일.

"아아앗!"

하필이면 휘청거리다 넘어진 방향이 길 밖이었다. 그리 가파른 길은 아니었는데 어린 나무들의 잔가지에 스치며 한참을 데굴데굴 구르다 바닥에 픽 엎어졌다.

순식간에 일어난 일이었던 터라 레티샤는 폭신한 눈밭에서 고개를 들고도 한동안 멍해 있었다.

"괘, 괜찮아?"

"……아파."

낯선 누군가가 당혹해하다 걱정스레 물어온다. 앳된 그 목소리에 실린 상냥한 어조에 레티샤는 하소연하듯 대답했다. 그러자 앞에 쭈그리곤 요리조리 들여다본다.

"얼굴이랑 손을 조금 긁혔어. 하지만 피는 많이 안나."

"아가씨! 레티샤 아가씨!"

"여기 있……."

"여, 여기 있습니다!"

방금 전 굴러 떨어진 마른 관목들이 무성한 길의 측면. 그 위쪽의 길에서 걱정스레 호명하는 호위에게 대신 대답해 주곤 도로 자신을 들여다본다.

맑은 하늘빛 눈동자의 금발 머리 소년이었다.

또래로 보였다.

레티샤가 다니는 프리-아카데미와 인접해 있는 남학교 학생이리라. 등하교 길을 벗어난 이쪽 길은 그쪽 남학교로 통하는 길목 중에 하나였으니까.

게다가 그 소년도 데려다 주던 마부를 막 돌려보내고 걸어서 등교하던 참으로 보였다. 되돌아가다 멈춰선 웬 짐마차에서 낯선 마부가 소리쳐 왔던 것이다.

"제논 도련님! 괜찮으십니까?"

"괜찮은지 보고 있어요! 아, 오실 것 없어요! 마차는 아버님께 더 필요하잖아요. 어서 가보세요!"

그러나 마부는 더 말해 오지 않고 말머리를 되돌리고 있었

다. 주인 소년의 지시야 그렇지만 경사진 길의 측면을 타고 내려오다 엉거주춤하고 있는 레티샤의 호위를 발견한 탓이었다. 주인댁 소년을 낯모르는 검객의 손(?)에 혼자 남겨 두고 그냥 가버릴 수야 없긴 하지.

"저, 이보십시오, 기사님! 그 부근은 돌무더기가 흩어져 있던 곳입니다. 피해서 내려오십시오! 에고, 뛰어내리시려고요? 도랑이 있던 자리입니다, 도랑!"

그렇게 레티샤의 호위기사를 코치해 주는 금발 머리 소년의 마부. 그들이 그러고 있는 틈에 진심으로 우려하는 소년의 음성이 다시 이어진다.

"괜찮아? 더 아픈 데는 없어?"

긁힌 손등으로 눈가를 비빈 레티샤는 울먹이는 어조로 입을 열었다. 가장 밝히고 싶었던 말로.

"학교가기 싫어."

"학교가기…… 싫어?"

"응, 애들이 날 싫어해."

"……왜?"

그야 시샘 많은 여자애들의 차별 대우 탓이지. 같은 귀족 신분이라도 학교라는 단체에 다수의 학생들이 모이다 보면 그 안에서 또다시 신분의 격차가 생기는 법.

하필이면 자신은 대대로 명문가인 집안의 큰딸이었고, 매우 드물게도 아카데미를 나온 어머니까지 두고 있었다. 게다가 큰오빠는 기사 아카데미의 졸업을 앞두고 있었고, 작은 오빠는 그의 아카데미 후배가 되었다.

여동생인 막내 레베카는 아직 어려서 주목받지 못하고 있었지만 레티샤 자신만 해도 올해 프리-아카데미를 수석으로 입학할 정도의 신입생이었으니.

그렇게 화려하도록 남다른 배경 탓에 입학식 때부터 레티샤의 신상은 전교에 알려져 있었다. 그 때문에 선생님들에겐 우등생으로서의 특별 대우를, 동급생들에겐 은근한 따돌림을 받아야 했다.

오빠들이나 부모님은 애들이 부러워서 샘내는 것일 뿐이니 신경 쓸 것 없다고 했지만 말이 쉽지 그게 맘대로 되는 일이겠는가. 고작 12살짜리 소녀가 감당키엔 버거운 교우관계의 애로점이었던 것이다.

그러나 그런 속사정을 구구절절 설명하는 대신, 편을 들어달라고 호소하듯 레티샤는 되물었다.

"넌 학교가 좋아? 친구들 많이 사귀었어?"

"아니, 나도 친구는 별로 없지만……."

"우린 같은 처지구나."

"……저, 교문까지 데려다 줄까?"

머뭇머뭇하다 위로하듯 그렇게 말해 주었던 또래 소년. 하지만 레티샤는 뭐라고 대답할 기회가 없었다. 그새 아랫길로 내려와 달려온 호위기사의 목소리가 불쑥 다가섰으니까. 소년의 마부에게 답례하면서.

"휴우! 그래, 프라이어 남작가의 고용인이라고?"

"네, 기사님."

"고맙긴 하네만, 비키게, 애송이 신사 양반! 학교도 다른데 데려다주긴 어딜 데려다준다는 건가."

"......"

그렇게 소년의 호의는 손쉽게 무산됐다. 그가 조금만 늦게 당도했더라면, 소년을 내몰 듯 밀어내지만 않았다면, 레티샤는 고개를 끄덕였을지도 몰랐다.

하지만 발목을 삔 것을 알아챈 호위 아저씨에게 신변을 차압당하듯 안겨 가면서 조그맣게 답례하는 정도밖엔 못했다. '고마워' 라고.

어찌 보면 무례했을 호위기사의 행동에도 화내지 않던 금발 소년은 착한 하늘빛 눈동자에 웃음을 띠우며 작별해 왔다. 근처에 떨어져 있던 책 묶음을 주워 주면서 '학교 잘 다녀' 라고 했던 것이다.

레티샤만의 착각이었는지는 모르나 서로를 좋아하는 친구들을 꼭 사귈 수 있을 테니 힘내자고 격려하는 어조였다. 그래서 더욱 그 소년이 기억에 남았다.

등굣길의 그 작은 사고로 이삼 일 결석한 후 학교에 다시 나갔을 때, 자신의 안위를 정말로 걱정하여 안부를 물어온 동급생들을 대할 수 있었던 것이다.

그들은 프리-아카데미의 4년 동안 레티샤의 가장 절친한 친구들이 되었었다.

그랬었다. 그렇게 우연찮은 사고로 스치듯 잠깐 만났었을 뿐, 그간 한 번도 제대로 다시 만날 기회가 없었다. 최근에 있었던 메를린 부인의 생일파티에도 공부하느라 참석하지 못했었으니 오죽한가.

동급생이거나 후배들인 마리의 팬클럽 회원들이 그날 파티에서 보았던 제논 프라이어에 대해 언뜻언뜻 조잘거리는 것을 듣기는 했었다. 하지만 매우 미미한 내용이었던지라 제대로 된 안부는 알 수 없었다. 팬클럽 아이들은 오로지 마리를 주된 화제로 삼는 편이었으니까.

그렇듯 학교와 집 안팎의 풍문으로도 그동안 예의 소년에 대해 얻어들은 것이 없어서 아카데미 합격 사실이 더욱 보람되고 달가운 레티샤였다.

교문의 대자보를 통하자면, 중상위 부근에 '하버 백작가의 레티샤 하버'라고 이름이 오른 소녀였다.

*   *   *

메를린은 매우 곤란한 입장에 처해 있었다. 대체 아는 척해오는 이들이 왜 이리 끊이질 않는지.

수지에게 맡겨 놓은 애들이 걱정되어 어서 뒤따르고 싶은 마음이야 굴뚝같았으나 인사를 해오는 사람들에게 답례하지 않을 수는 없었으니.

"그럼 꼭 다시 뵙길 바라겠습니다."

"아, 네. 찾아주신다면야 저희가 더 감사하지요."

"하하, 그게 그렇지 않다니까요."

이제 막 도착한 사람들은 그래도 눈인사만 하고 지나치는 편인데 돌아가던 길의 사람들이 자꾸 발목을 잡는다. 개중엔 초면이나 다름없는 상류 계층도 허다했다.

어디서 어떻게 들었는지 상점 운영을 비롯해 가업은 잘 풀리고 있는지, 아랫사람들에게만 맡겨 놓을 게 아니라 언제 한 번 직접 가게에 들르겠다든지.

"아무튼 부럽습니다. 다시 한 번 축하드립니다."

"네에, 감사합니다."

투자자들의 유치 등을 비롯한 새 공장부지의 선정과 사업의 호황을 축하해 주는 것은 고마웠지만. 아니, 사업의 호전을 축하하는 것이 아닌가? 어째 상대방들과의 핀트가 어긋나고 있다는 느낌을 받는데.

"마님! 마니임!"

수지의 다급하고 격양된 호명이 들려온다. 그러나 도착은 그녀보다 아이들이 빨랐다. 그래서 메를린은 애들을 양손에 잡고 뛰어온 마리를 먼저 나무랐다.

"마리, 조신치 못하게 다 큰 애가 웬 호들갑이냐."

"네, 어머니! 아니, 하지만……."

"어머니! 오빠가 붙었어요!"

"키라, 너도 얌전히…… 응? 뭐라고?"

"오빠가 합격했다고요! 여기 아카데미에!"

주춤.

"헉헉, 맞아요, 마님! 도련님이 합격하셨어요! 근데…… 아이고 팔이야. 토르 잠깐 내려올래?"

애들과 더불어 수지까지 자신을 놀리는 건가? 그러나 메를린은 곧 그 놀라운 소식이 진실임을 깨달았다. 에스코트랍시고 꿔다 논 보릿자루처럼 곁에 서 있기만 하던 큰아들을 돌아보는 것을 시작으로.

"제논……?"

시침을 뚝 떼는 얼굴로 딴전을 피운다. 멋대가리없는 녀석 같으니라고! 역시 애들과 수지가 놀리는 것이니 혹하지 말라는 뜻인가? 그러나 뭐라고 추궁(?)할 겨를도 없이 주변 사람들이 거듭 말을 건네 온다.

"하긴, 아직 모르고 계시는 눈치였지요. 여하튼 아드님의 아카데미 진학을 진심으로 축하드립니다. 제논 군, 축하하네. 언제 한 번 우리 집에도 놀러오게나."

"어, 그래서…… 어, 정말로……?"

"아이참 어머니도? 정말이라니까요! 마리 언니랑 우리가 모두 똑똑히 보고 왔는 걸요. 그렇지, 폴?"

"맞아요, 어머니! 형의 이름이 정말 있었어요!"

"이, 이런. 난 그저……."

당혹감과 놀라움과 때 아닌 기쁨으로 더듬더듬 말하던 메를린, 이내 실언과 같은 중얼거림을 잇는다.

"어, 어쩌지? 내년엔 나도 제논에게 꼭 주려고…… 퀼트를 만들려고 재료를 이미 다 사뒀는데."

그러다 허공에 붕 뜨는 기분이 휘몰아쳐 어질어질 현기증을 느꼈다. 덕분에 이어진 주변의 애정 어린 면박에 변변찮은 대꾸도 못했다.

수지는 '하하, 퀼트를요? 천천히 완성하셔서 나중에 폴 도런님에게 주시면 되겠네요' 라고 했고, 키라에게 선수를 뺏겼던 마리는 '어머니도 참? 오빠, 축하해요. 모두가 선망하는 아카데미 생도가 되셨네요' 라고 했다.

하지만 귀에 잘 들어오지도 않았다. 아들이, 자신의 장남이 합격했다 하지 않은가. 아카데미에 말이다!

Chap. 11
엘다의 작별

엘다의 작별

    제국의 신년 명절이 있는 1월은 시(市) 차원에서 주최하는 공식행사들도 많았고 졸업 시즌과 입학 시즌까지 겹친 달이라 매우 들뜨고 어수선했다.

    누구나 엇비슷하겠지만 특히 엘다는 하루하루 일정에 쫓겨 바쁘게 뛰어다니느라 눈코 뜰 새가 없었다. 출장 나와 있는 토레노 내에서만이 아니라 가끔은 황성이 있는 수도까지 다녀와야 했을 정도니 어련했겠는가.

    "어딜~ 가시게요?"

    "오늘 일정은 다 끝났지 않았나."

    "무슨 그런 섭섭한 말씀을! 저녁나절부터 참석해야 하는 파티가 무려 수십 건입니다. 그중에 꼭 참석하셔야 할 파티만 꼽아도 대여섯 건에 이르지요. 보시겠습니까?"

파라락!

아닌 게 아니라 부관들이 바람까지 일으키며 내보이는 초대장들의 수효가 어림잡아도 딱 그쯤은 된다.

바워버드 후작가문의 레이디 엘다에게로 온 각종 기념 파티 초대며, 가문 예하의 수험생들을 인솔해 왔던 경호 책임자로서의 행사 초대며, 군사아카데미와 행정아카데미에 입학한 몇몇 후진들과 토레노에 거주하는 그들의 친인척들에게서 온 간곡한 감사 초대장이며.

그러니 대뜸 앞을 가로막아 온 호위이자 부관들의 행동도 이해는 가지만 오늘 저녁만큼은 엘다도 양보할 수가 없다. 내일부턴 낙방의 쓴잔을 마시고 두문불출하다 재수를 결심한 후진들을 데리고 슬슬 귀로에 오를 준비를 해야 했던 것이다. 그래서 그녀는 호출했다.

"차스키!"

"앗! 보좌관님, 하시던 일이나 마저……."

그러나 호명이 떨어지자마자 귀신같이 다가오는 한 남자의 인형(人形). 너무도 신속하게 느껴진 반응이라 엘다의 하관들은 미처 만류의 말을 맺지도 못했다.

"엘다 공주님, 부르셨습니까."

"부관(副官)들이 들고 있는 초대장 인계받게."

"……이리 주게."

넘겨줄 수밖에 없었다. 엘다를 상대로야 친한 척하는 시늉으로 조금은 요령을 떨 수 있었지만 무슨 배짱으로 감히 차스키 보좌관에게 항변한단 말인가.

"인계받았습니다."

"다시 검토해 보게. 부관들의 말로는 오늘 꼭 참석해야 할 초대가 대여섯 건에 이른다는데. 맞나?"

뒤적뒤적.

"아니요, 두 건을 제외하곤 오늘 날짜가 아니거나 급조된 행사인 듯합니다. 남은 체류 기간과 맞지 않은 초대들은 거절해야 할 테니 굳이 보관할 필요도 없겠고."

"그럼 그 두 건, 부관들 데리고 차스키가 가줘."

"엇! 저흰……."

그러나 가만 있으라는 차스키의 눈빛이 비수처럼 꽂혀 오다 떨어지는 바람에 하관들은 재깍 입을 다물었다. 차스키의 발언이 아직 안 끝났던 것이다.

"따로 외출하실 일이 있으십니까."

"가볼 데가 있어. 안될까?"

"이번에도 한 달쯤 걸리시겠습니까?"

"으음, 그래도 되나?"

"……키라 프라이어 양에게 보내는 사과 답장과 편지, 메릴린 남작부인을 수취인으로 프라이어 가문에 보내는 안부 및 축하 메시지, 제논 프라이어 군에게 따로 보낸 프리-아카데미의 졸업 축하 및 행정아카데미 입학에의 축하메시지. 같은 내용의 전갈을 이미 수차례 보내셨지 않습니까. 그런데도 한 달이 또 필요하십니까?'

'에고, 저거 비꼬는 거야, 그저 놀리는 거야, 아님 진심이야? 아무래도 익숙해지지가 않네.'

웃음기 하나 없이 대단히 기복 없는 어조로 진지하게 서신 목록을 늘어놓다가 핵심을 꼬집는 보좌관 차스키. 그에 대한 젊은 하관들의 소감이었다.

하긴, 모르긴 몰라도 질책의 의미도 분명 담았으리라. 저번에 엘다가 반농담조로 '적어도 한 달은 걸릴 테니 뒤따라올 생각은 하지도 말게.' 라고 말하곤 사냥을 나갔다가 정말로 한 달을 꽉 채우고 돌아오지 않았던가.

뭔가 큰일이 생겼을지도 모르니 수색해 봐야 한다던 자신들에게 차스키는 '아직 한 달이 안 됐네' 라고만 했었다. 지금처럼 저렇게 무표정하고 기복없는 태도로.

개별적으로 찾으러 나서는 것조차 할 수 없게끔 엘다의 일정을 대리시키기까지 했었으니.

이번 토레노로의 출장에 동행해 온 기사들은 대부분 엘다 바워버드를 열렬히 추종하는 부류에 속했다. 그래서 차스키의 이해할 수 없는 대응에 불만을 넘어 반감까지 가졌으나 당최 거역할 수가 없었다.

엘다의 부재중엔 그에게 그녀의 역할과 명령권이 넘어갔
기에 그랬기도 했으나 형식적인 대리권임을 타파하듯 그만한
자격을 갖춘 보좌관이었던 것이다.

야전지에서의 전략 전술을 비롯해 개인 검술은 물론이거
니와 단체 통솔력까지 대단히 뛰어난 사십대 초반의 중년인
데다, 눈초리나 분위기만으로 젊은 하관들 쯤은 끽 소리 못하
게 만드는 기백을 지닌 편이었으니.

아무튼 그런 그를 가장 오래 대면하고 지낸 덕인지 그저 약
간 우거지상만 지은 채 엘다가 대꾸한다.

"아니, 하루면 돼."

"네, 그럼 다녀오십시오. 부족한 저로서도 하루쯤이야 공
주님의 역할을 대신할 수 있겠지요."

'으아! 저번엔 하루가 아니라 한 달이나 대신했으면서! 아
무데나(?) 막 보내지 말라니까요, 보좌관님! 그녀는 우리들의
공주님이기도 하단 말입니다!'

그러나 부관들은 마음속 그 외침을 입 밖으로 꺼내는 대신
정중히 고개만 까닥했다. '그럼 수고'라고 말하며 나가버리
는 검은 머리 미녀 상관의 뒤통수를 향해.

터벅터벅.

해질녘이라서 그런 걸까? 아니면 각자의 기념을 겸한 새해
의 시작을 신나게 자축하고 축하해 버린 후라서 일까. 신년

축제를 지낸 시내의 풍경은 왠지 모르게 황량했다. 타고 있는 말(馬)의 말발굽 소리조차 그렇다.

몇몇 거리 행사엔 엘다도 참석했었으나 안전사고 등을 경계하는 주도 측의 입장이었던 터라 즐길 만한 여유가 없었다. 그나마도 이젠 개입할 여지 따윈 없다.

푸르릉.

'남작가의 상점에 들렀다 가볼까?'

터벅터벅 걷는 백마의 고삐를 당겨 잠시 멈춰선 엘다는 갈림길을 두고 약간 갈등했다.

이 시각이면 귀가하는 메를린 부인과 마주칠 수 있을 듯도 했으나 대목인 연말과 신년을 거쳐서인지 자신 못지않게 그녀도 무지 바쁜 눈치가 아니던가. 아직 퇴근하지 않고 있다면 일에 방해가 될지도 몰랐다.

그렇다고 남작가의 저택을 바로 찾아가자니 마음 한편에 망설임이 이는 것이다.

키라와 폴과 마리와 제논. 자그만 해도 오밀조밀 갖출 것은 다 갖추고 있는 그 저택에 그들 형제와 자매 중에 누가 맞아주든 틀림없이 반겨주긴 하리라.

하지만 아무리 즐겁고 소중한 저녁나절을 보내게 된다하더라도 짧을 것은 분명했고, 작별을 고해야 하는 방문임은 바뀌지 않을 테니까.

'그래도 조금이나마……'

조금이나마 함께할 시간을 벌려면 서두르는 것이 좋겠지. 결심한 엘다는 시내 밖을 향해 박차를 가했다.

슥!

그런데 몇 미터 전진하지 않아 장애물을 만났다. 골목에서 불쑥 튀어나오는 웬 사람 그림자!

급정거할 것인가, 힘껏 뛰어넘을 것인가, 방향을 틀어 우회할 것인가. 찰나의 갈등을 거친 그녀는 지체없이 점프하는 쪽을 택했다. 상대방의 동작이 뛰어넘기 좋게 움츠러들었던 것이다.

주인의 결정에 즉각 따라주는 전투마의 반사적이고 역동적인 움직임이 무언가를 생각나게 한다. 저번에 프라이어 가의 산에서 당했던 사고.

'설마 또 통나무 같은 것이 날아오진 않겠지?'

히이잉!

"우아아앗!"

타탁! 다각다각!

거뜬히 인간 장애물을 뛰어넘곤 질주를 잇는 백색 애마. 그대로 가면 줄행랑치는 모양새로 비춰질 것 같아 엘다는 서서히 속도를 줄였다.

그런데 과장스런 비명과 함께 엉덩방아를 찧던 예의 행인이 그냥 넘길 수 없는 발언과 행동을 한다.

"이런 쌍! 이보쇼! 그냥 가면 어떻게 하오! 뺑소니도 유분

수지! 사람을 치일 뻔했으면……!"

당장 멈춰선 엘다는 착 돌아섰다. 그러자 기다렸다는 듯이 같은 골목에서 뛰어나와 합세하는 자들도 생겨난다. 언뜻 봐도 시장 잡배들이 틀림없었다. 길길이 날뛰는 모양이 딱 그 수준이었으니까.

"저런, 저런! 자네 괜찮나?"

"안 괜찮아! 간이 콩알만 해졌단 말일세. 앗! 허리를 삐끗 했어. 엉덩이뼈도 나간 것 같아!"

"이 무슨 날벼락이란 말인가! 그러게 서두르지 말라니까. 어, 움직이지 말고 가만 있게! 그렇지 않아도 몸이 성치도 않은 친구가 어쩌자고……!"

"누구라도 서두르지 않고 배기겠나. 병든 노모에게 왕진해 줄 맘 좋은 의원 찾아가는 길이었는데……."

"그래서?"

병든 노모 좋아하네. 어디 골방에서 머리 맞대고 노름이나 하다 나온 행색들이 분명하구만. 못 봐주겠다 싶어진 엘다는 냉기 흐르는 어조로 되물었다.

그러자 들으라는 듯이 주절거리던 서너 명의 남자들이 동작을 딱 멈추고 돌아본다. 나직하게 쏘아져 오는 그녀의 음성에서 뭔가를 느꼈던 모양.

그러나 아무리 봐도 호위라곤 거느리지 않고 혼자 거리에 나선 상류 계층 여자. 타고 있는 말이나 승마 솜씨가 보통 수

제논 프라이어

준은 아니었으나 저 정도면 해볼 만하다.

실은 그녀가 허리에 걸치고 있는 검도 조금은 마음에 걸렸지만 실력 높은 검객이라 할지라도 그리 큰 무리수까진 아니리란 생각이었다. 저 잘 빠진 몸매에 눈 돌아갈 만큼 화려한 상판으로 설마 무지렁이 하층민인 자신들에게 검까지 빼들고 대응해 오겠는가.

잘못된 판단이라 해도 일단 죽는 시늉 정도야 기본. 가능한 선에서의 수작 정돈 피력해 볼 일이다.

"그래서, 아니 그러니! 놀라게 한 보상쯤은 해주셔야 하지 않소! 사람 다니는 길에서 그렇게 말을 급하게 몰면 안 된다는 상식 정돈 있을 게 아니⋯⋯!"

"그래서? 콩알만 해졌다는 간담은 내 알바 아니고, 허리와 엉덩이뼈 외에 더 삐끗한 곳은?"

"에, 다리도 조금⋯⋯."

"이 친구 정신이 없구만! 다리, 그저 삐끗한 정도인가? 내 보기엔 부러진 것 같은데? 보라고 봐⋯⋯!"

다각다각!

"어? 지금 뭐하는⋯⋯? 우와악!"

"사, 사람 살려! 어억⋯⋯!"

적진을 향해 진격하듯 다짜고짜 박차를 가한 엘다는 살짝 험하게 말을 다뤘다. 전투모드임으로 인식한 말이 날뛰는 모양새로 상대들을 차고 짓밟는다.

그렇게 한차례의 대책없는 공격이 지나고 나자 사기성 엄살을 떨었던 잡배들은 진짜로 신음하게 됐다. 널브러진 그들을 둘러보며 엘다는 되물었다.

"이젠 다들 어딘가 확실히 부러졌겠지?"

"으…… 미, 미쳤소?"

"시에 신고하겠소! 무고한 시민을 개, 돼지만 못하게 짓밟다니. 거리의 무법자가 따로 있나……!"

"아직 주둥이 놀릴 기세가 남았나?"

일동 침묵.

상대들의 기를 간단하게 꺾어버린 엘다는 적선하듯 말을 이었다. 고소한 미소를 띠운 채로.

"난 현재 제국과 황실을 지키는 군인의 신분이다. 황제직할령인 토레노에 와 있으니 이곳을 지키는 군인인 셈이지. 그런데 아무리 봐도 너횐 내가 지켜야 할 '무고한 시민'이 아니거든? 하지만 깜박 실수한 것일 수도 있으니 애타게 원하던 그 보상이란 것쯤은 해주겠다."

보상을 하는 김에 진짜로 밟아놓고 보상하겠다는 속셈이었나? 암튼 잘못 건드렸음이 명백하다. 덕택에 그녀를 타깃으로 삼자고 맨 처음 의견을 꺼냈던 동료 노름꾼이 시퍼런 눈총을 받는다.

"어, 어떻게 보상을……?"

"기어서든 걸어서든 며칠 안에 군사아카데미 근처에 있는 바워버드 후작가의 별장을 찾아가라. 날 만나지 못하더라도 그곳의 아무나 붙잡고 '신고'하면 앞서 말한 그 병든 노모를 수발들 수 있을 만큼은 피해 보상해 줄 거다. 삐끗한 허리며 엉덩이며 부러진 다리몽둥이들도 치료가 충분한지 기꺼이 다시 확인해 줄 거야."

망할! 정말로 잘못 건드렸다. 저울질해 볼 것도 없이, 본전도 못 건진 수작이었다. 피해 보상은 고사하고 저 말만 믿고 순진하게 찾아갔다간 부러진 '다리몽둥이'가 도로 부러지고도 남을 것 같았으니.

"그럼 난 이만."

비웃듯 말하곤 자릴 떠버리는 여잘 향해 널브러져 있던 그들은 아무런 반박도 하지 못했다. 아픔과 울화와 후회어린 눈빛으로 땅바닥만 노려볼 뿐이었다.

푸르릉.

참 이상한 일이다. 전속력으로 달려와 제자리걸음 중인 백마의 목덜미를 토닥이며 엘다는 생각했다.

어스레한 석양빛을 받고 있는 프라이어 가의 작은 저택. 굳이 공들여 청각을 세우지 않아도 어떤 인가에서나 흔히 접할 수 있는 일상적인 소음들이 감지되어 온다.

그런데 그 사소한 인기척들이 평범치 않게 느껴지는 것은 무슨 연유일까.

때 묻지 않은 어린 아이들의 발랄하고 경쾌한 흥얼거림처럼, 일상의 소중함과 행복을 아는 아낙네들의 소소한 수다처럼, 할머니의 옛날이야기에 초롱초롱 눈을 빛내다가도 어느 순간 꼬박꼬박 졸곤 했다는 혹자(或者)의 훈훈한 화롯불에 관한 얘기처럼, 은은하고 아련하다.

'더 정들어도 되는 걸까.'

차가운 1월의 대기에 뿌옇게 뿜어지다 거짓처럼 스러지는 스스로의 호흡.

고작해야 오늘 하루밖에 더 주어지지 않을 심적인 사치였지만 그 때문에 더욱 머뭇거려지는 것이다. 춥고 시린 북방으로 돌아가 이곳이 그리워지면 어쩌나. 못 견디게 달려오고 싶어지면 어쩌나.

맛보지 못하고 깨닫지 못할 때는 인내함에 있어 어려울 것 없었으나 이젠 아니지 않은가. 이제껏 누리지 못했던 잔잔한 온기에 대한 갈망과 아쉬움. 틀림없이 앞으로의 자신을 괴롭히게 될 것인데.

'그냥 서신으로 작별을 고하는 게 나을까.'

주인의 변심(?)을 알아차렸는지 타고 있던 말조차도 슬금슬금 뒷걸음질을 친다.

엘다는 사뭇 새삼스러워졌다. 스스로에게 이토록 소극적인 면이 크게 자리하고 있었던가? 아마도 대상이 '프라이어가(家)'이기 때문이리라.

'돌아가자. 오늘밤은 어디든 딴 데서 시간을 때우고, 쌍둥이만 있을 내일 아침에나 잠깐 들러서…….'

달칵!

그러나 말머리를 돌리자마자 엘다는 도로 멈춰서야 했다. 벌컥 현관문이 열리고, 반가움과 야속함이 담뿍 담긴 어린 소녀의 호명이 날아왔던 것이다.

"엘다 언니! 언니!"

"키라……."

대문 밖의 엘다를 발견하곤 뛰쳐나올 듯한 기세로 손을 흔들며 꽁지발을 선다. 어서 들어오라고. 추운데 대체 우두커니 거기에 서서 무얼 하고 있느냐고.

그런 키라를 거들 듯 익히 보아온 남작가의 집사가 마중 나오며 말해 온다. 급히 식사를 끝냈는지 숨결에 입가심용 포도주 냄새가 실려 있다.

"어서 오십시오, 레이디 엘다."

"늦은 시각에 기별도 없이 와서……."

"아닙니다. 오셨다가 그냥 가버리셨다면 그게 더 섭섭했겠지요. 고삐는 이리 주시고, 어서 들어가 보십시오. 저녁 아직 안 드셨지요? 한사람 몫 정돈 더 있습니다. 후식도 아직 나오지 않은 타임이구요."

그렇게 엘다는 쫓기듯 현관으로 들어섰다. 행여 안 들어오고 그냥 가버릴까 감시하듯 쳐다보고 있던 키라가 종종걸음으로 다가와 덥석 손을 잡는다. 그리곤 무어라 인사말을 건네기도 전에 무작정 끌어당긴다.

어린 소녀에게 이끌려 가던 엘다는 머쓱해졌다.

"키라, 화났니?"

"네. 키라 화났어요."

"저녁 초대에 매번 오지 못해서?"

"그보단, 언니가 왔던 것도 모르고 지나쳤을까 봐서. 제논 오빠가 일러주지 않았다면 정말 까맣게 몰랐을 거예요."

"……미안."

"음, 용서해 드릴게요. 우리랑 같이 저녁 먹고 놀아주면요. 오늘도 내일도 모레도…… 한 일주일쯤."

귀엽게도 벌칙을 내세워 흥정해 오는 키라. 설핏 웃은 엘다는 진지하게 조율에 들어갔다.

"일주일은 힘들겠고. 오늘 하루, 같이 저녁 먹고, 같이 티타임 가지면서 시간을 보내는 것으로 어떻게 안 될까? 키라처럼 내가 노래를 잘 부르는 것은 아니니까 자장가를 대신해 동화책을 읽어줄 수도 있는데."

"폴이랑 내가 잠잘 때까지 있어주실……? 아니, 이게 아니라. 엘다 언니, 솔직히 그것으론 부족해요. 동화책을 읽어주시는 것은 좋지만 잠잘 땐 있었는데 아침에 일어나면 언니가 또 없을 게 아니에요."

"내일도 같이 아침 점심 정돈 들 수 있어."

"응? 자고 가도 되요? 예전처럼?"

"응, 오늘 하루는."

"와아……! 어머니! 엘다 언니가 내일까지 시간이 있대요. 언니랑 오늘 함께 자도 되나요?"

"저녁부터 마저 먹어야지. 어서 오세요, 엘다 양."

"엘다 누나~!"

식당에 들어서던 엘다는 반겨 주는 메를린 부인에게 양해와 감사의 뜻으로 깎듯이 목례했다. 자신의 도착을 일러 줬다는 제논 프라이어도 손을 막 흔들어오는 폴의 옆자리에서 어눌하게나마 고개를 까닥여 왔다.

＊　　　＊　　　＊

생각보다 일찍 퇴근해 있었다 싶더니 메를린의 일정은 아직 끝나지 않은 시점이었다. 식사를 마치자 엘다에게 도리어 양해의 말을 해왔던 것이다.

"아니요, 부인. 제가 더 미안합니다. 뻔히 바쁘실 줄 알면서도 이렇게 불쑥 찾아와 실례를 범하다니."

"그렇게 생각지 말았으면 해요. 엘다 양은 우리 가족이나 다름없잖아요. 보통의 약속 같았으면 미룰 수도 있었을 텐데 가업에 투자해 준 귀족들의 초대인지라……. 암튼 모처럼 아이들을 보러와 주셨잖아요. 부담 갖지 말고 언제까지든 편히 계시다 가세요. 아셨지요?"

"그래도 될지……."

"되고말고요. 안 되는 일이었다면 애초에 키라가 걸핏하면 보내던 전갈을 허락해 줬을 리가요."

그렇듯 행여나 미안해하진 말라는 뜻의 신신당부를 건네오는 메를린. 아이들과의 저녁 식사를 위해 일부러 집에 들렀던 모양이다. 어쨌든 그녀는 곧 집사 헤리슨과 함께 마차에 올랐다. 열두 명 중의 막내 양아들을 안고 있던 수지에게 재차 당부하면서.

"수지, 부탁해. 엘다 양이 불편해 하시지 않게 잘……."

"네, 마님. 걱정 마시고 어서 가보세요."

"아빠! 마님 아줌마 모시고 잘 다녀오세요!"

"흠! 오냐, 토르."

'마님 아줌마? 후후, 정말 어리네.'

엘다는 가만히 미소 지었다. 집사이자 하녀의 신분일 뿐인 고용인 식구들까지 친 가족처럼 받아들여지고 있는 프라이어 가의 풍토. 연이어 메를린 부인의 작별이 이어졌고 쌍둥이와 마리가 합창하듯 화답한다.

"그럼 다녀오마."

"다녀오세요, 어머니!"

'다녀오세요, 부인…….'

엘다도 속으로 그들인 양 따라해 봤다. 그러다 역시 속으로 갸웃했다. 마차 창문을 통해 배웅하는 아이들을 둘러보는 메를린에게서 뭔가를 느꼈던 것이다.

무언(無言)으로 배웅하고 있는 가문의 장자에게 마차가 출발하도록 시선을 주었는데 색다른 눈빛을 띠고 있다. 아쉬움 같기도 하고 체념 같기도 한.

무엇 때문인지 궁금해진 엘다는 마차가 대문 밖으로 멀어져 가자 되묻듯 말을 꺼냈다.

"제논은 함께 가지 않아도 괜찮아?"

"아, 저는……."

"하버 백작가의 초대라면서? 사업적인 측면도 무시할 수 없겠지만, 내 알기로 그 집안은 황립아카데미와 매우 밀접한데. 백작부인은 행정아카데미 출신이고, 장남은 군사아카데미 졸업생이고 차남도 군사아카데미 과정을 끝내고 현재 의무복무 기간을 시작했고, 이번엔 큰딸도 행정아카데미에 합격한 것으로 아는데."

"그야 들어서 알고 있습니다만."

어물어물하며 발뺌하려는 기미를 보이는 오빠의 하는 모양에 마리가 나선다. 별렀다는 것처럼.

"말도 마세요, 그뿐이게요? 이번에 제논 오빠랑 같은 아카데미에 다니게 된 하버 백작가의 그 큰따님은 제 팬클럽의 초대 회장이기까지 했어요. 그러니 저에 대한 답례 삼아서라도 함께 가야 했지요. 하지만 엘다 언니, 우리 오라버니는요. 사교성에 문제가 좀 있어요."

"사교성에?"

"네. 단지 이번만이 아니거든요. 아카데미 입학식 때도 그랬지만 프리-아카데미 졸업식 때도 얼마나 굉장했는지 아세요? 예상치 못한 합격생이라고 축하와 격려를 제일 많이 받았어요. 그런데 그쪽 학교의 교장, 교감 선생님을 위시해 산더미처럼 쏟아진 초대들을 죄다 거절했대요. 안 그랬으면 어머니보다도 바빴을 걸요?"

하긴, 출세가 보장된 것이나 다름없게 되었으니 친분을 맺어두려는 주변의 접근이 오죽 많았겠는가.

여타할 연결고리나 명분이 없는 경우에도 누이나 딸을 둔 오라비나 부모들은 그와 연계될 만한 뭔가를 찾고자 눈에 불을 켰으리라.

"그럼…… 내가 운이 좋네?"

"맞아요. 저렇게! 사교성없이 집에만 틀어박혀 있는 멋없는 오빠 직접 만나게 되셨으니 운이 좋은 거지요."

"후후, 그렇구나."

여동생의 애정 어린 타박과 야유를 못 들은 척하는 제논 프라이어. 들어가서 얘기하자고 손을 잡아끄는 키라에게 답하며 엘다는 때늦은 축하를 건넸다.

"그래 들어가자, 키라. 그리고 제논, 늦었지만 입학 축하해. 굉장했다는 졸업식도 축하하고."

"축하메시지 받았었는데……."

"그래도 직접 축하하는 거완 다르지. 거듭거듭 축하해."

"……."

확실히 사교성이 부족하긴 부족했나 보다. 벌쭉한 얼굴로 머릴 긁적이다 현관문을 닫고 말없이 뒤따라오기만 했으니까. 슬쩍 윙크까지 곁들인 축하였건만.

"벼락을 맞았다고?"

"그렇다니까요! 그래서 그때 우리가 얼마나 놀랐는데요. 새카맣게 그을린 것을 보고 마리 언니랑 나랑 폴이랑 영락없이 오빠가 죽은 줄 알았지 뭐예요."

"그러고도…… 멀쩡했단 말이야?"

별나다는 듯이 흘끔거려 오는 엘다의 시선을 피해 제논은 천장을 바라봤다. 눈이 마주치면 아까처럼 행여 윙크를 받게 되는 것은 아닐까 하는 걱정에.

'이봐, 쭉쭉 빵빵 아가씨, 애들이 있으니 건전하게 계속 수다나 떨어야지 자꾸 눈웃음을 치면 어쩌자는…… 으음, 진짜 사춘기 소년도 아니면서 내가 대체 왜 이런담. 이것이 바로 그 말로만 듣던 도끼 병인가?'

잊어버리자.

그녀도 그저 장난 삼아 던져 왔던 윙크일 뿐일 것이다. 설령 그렇지 않다 해도 어쩌겠는가 말이다.

어쨌든, 토르를 재우러 간 수지의 배려로 티타임 삼아 1층의 거실로 옮긴 현재의 담소 자리. 손님인 엘다를 주축으로 애들의 수다 시간이 된 지 오래였다.

화기애애한 분위기야 나쁠 것 없었지만 하필이면 1년 전 이맘때의 사건이 새로운 화제가 된다.

'그러고 보니 딱 1년이 됐군.'

한시도 허비하지 않고 바쁘게 지내온 지난날이 주마등처럼 지나간다. 하지만 개인적인 상념에 빠지는 것을 주변이 허락하질 않는다. '벼락'에 관한 폴과 마리의 맞장구에 쿡쿡 웃던 엘다가 뜬금없이 물어 왔던 것이다.

"제논, 수강 신청은 했어?"

"아, 아니요. 아직……."

"하긴, 행정아카데미는 군사아카데미의 교육 과정과 달라서 정식 강의가 조금 늦게 시작되지."

"네, 그렇다더군요."

"이론에 초점을 둔 교과 특성 때문이지만 강의가 시작되면 거기도 실습용 과제물이 제시될 거야. 그때 기회 닿으면 우리 북방에도 놀러와. 천둥 번개를 동반한 겨울 소나기와 같은 기후는 절대 없는 곳이니까 안심하고."

"놀러 가면……."

"웅? 아, 적어도 섭섭한 대접은 않지. 과제야 당연히 도와줄 수 있고, 북방에서만 나는 특산품을 맛보여 준다거나 북방

특유의 경관을 관광시켜 줄 수도 있고."

'아니, 그런 거 말고⋯⋯.'

그런 거 말고 뭐? 윙크와 눈웃음에 대한 책임이라도 지라고? 저 혼자 떠올리다만 생각이면서 현진은 어깨가 조금 처졌다. 이상적으로 빠진 S라인 몸매의 미인 아가씨에게 여지없이 딱지라도 맞은 것처럼.

'안 되겠다.'

자꾸 생각이 야시시한 쪽으로 흘러가 버리지 않는가. 정신 바짝 차리고 건전하고 착실한 사고를!

"꼭⋯⋯ 기회 닿으면 찾아뵙겠습니다."

"그래, 그렇게 해."

아뿔싸. 단단히 마음먹자마자 낭패스럽게도 실언을 할 뻔했다. 지나치듯 해온 그녀의 초청에 '꼭' 찾아가겠다고 말할 뻔했다니. 호의적인 미소를 띤 그녀가 흔쾌히 답해 오긴 했지만 냉수 정돈 마셔야 할 듯하다.

다행히 코앞에 찻잔들과 차 주전자가 놓여 있어 자리에서 일어날 필요는 없었다. 목이 타는 기미는 절대 비치지 않고 점잖게 차를 마신 제논은 한결 이성적이 됐다. 그러나 노력한 보람도 없이 도로 정신이 사나워졌다.

'⋯⋯눈치 챘나?'

문득 쏠려온 그녀의 재색 눈빛이 뭔가 의아해하듯 멈칫하다가 곧 돌변했던 것이다. 재미있다는 듯이, 혹은 놀리는 듯한 미소까지 띄우고는 빤히 쳐다본다.

'제길, 눈치 깠구먼!'

목뼈가 '끼끼걱' 거리는 느낌으로 어색하게 시선을 피했지만 그녀의 잿빛 시선은 움직일 줄 몰랐다. 덕택에 등줄기에 진땀까지 배어나는 판인데.

"오빠 좋겠다. 이제 맘만 먹으면 세상 어디든 놀러도 가고 여행도 갈 수 있을 테니……."

'마리, 체면상 이젠 놀러 못 가게 생겼다.'

빤히 쳐다보더니 제논의 그 속생각까지 들여다보기라도 한 것일까? 엘다의 잿빛 눈이 흡사 고양이의 그것처럼 앙큼하게 윤을 낸다. 고의적인 그녀의 눈길 세례가 점점 부담이 된 제논은 웅얼거리는 투로 말했다.

"마리, 시간이 꽤 늦은 것 같은데?"

"에? 아, 그리고 보니…… 키라, 폴, 졸리지 않니?"

"전혀 안 졸려요."

"나도! 하지만 잠잘 시간인 거죠?"

"고대했던 순간이잖니. 동화책을 읽어주겠다고는 하셨지만 엘다 언니는 귀한 손님이야. 그러니 먼저 올라가서 양치하고 잠옷 정돈 갈아입고 있어야지."

"음, 근데 수지 아줌마는……."

"내가 같이 가줄게. 이제껏 안 돌아오시는 것을 보면 토르를 재우다가 또 함께 잠든 것 같으니까."

"네, 고마워요, 마리 언니. 그럼 엘다 언니! 조금 후에 다시 봐요. 10분도 안 걸릴 거예요."

"난 5분! 5분도 안 걸릴 거예요, 엘다 누나. 누가 먼저 준비 끝내나 내기하자, 키라!"

"어휴, 그런 내긴 안 할 거야, 폴!"

그렇게 엘다와 제논 사이에 흐르기 시작한 묘한 긴장감을 알아채지 못하고 자리를 뜨는 동생들. 애초의 의도와는 달리(?) 마리까지 뒤따라 계단을 올라가 버리는 바람에 거실엔 엘다와 제논만이 남게 되었다.

그런데, 1분이 가고 2분이 가고 3분이 가도록 상대 여자가 입을 열지 않는다. 직시하고 있는 쪽은 처음부터 그녀였기에 제논은 흘끔거리는 식밖엔 안 되었는데.

"키라, 난 옷 다 갈아입었어!"

"발은? 폴~ 발도 씻어야지."

굳이 귀 기울이지 않아도 선명히 들려 오는 위층의 소리. 안되겠다. 곧 그녀도 자리에서 일어나야 할 입장이 아닌가. 어쩔 수 없이 어렵사리 먼저 입을 떼는데.

"저……."

"지금도 밤늦게까지 뒤뜰에서 혼자 수련해?"

"아, 네. 뒤뜰은 아니지만……."

"방해해도 돼? 묻고 싶은 것도 있고, 어쩌면 제논의 수련에 도움이 될 만한 조언도 해줄 수 있을 텐데."

"어, 네. 물론……."

"그럼 이따 다시 봐."

이따 다시 보잔 소리가 어쩐지 유혹적이고 허스키하게 들리는 것은 자신만의 착각인 걸까?

어쨌든 거기까지 말한 그녀는 겨우 눈길을 거뒀다. 덕분에 이번엔 제논이 그녀를 찬찬히 쳐다볼 수 있게 됐다. 자리에서 일어나 계단을 오르는 그녀의 S라인 굴곡이 층계참에서 사라질 때까지. 혹은 그 후까지.

『제논 프라이어』 3권에 계속.

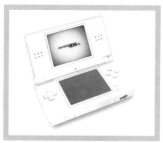

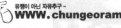